登場人物紹介
Character
デンセル
傭兵団の通信術士長。
通称はコックさん。
珍しい食べ物に目がないが……
ラナグ
腹ペコ神獣。リゼの
作るご飯が大好き。
リゼを守るために
日々奮闘中。
リゼ（織《おり》宮《みや》優《ゆう》乃《の》）
幼女に転生した本作の主人公。
過保護な大人たちと一緒に、
異世界を騒がせながら満喫中！

ピンキーリリー・スイートハニー
大商会の長。リゼを孫娘にしたがっているやりての商売人。
ティンク
兎獣人の令嬢。聖杯の研究をしている。
風衛門
（風の精霊）
タロ
（水の精霊）
三精霊たち
リゼに救われた精霊たち。人間の姿になる以外に、今回覚えた必殺技がある。
ジョセフィーヌ
（火の精霊）

はじまり

幼女リゼとしてこの世界に降り立ったあの日、私は神獣ラナグと、とんでもないおじさん傭兵団に出会った。

優しい日常と美味しいゴハンを楽しみつつも、ちょっとした大冒険にも突入しがちな日々。

神聖帝国では地下神殿の冒険。フロンティアでの古代獣王遺跡事件もあったし、先日は闇夜エルフの女王陛下とのアレコレもあった。こちらでの暮らしも長くなってきた最近だ。

そしてここまでの大冒険の結果、なぜか私はA級料理人となっていた。いや冒険続きで、どこに料理人として実力や地位や名声が高まる要素があったのかと思わなくもないが、なにせ行く先々で出会う方々が食いしん坊ばかりなのだ。その筆頭は、なんといっても神獣ラナグだろう。

いつも腹ペコで、未知の味が大好きで、とても神格の高いモフモフワンワンである。

神聖帝国で仲間になった三精霊と千年桃のピチオさんもそうなのだが、他の神様なども、皆腹ペコぞろいなこの世界であった。

前回の旅では、闇夜エルフの女王《ロザハルト副長のお母上》とのご挨拶を無事に完了させ、最大の目標だった子精霊達の服も制作できた。ついでといってはなんだが、予定外に聖杯なる謎のアイテムも手に入れたところ。

今日ちょうどエルハラの旅を終えて帰ってきた私達である。

ここは傭兵団のベースキャンプ。隊員さん達の賑やかな声が聞こえる。

久しぶりのホームだ。

人ごみの中、馬車から降りて皆さんとご挨拶していると、遠くから私を呼ぶ声がした。

「おっ、リゼちゃん師匠帰ってきたな！　俺にも向こうでの話を聞かせてくれよ!!」

その声はコックさんのもの。彼もまた食いしん坊の筆頭格で、アルラギア隊の中ではナンバーワンといって差支えなかろう。

私は手を高く上げて振った。今の私の腕は幼女サイズだが、コックさんにはちゃんと見えたようだ。ニッコリ笑って手を振り返してくれた。

そうしているうちに馬車からは荷物が次々と降ろされて、地面にごちゃりと積み上がる。

ほとんどの荷物は、子供服職人のロアイアさんの持ち物だ。彼女は馬車を降りて荷物の整理中。

そしてもう一名、別の馬車からウサギ令嬢のティンクさんがピョンと降り、長い耳が揺れた。急な話だったのだが、彼女も今日からこのホームで暮らすことになっている。この地で聖杯の研究を進めるのだそうな。

なんとも賑やかになっていくばかりの日々だ。沢山の人と荷物。その間を縫うようにしてコックさんが顔を覗かせた。

「で、リゼちゃん師匠、なにを食ってきた？　きっとまたなにか美味《うま》いものでも発見してきたんだろう？　ああいやいや、お土産を催促してるわけじゃないんだぜ？」

「色々ありましたけど、むろんお土産もありますよ、たとえ催促してなくてもです。はいどうぞ」

私は亜空間に収納してあるアイスクリームを、シュガーコーンに乗せて渡した。

アイスは生クリームを見つけて作った旅のお土産で、コーンはつい先ほど馬車の中で作ったばかり。

「こいつは……」

コックさんがそれを見て、なにかを言おうと口を開けた――が割って入って、別の人物が声をかけてきた。それはなんとも珍妙な客人だった。

「リゼという幼女はお前か。俺は……勇者だ。お前に尋ねたい。なにか怪しいものおかしいもの、普通でないもの、非常識で異常なもの、驚異的な存在、そういうなにかに心当たりはないか⁉」

自らを勇者と名乗ったかと思えばこの言い様。おおよそ不審者である。

がしかし、どうやらちゃんと許可をとってここまで入ってきたらしい。訝しく思いながらも話を聞いてみるが、その後も物騒な言葉や質問ばかりがやたらに出てくる。

突然そんな風に言われても、とんでもないなにかなんて心当たりが……いくらでもあるのが恐ろしいところだった。なにせラナグだってアルラギア隊長だって、他の方々だって、他所《よそ》から見ればそう見えてもおかしくない人材ぞろいである。

この引き続き語る自称勇者の肩を、ふいに後ろからグイと掴む手があった。

「おいこら勇者、来賓室で少し待ってろと言ったろうが。話はまず俺が聞く。あとでリゼと話す時間もとってやるから待て。ったく、俺だってまだリゼにおかえりを言ってないんだぞ」

そのまま勇者君を捕まえて来賓室へ行きかけたアルラギア隊長だったが、戻ってきて言った。

「ああリゼ、おかえりだなうん。元気そうだ」

満面の渋い笑みの隊長さん。私は答える。

「はい、ただいまです。ただ……おかえりとはいっても、一緒に旅に行ってたみたいなものじゃありませんかね。旅の間の隊長さんは人形状態だったとはいえ、ほとんどずっと一緒でしたよ」

「だぁ、そんな馬鹿な話はない。人形だぞ、アレはアレ、コレはコレ、リゼはリゼだ。なぁラナグ。それから精霊達も、おかえり。元気で無事で、良く帰ってきたな。うんうん。立派な服も着て、うんうん。全員大きくなったなぁ」

三精霊は『ピヨッ』などと言って隊長さんに応える。言葉もジェスチャーも人間と精霊では伝わりにくいのだが仲良さげである。しばらく人形モードで過ごしていた隊長さんは、精霊達と一緒に私の腕の中にいる時間が長かったから、それで親密度も上がったのかもしれない。

そんな隊長さんと共に、勇者の青年はホームの奥へとしぶしぶ向かっていく。

「おっさんいいか、これは世界のために必要な大仕事。あの幼女の近くにとんでもないのがいる。俺はそれを討滅しに来たんだ！」

遠くなる声に気になる部分はある。

ただ重要であるがゆえに、まずは隊長さんにお任せするべきだろう。

いっぽう、一連の様子を前にしてコックさんは実に真剣な目つきで言うのだった。

「リゼちゃん師匠、今のやつはいいのか？　魔王がどうとか？　もっともこの隊にゃあ、それに類するやつならごまんといそうだけど」

「そうですね。いるのかもですが、まずは隊長さんが聴取されるそうですので私はのちほど」

「なら、リゼちゃん師匠、質問してもいいか？　この、この……」

ひどく真剣な目が私を射貫く。なんだろうかと思わず身構える私。

「このアイスの下側の、サクサクのはどうなってるんだよリゼちゃん師匠ぉぉ」

彼はお土産のアイスを強く優しく握りしめたまま、そこに立っていた。コックさんが高い関心を示したのは、案の定アイスで、しかも手に持ったシュガーコーンの部分であった。

私が馬車の中のヒマな時間で作ったコーンであった。

「ワッフル生地っぽいが、もっと薄いな。円錐の型に巻き付けてから生地を焼いたってとこか……」

「よく分かりますね。ですが、まずはご賞味ください」

私にとっては馴染みあるアイスのコーン。だがもちろん実際に作ったことなどなかった。馬車の中をコーンまみれにして試作した逸品だから、そこに興味を持ってもらったのは嬉しくはある。

しかし溶ける前にメインであるアイスのほうも食べていただかねばならない。

「た、食べてもいいのか？」

「もちろんですよ。溶けちゃいます」

彼は一口かじると、そのままコーンまでサクサクいき、そしてなぜかバク転をした。

バク転三回から、伸身の後方二回転ひねりを決め、残りのアイスを舐めて、コーンを齧った。

彼は額の汗をぬぐいながら言う。

「ふう、氷菓子とは思えぬ柔らかさ、思わず飛び回らずにはいられないぜ。それだけじゃない。コーンの三角形のフォルムと、その上に載るアイスの丸いフォルムの融合も魅惑的、蠱惑的、愛おしい」

などと言いながら、またバク転をしていた。器用な人である。

まったくもう少し落ち着いて食べたらいいのにとも思いつつ、私とて、コーンに載ったアイスクリームの姿の完成された美しさには同意だった。やはりアイスといったらコレが楽しい。究極フォルムであるといえよう。

「あのコックさん、アイス&コーンが至高なのはともかくとしてですね、私からも一つ伺いたいことが。発酵調味料に関わりそうな、聖杯というものを持って帰ってまいりまして……」

「モグモゴ、お？　伝説の調味料について、なにか掴んできたってのか？　リゼちゃん師匠」

しばらく前の話だが、お醤油らしきものの伝説について、コックさんからチラッと聞いたことはあったのだ。それが聖杯と関係しているかは分からないが、確かめてみる必要はあるだろう。

コックさんと詳しい話をしようと、ぐっと身を乗り出したところ――

「聖杯のお話ですかお姉様？」

ウサギ令嬢ティンクさんが参戦してきた。荷物の整理は終わったらしく、子供服職人のロアイアさんも一緒だ。

ウサギ令嬢の後ろには、銀色のウサギ女子数名が御付きとして控えている。彼女らも皆、ティンクさんと共にしばらく滞在予定だ。

一気にホームの女子率が急上昇。ただしほとんどウサギ、という状態であった。

コックさんも連れて、新たに造られているはずの女子棟へ向かう。

彼女らが滞在する予定の女子棟は私のお部屋のすぐ近くに新しく建てられている予定だが……行ってみると、ひどくファンシーな木のおうちが大々的に建立《こんりゅう》されていた。

そのファンシーぶりたるや、今にも二頭身にデフォルメされた森の動物達が扉を開いて出てきそうな趣《おもむき》である。実際、ウサギ令嬢ティンクさんがこの建物を背にすると、似合いすぎていて困惑するほどであった。

幸いウサギ令嬢チームの趣味には合うらしく。

「あら、傭兵の駐屯地と聞いておりましたから期待はしてなかったのですが、良さそうですわね」

思いがけない相性の良さ。いっぽうまあ私の部屋もかなりのファンシーっぷりなのだが、そちらは今度もう少しシックな大人の淑女仕様に調整していただこうかなんて思っている。

入居準備は進み、ウサギ令嬢の荷物からは古代遺物《アーティファクト》研究のための道具なども荷ほどきされる。

「リゼちゃん師匠。すまんけどさっき話にあった聖杯ってのを俺にも見せてもらえるか？」

「ああもちろんです、コックさん」

そう、コックさんとはこのお話をしたかったのだが、ようやくたどりついた。

私としては、このお醤油の香り漂う聖杯を、食材情報に詳しいコックさんにぜひ見ていただきたいと思っていたのだ。

ティンクさんに聖杯を見せてほしいと伝えると、さっそく荷物の中から取り出してくれる。

この聖杯はホームの近所にある古代遺跡にも関連しているのだそうで、彼女は今後、そこでの調査を進めたいのだとか。ただ実際、半分くらいはティンクさんの趣味というか、ただただこちらへ遊びに来たかっただけではないかと私は思っている。

ティンクさんが出した聖杯が私に手渡される。それにコックさんが触れようとすると……

「ちょっと貴方待ってくださる？　わたくしがエルハラとお姉様から委任されて管理していますの。汚い手で触らないでくださらない？」

ティンクさんはそう言って、可愛らしいウサギ前歯をむき出しにしてちょっぴり威嚇した。可愛いような恐ろしいような顔であった。いっぽうのコックさんは。

「汚いわけあるか俺の手が。常に衛生管理には気を配っているんだからな」

そんな部分に激烈に抗議をしていた。

衛生管理まで含めて、食には大変うるさい彼である。食に関しても非常に博識なので、一緒に仲良く調べてみてほしいのだが。引き合わせたのは悪手だったのかと戦々恐々。

ともかくこうしてお二人の談義は始まった。やや心配しつつ見守る私だったが、本題が始まれば意外と噛み合い、片付けもそっちのけで日が暮れるまで情報交換は進み――

「……つまり、おそらく聖杯自体はこれで完成してるんだよな？」

「わたくしはそう思います。ただ、起動はしていない。なにか、まだ足りないものが」

「そいつはもしかすると……」

ありがたいことに、話はちゃんと進展を見せていた。

だがしかし、ここでとんでもない事態が私を襲った。バタリ！　私がいつもよりちょっと早めに眠くなってしまったのだ。なんということだろう、長旅の疲れだろうか。

「あ、リゼちゃん師匠、すまんすまん、ベッドに連れていこう」

コックさんが言ったが、一足先にラナグが私を背に乗せてくれた。

う、う、う、うぐぬ。もはや幼女は眠かった。あまりの眠気にふわりとした眩暈《めまい》すら覚えるほど。

気力を振り絞り、少しだけ家庭菜園の様子もチェックしたが、コックリコックリが止まらない。たとえ口の中に美味しいものを放り込まれても、咀嚼しきる前に眠ってしまいそうであった。

というわけで私はおやすみなさいをして、ファンシーな自室までラナグに運んでいただき、そのまま三精霊達と一緒にベッドに潜り込んだ。

「おやすみリゼ、ともかくよく寝るんだぞ」

隣の部屋から隊長さんが顔を覗かせそう言った。そういえば勇者君はどうなったのかなと思ったが、隊長さんが扉を閉めた隙間からこちらの部屋に入ってくる僅かな明かりが、細くなって消え、私は眠りに落ちていった。

そしてこの夜、私は地球の父の夢を見たような気がした。深く深く眠りに落ちていきながら。

『リゼ、リゼ、リゼ……』

思うに、今は夢の中である。

私は今ベッドの中でぐーぐー寝ているところなのだ。

しかしこの夢は妙だ。あまりに生々しく身体感覚が残っている。

『リゼ……』

先ほどから夢の中で誰かに名を呼ばれているようだ。

声のする方に目を向けてみる。と、そこになにかがいる。

ぼんやりとした光のようなもの？　にしか見えなかったのだが、じいっと凝視していると次第に一つの形をとった。それは……

アゴの割れた、ハゲマッチョ。ハゲマッチョの男性であった。

アゴ割れハゲマッチョ。おお、その姿はまさに我が父のものではないか。地球のお父様である。

私がこちらの世界に来るよりも前に亡くなってしまっていた、懐かしの父の姿である。

ただ姿も声も父ではあるが、違和感がある。外側だけが一緒で、中身はまるで別人。そんな違和感がある。そう疑ってみると、眼前の人物は途端に姿を歪めてしまった。私は尋ねる。

「ええと、どちらさまでしょうか？　どこぞの夢魔かなにかでしょうか？」

相手はなにかを答えるそぶりを見せたが、そのまま淡く消えてしまった。

ほとんど同時に、私は夢から覚めてしまっていた。どうやら朝らしい。

もう一度寝たら続きがあるだろうかと、私は二度寝を試みた。が、結果として、ただ二度寝しただけであった。なにも起こらない……ラナグ先生にでも聞いてみたらなにか分かるだろうか。

ラナグは今私の目の前で、珍しくまだ熟睡している。私を抱きかかえるようにしてもぞもぞとしていた。ラナグ早く起きないかなと思いつつ、寝返りをうってみる私。コロン。

私の枕の向こう側半分では、千年桃の妖精ピチオさんがヨダレを垂らしながら眠っていた。木に宿る妖精のくせに人様の枕で眠り、ヨダレを垂らしている。

三精霊も各々ダイナミックな寝相でベッドの上に展開中。

私は瞬きを何回かしているうちにすっかり目が覚め、そっと身体を起こした。

ラナグが起きるまでの間、少し外に出てみようか。

ピチオさんの顔を見て思い出したのだが、今日は彼の宿る桃の木に肥料を撒こうと思っていたのだ。

お出かけから帰ってくるたびに、もはや恒例になってきているこのイベント。旅から持ち帰ったピチオさんの肥料になりそうなものを、アレコレ撒くのだ。

庭先に出てみる。まだ朝早いから誰もいない。

ピチオさんがムニャムニャ言いながら、寝ぼけまなこで私の後を追って飛んで出てきた。

それからすぐに三精霊も起きて外に出てきた。

私達は朝の澄んだ空気の中、旅で集めた魔石などを埋めていく。雑談交じりの会話の中でピチオさんは言う。

『へぇ、夢に？　ごめんなさい、ちょっと僕には分からないですけど……やっぱりラナグ様ですよね、そういうのは。あ、起きたみたいですよリゼさん』

その言葉と同時に、珍しくお寝坊さんであったラナグ先生がのっしりのっしりと歩いて出てきた。

『リゼ、夢で妙なのに絡まれなかったか？』

そして私が尋ねる前に向こうから聞かれてしまう。私はうなずきながらアレがなんだったのか知っているかと尋ねてみる。しかしその答えは曖昧だった。ラナグはなにかを感じただけで、私のように夢としてはっきり見たわけではないそうな。

肥料撒きが終わると、すっかり朝。朝露がお日様でキラキラと輝く。

私はラナグと相談して、あの勇者君とあらためて話をしてみることにした。


隊長さんの部屋を訪れると、彼をすぐに連れてきてくれた。勇者君は十代後半くらいだろうか。血気盛んな若人という印象で、名はシャイル君と言うそうな。

「ではあらためまして、大切なお話があるとか？　詳しく伺っても？」

「もちろんだ。話がある。この世界に関わる……なにより大事な話だから、聞け」

そしてこの自称勇者の若者が言うのだ。

「この大陸の、このフロンティアエリアから、とんでもないなにかが生まれているという神託を授かったのだよ。我らは。実際にその波動も観測したのだ」

曰くその波動というのが、どうも人類を滅ぼす恐ろしいなにかが誕生している証拠なのだとか。彼はその正体を捜し求めて、はるばる別の大陸から旅をしてきたと言う。ふうむ、神託か。

こっくりうなずきつつ聞くと、勇者君は勢い込んで私に聞いた。

「あらためて聞く。なにか怪しいもの、おかしいもの、普通でないもの、非常識で異常なもの、驚異的な存在、そういうなにかに心当たりはないか⁉」

異常で非常識で恐ろしく驚異的な何か……考えを巡らせてみると、やはり心当たりは平然とある。ありすぎる。いや、どこをとってもそんな存在ばかりなのだ、私の周囲にいる方々は。

たとえばまず、ロザハルト副長だってそうだろう。なにせつい先日のエルハラ旅で、闇を統《す》べるだの統《す》べないだのという話があったばかりである。

その旅の前には古代獣王バルゥ君の一件もあった。彼の覚醒モードの獅子獣人姿は威風堂々としたものだが、もしかすると立派すぎて魔王っぽくも見えるかもしれない。

能力でいえば、アルラギア隊長は破壊神よりも破壊神みたいなところがある。というか彼は、子供時代の異名が破滅の御子《みこ》だった。これはもう相当なことではなかろうか。

その上、私の生まれ方だって異常といえば異常である。

ラナグはどうか？　能力的には人類を滅亡させたりもできるかもしれない。けれど高位の神獣ではあるし、人類を滅ぼす魔王的な雰囲気はない。

やはり思い当たるには思い当たるが、皆さん良い人ばかりで、あまり人類を滅ぼしそうにはない。

一応ラナグにも確認してみると。

「ねえラナグ、ラナグって人類を滅ぼしたりできるかな？」

『我か？　やってやれないこともないが、なんだ、やるのか？』

「やらないやらないよ。美味しいもの食べられなくなっちゃうよ？」

『そうだな、そもそもリゼだってこの隊の連中だって人類だしな、今のところ連中をヤル予定はない。リゼもないだろう？』

「ないない、全然ないよ」

当然私にもない。なにせ淑女たるもの人類を滅ぼしたりはしないのだから。

そもそも私にそんな力はあるまい？　ないよね？

やろうとしてみたことはないが大丈夫なはず。やってみたら意外とできたなんてことも世の中にはあるが、大丈夫なはず。

身内以外はどうだろうか？　とくに思い当たらないが、それらしい存在がこのあたりで誕生しているのなら、迷惑なことだ。

アレコレ考えている間に、勇者君はさらに話を続ける。

「どうもお前らはやたらにのんびりしているな。アレだぞ、俺が生まれ育った大陸じゃあ話題沸騰だぞ？　終焉の卵が孵《かえ》ったなんて言われてる。それで多くの候補者の中から俺がトップの成績で筆頭勇者に選ばれて、旅立ちの時は祭りも開催されたくらいだ」

やや自慢げに語る彼。ともかく長い冒険の旅があってここまで来たのだとか。ちなみに筆頭勇者は彼一人だけらしいが、それに準ずる存在は他にもいて、その方々もまたこの大陸のこのフロンティアエリアに関心を抱いているとのことだ。なんとなく面倒ごとの匂いがしないでもない。

「まあ俺に従え、協力しておいて損はないぜ？」

そう語る彼の雰囲気は自信と輝きに満ちていた。ただ、どうにも勇者という言葉の響きほど品行方正な人物には見えず、どちらかというとやや不良じみた振る舞いだ。また、そういう人間特有の馴れ馴れしさも持ち合わせていた。

「にしても、なぜ私のところへ？」

「神託では幼女がキーパーソンだってことになってる。この大陸に上陸して情報を集め、人々に話を聞いて回った結果、幼女リゼという名が頻出した。だから協力しろよ、なあ？」

などとのたまう勇者様。神託か。あれもなかなか不正確なもので、神が信徒にお茶一杯を用意させるだけでも苦労するような代物だ。どれだけ正確に伝わっているのかも分かったものではないが。

ただ私も昨晩、不可思議な夢を見ていて妙に気になる感覚もある、たとえばあの夢がどこぞの神様からの神託だった可能性だってある。

ムムム、と迷っていると、後押しするように勇者君が続ける。

「もしも今お前に心当たりがまったくないなら、これから突如なにか良くないものが、誰かの身中に目覚める可能性もある。我々に下った神託でそれは『闇落ち』という名で呼ばれていた」

「闇落ち？　なんだそりゃあ」

隊長さんがそう言った。彼もこの件にはしっかり関心がある様子だった。もっとも隊長さんは、フロンティアで起こる怪現象については、大抵興味を抱きそうだが。

地球出身の私からしたら、この世界の全てが怪現象以外のなにものでもないけれど、どうもその中でもまた特殊な問題がフロンティアにはあるらしい。

にしても闇落ちか。ふうむ重要そうな情報ではないか。早く言いたまえよキミ。

先を促すように首を傾げると、勇者君は意気込んで語ってくれた。

どうやら『闇落ち』は、地球で使われているのと似たような意味で、誰かがなにか悪いパワーのほうに傾いてしまう現象だそうだ。

たとえばだが、今私の目の前にいる人物、アルラギア隊長。このとんでもない系男子の一人が闇落ちしようものなら大事《おおごと》だ。なにせ正気のときですら、そこそこの危険人物なのだ。思わず戦慄する。戦慄がもう完全に走り回っているけれども、シャイル君の話はまだ先がある。

「神託によればもう一つ……『古代の王国』が云々という話もあったそうだ。聞けばこのあたりには古代獣王の遺跡なんてもんまであるそうじゃないか。ならまずそこに向かってみるのも悪くない。あんたら正確な場所は分かるか？　あるいは他の選択となると、ひたすらそっちの幼女について回るくらいしかやることが思いあたらん」

ついてこられるのは迷惑だ、なんて言わないけれども、どちらかと言えば遺跡に行ってくれたほうが望ましい。しかし、アルラギア隊長は難色を示した。

「遺跡か……案内ならできなくもないがお前さんの実力だと、ちと厳しそうだな」

その言葉に反発する勇者君。

「俺は勇者だぞ？　だったらともかく、しばらくリゼに同行させてもらうぜ」

やや迷惑な気もしたが、まあ構うまい。もっと情報が出てくる可能性もある。

するとアルラギア隊長は私にこっそり告げた。

「なあリゼ、言っとくがこの勇者君は全然弱いからな。隊の連中と同じ感覚であちこち連れまわすと、近場でも即死しかねんとだけは言っておくぞ」

「そんなにですか？」

「そんなにだ。まあ実際一緒に行動してみりゃあ、本人も納得するとは思うが」

行ってみれば分かる、か。ならば行ってみるのが早かろう。

色々な思惑が重なった結果なのだが、私達は遺跡行きに向けて準備を始めた。勇者君は一度離れ、冒険用の装備を整えてくるという。

アルラギア隊長は当然の如く同行を決めていて、しかもすでに準備万端。いつでも彼は万端だ。他にもティンクさんが参加を希望し準備を進める。そんな最中、コックさんも姿を現す。

「リゼちゃん師匠、これ渡しとくぜ！　またあっちこっちに出かけちまう前にな。取り寄せに時間かかったが、ようやく届いた物だ」

彼は手を清潔に磨き上げてから、艶《つや》やかに仕上げられた木の箱を取り出す。ケースの留め金がパチンと音をたてる。箱の中には銀白色に輝く……ナイフの柄だけが入っていた。

「手に取ってみてくれ。約束してた包丁セット。リゼちゃん師匠の手に合わせた特注品だ」

そういえば、まだホームに来たばかりの頃に、子供用の包丁セットを用意してくれるとコックさんが言っていた。コックさんは箱を手にして言葉を続けた。

「遅くなったけど、ある意味ではちょうど良かったかな。聞いてるぜリゼちゃん、A級料理人になったそうじゃないか、ならこれはお祝いだぜ！　小さな料理人の大きな一歩に、ささやかながら華を添えさせてくれ」

前回の旅の途中、タタンラフタの女王陛下との出会いで、そんな流れになったのを思い出す。行きがかり上の展開だったが、こうして気心の知れた人にお祝いしてもらうと嬉しいものだ。ありがたく頂戴する。あらためて見てみるが、そこにあるのは、やはり柄だけ。

刃は交換式なのだろうかと思いつつ手に取ると、その柄は、吸い付くように手中に収まった。

「よしリゼちゃん師匠、サイズは良さそうだな。あとはこうやって、左手でブーンと」

言われた通りに柄をこするとあら不思議、刃が現れて伸びていった。

まるでビームソードのように刃が伸びるのだが、明らかに刃は金属である。

「長さは自在、刃の厚みも自在。戦いながら強靭なドラゴンを三枚おろしにだってできる業物《わざもの》だが、完熟しきってやわらかな桃だって、形を崩さずにスッパスパだぜ」

やや物騒な通販番組みたいな商品説明をするコックさんであった。

どうやらこの世界基準で考えてもかなり特殊なアイテムらしく、ナイフマニアの隊長さんも横から首を伸ばして、興味津々で眺めていた。

「おいおいコック、こんなものどうしたんだよ、どっから手に入れた？　国宝級か伝説級か、どっかの聖剣かなんかじゃないのか？」

「流石隊長、良い目利きだ。これはとある聖剣を仕立て直して作ってもらったもんでね。製作はデルダン爺の弟さんのとこ。そうそう、これを配達しに、今来てますよ。大倉庫の方に」

「弟？　ゴルダンさんが？　ドワーフのお山からわざわざ来てるのか？　なんだってそんな」

「きっと聖杯の件もあってですよ。自分も見たいってね」

ドワーフ、それは鍛冶をやらせたら右に出る種族なしとも謳われる方々である。

彼らが住む山はエルハラ方面に位置していて、なかなか行きにくい場所にあるそうだ。

どうやらそんなドワーフの方が、ウサギ令嬢ティンクさんの聖杯に興味を持っているということらしい。

「ドワーフのご老人が、聖杯にご興味を？」

ティンクさんはいぶかしげに言う。彼女はやや警戒した様子。

隊長さんとコックさんは特に気にする様子もなく、大倉庫へ行こうと私に声をかけて進み始める。

私とラナグと三精霊、その中に混じってティンクさん、ケモケモしい我々が後ろから追いかける。

すぐに到着。扉の前にはいつものように倉庫番のデルダン爺が立っていた。

彼にはドワーフ小人の血が流れているそうで、見た目は髭《ひげ》もじゃ、ズングリムックリ体形である。

さてそんな彼の隣に今日はもう一名、よく似た姿の人物が並んで立っていた。

デルダン爺と同じように髭《ひげ》もじゃ。おかげで顔はあまり見えないのだが、愛想の良い笑顔でこちらを見ている雰囲気は伝わってくる。

「おう、君がリゼちゃんかい？　お会いできて光栄だよレディ。ワシはゴルダン、このドワーフ爺さんの弟だ。全然似てないだろう？　がぁっはぁっはっは」

似ていないと豪語するおじいさん。おそらくジョークなのだが、私がそれに対して反応を示すよりも前に、彼は豪快な大笑いを始めていた。自分で言って自分で大笑い。

我が家の三幼児はその大笑いのあまりの激烈さにビクゥッとして、私のところへと寄り集まってきたほどである。

『『ッ!!』』

無言のビックリ顔が三つ私を取り囲み、それから脇のあたりやらお腹あたりやらに顔をうずめてくる始末であった。なにもそこまで驚かずとも良さそうなものだが、ともあれ風衛門《ふうえもん》さん、ジョセフィーヌさん、タロさんをなだめる。

「よしよし、大丈夫、大丈夫、皆強い子でしょ？」

普段は魔物相手に大暴れ無双をしているが、やはり生後間もない子供らであった。暗い森やら、闇夜エルフの女王陛下に対しても微妙に怖がったりしていたなと思い出す。となればこのお爺さんも、それなりになにかはあると考えておくべきだろうか。

様子を見ていたデルダン爺が、やれやれといった様子で片方の眉を上げていた。

「ゴルダン、お前の馬鹿笑いは相変わらずやかましすぎるらしいな」

「おやぁ？　ああすまんすまん子供らよ。ワシャ声がでかくていかんなぁ」

ゴルダンさんは頭に被っていた金属製のシルクハットを脱ぎ、胸元にそっと寄せて、私と三幼児に向かって深々とお辞儀をした。

シルクハットには角が二本付いていた。デルダン爺の頭には金属のヘルメットが乗っているが、やはり角が二本付いている。角つき帽子はドワーフの衣装なのかもしれない。

「ほら皆大丈夫だよ」

まだ怯えている三幼児に私が語り掛けると、タロさんがうずめていた顔を少し持ち上げる。黒目がちな目がこちらを見上げていた。

ただし目は青いので青目がちと表現すべきかもしれない。が、ともかく大きくて澄んだ瞳が見上げていた。

『クマァ？　（ほんとに？　大丈夫？）』

三幼児はちょっとずつ警戒を解いていって、私の服を掴んだままではあったものの、身体を折り曲げてペッコリとお辞儀をした。もの凄く深々としたペッコリ。そのたどたどしさがなんとも微笑ましくなってしまい。

「はい、よくできたね、偉い偉い」

などと言いながら頭をナデナデして褒める私だったが、もちろん私自身の背丈はこの子らとたいして変わらない。外から見れば、妙におしゃまな振る舞いをする幼女に見えるかもしれない。いまだにこの不可思議な感覚には慣れない部分がある。

にしてもこのゴルダンさん、やはり只者ではないかもしれない。普通の仕草の一つ一つから、どことなく威厳や覇気が漏れ出ている。

「で、幼女リゼよ、君は本当のところA級料理人なのか、古代遺物《アーティファクト》の研究者なのか、神獣様の巫女なのか、躍進目覚ましい冒険者なのか、大魔法使いの卵なのか、可愛い幼女なのか……どれが真実なのかねぇ。いや待てよ、そうだなこうして直接見て分かった、どの噂話もきっと本当だろう」

そう語ったゴルダンさんが、目元から片眼鏡を外して胸ポケットにしまった。

驚くべきことに眉毛もモジャモジャすぎて、外すまで片眼鏡の存在はまったく見えなかった。

そこから雑談が続いた後、ゴルダンさんがアルラギア隊長を見て言う。

「よう大将、お前さんは相変わらず鬼神みてぇなツラしてるじゃないか」

「あんたに言われたくないさ」

「バッハッハ。生意気なやつだぜ。ところで、他所《よそ》の大陸からきな臭い連中が来てるみたいだな？」

「勇者様ご一行かい？」

「ああ、そのくそったれどもだ。ここにも来てるって？」

「まあな。悪い奴じゃないと思うが」

「どうだか。まあいいさ。それよりワシはワシの仕事をしなければな……さてさて……んじゃあ聖杯ってのは、これかい？」

ゴルダンさんのもう一つの用事というのはやはり聖杯の件らしかった。

ゴルダンさんが眉毛の奥の目をまん丸に見開いて、ウサギ令嬢ティンクさんが抱える聖杯を食い入るように見つめる。なんなら本当に食いつきそうなほど聖杯に迫る彼だったが、それをデルダン爺が手で制止する。

「ゴルダン。お山の連中はこれだから困る、宝と見れば見物しなけりゃ気が済まない。節操ってもんがないな」

「兄貴よ、ドワーフの掟に物欲を禁ずる法なんてないのさ。節操なんてものを大事に抱えているのは有史以来、兄貴だけだよ。もっともそうじゃなきゃ、ここの大倉庫の番は務まるまいが」

ゴルダンさんはそう言って一歩下がり、今度はデルダン爺が守る大倉庫の扉をじっと見たが、視線はまたすぐに元へと戻る。

「まあ今はともかくこっちだ、聖杯だ。どっちにしろ復元するつもりだろう？　なら、一枚かませてくれよ、なあいいだろう？」

ウサギ令嬢ティンクさんは耳を固くして聖杯を抱き抱えていた。警戒強めと言った雰囲気で私の後ろに隠れようとする。彼女の方がずっと背が高いので、まったく隠れられてはいないのだけれど。

彼女は私のすぐ後ろから、私の耳元で囁いた。

「やはりこれは、リ、リゼお姉様に管理していただくのが一番だとわたくし思いますの」

そう言ってすぐに、聖杯を私に手渡してきた。

私はそれを手に取って、考える。

「ふむ、お預かりするのは構いませんが、大丈夫なんですか？　エルハラの宝物だと聞いてますが？　そのためにも護衛のウサギ騎士がいらっしゃってるのかと」

「確かに大事な宝。しかし、だからこそですお姉様。わたくしがこの古代遺物《アーティファクト》の研究と管理の責任者に任命されてはいますが、保管方法は都度最適な形でと定められていますもの。ならば今はお姉様です。お姉様の収納魔法、それに最高クラスの護衛の数々もついておられますし、さらにはお姉様ご本人も無敵に素敵！　その上、管理者たるわたくしも、お姉様のおそばにいるわけですから、うん！　合理的、やはり完璧ですわね！　ね？」

長いお耳を片方折り曲げながら、彼女は私をじっと見つめる。

ふうむ、私としてはお醤油製造機とおぼしき聖杯に興味があるし、収納は得意なので構わないのだが、しかし良いのだろうかと逡巡する……。

実際、これは本物の聖杯で、国宝級のアイテムである。

エルハラの旅の途中で、私がうっかり聖杯の欠片を集めすぎて一つの形に組み上げられてしまったこの聖杯。

その後、一度エルハラの元首様にお渡ししたのだが、またこちらに戻ってきたのだ。

あろうことか、宝物を自分達で守り通す力がないからアルラギア隊で護ってくれと依頼してきた。

結局聖杯と共にティンクさんも同行し、アルラギア隊のホームへと来た。そして今に至る。

ホームの近くには聖杯と繋がりがあるらしい古代獣王遺跡もあるから、そこにも赴いて研究を進めることになっている。

その関係で、ティンクさんも今回の遺跡行きに参加を希望したわけだ。ゴルダンさんも、この話を聞いて同行を希望した。そこへ勇者君が戻ってくる。

「なんだ、増えてるな。おいおい、俺とおっさんと幼女で行くのかと思っていたが、大丈夫なのか？　いくら勇者でも、危険地帯で守れるのは、せいぜい幼女一人くらいだぞ」

やや自己評価の高い彼だが、それでも私を守ってくれる気はあるようだった。一応初めはこの勇者君の希望で始まった遺跡行きなのでことわりを入れておく。

「すみませんが希望者が多数なので、今回はまとめて行きましょう」

皆の視線が私に集まる。思惑はそれぞれ。

遺跡へ

今回の遺跡行きは奇妙なメンバーとなった。

いつものメンバーにティンクさんや勇者君、ゴルダンさんをも加えた大所帯。

ティンクさんやゴルダンさんは聖杯の調査が目的で、勇者君はここらで発生しているらしい未知の脅威についての調査。私はそのどちらにも興味があり、隊長さんには勇者君に実力不足を認識してもらう意図もあるのだろう。

色々あるが、どちらにしろあの古い遺跡に繋がりがありそうだった。

私達はその後すぐに、獣王遺跡の近くにあるバルゥ君の獣人村に赴いた。だが、そこで私は目を疑った。なんということだろうか。

「バルゥ君達の獣人村ってここで合ってます、よね？」

目の前に村はなく、あったのは、蒸気の立ち上る岩の砦だけ。隊長さんに尋ねてみる。

「場所に間違いはないが、なにやら、別物になってやがるなぁ。妙に活気づいてるしな」

村をぐるりと囲うゴツゴツとした堅牢な防壁。壁からは蒸気らしきものが噴出していて、正門は長大で重厚。そこを出入りするのは商人らしい装いの方々。獣人さんだけでなく、人間も幾人か忙しそうに歩き回っていた。

「こっちはアグナ獣人村に到着した。ちょいと村の様子が以前と違うが、なにか聞いてるか？」

アルラギア隊長は通信術を通してコックさんに尋ねていた。

アグナ獣人村というのは、バルゥ君が村長を務めるこの村の正式名称である。このあたりに獣人さんの村はここしかないので、単に獣人村と呼ばれるほうが多いが。

バルゥ君はまだ少年だが古代獣王の力を継いだ村長である。それは結局王なのか村長なのか。まったくややこしくて困るバルゥ君だ。

そんなこの村の様子が以前来たときとは様変わりしている。寒村の面影がない。

防壁と門からは時折、稲妻の如き閃光が空に向かって伸び、飛び交う怪鳥を撃墜。その怪鳥の巨体が落ちてきてはドスウンと轟音をたてていた。

ふうむ……村の壁がパワーアップしているのは、きっとブックさんの技術指導の賜物だろう。特級の建築術士ブックさん、彼が時間をかけてこの村の方々に技術指導していた時期があるのだ。あれの成果が著しく出たと考えてもよいのではなかろうか。

ただそれにしても……変化しているのは壁だけではない。活気がある。村の面積すらも、二回りくらい広がっているように思えた。

それからあの雷撃については……これも一応覚えがなくもない。

以前私がこの村に滞在していた時の話。地球の発電機の仕組みを村の職人モグラさんに伝えて、それをもとにして雷撃発生装置が製作された。

あのときよりも……どう見てもかなり大掛かりな装置に進化しているが、根本的には同じものだろうと思う。しかしそれらを総合すると、まったく別の場所に様変わりということになる。

完全に間違った場所に来てしまったのではと困惑する私。さてそんな中、コックさんの通信術を通して隊長さんへ返答が来た。

近頃のこの村の状況について、コックさんが調べてくれたらしい。

『ええとなになに、最近の情報だと——アグナ獣人村は、僻地の寒村だったものが突如、変貌。最大のポイントは、火の魔力から雷の魔力を取り出す技術の発案と実用化。これによって取り出した雷属性の魔力によって、雷系の魔導具の一大生産地に変貌を遂げつつある。この計画は、獣王の花嫁と呼ばれる幼女の手腕によって成された——ってな情報になってるな。他にもありそうだが、隊長、詳細を聞くかい？』

「ええと。幼女が成した？　なるほどリゼか。そういや前に来た時になにか作ってたな。よし分かった、それならまあ、あんまり騒いでもキリがない。詳細は中に入ってから聞いてみるか」

隊長は報告を受けてサラリと答えて、サラリと通信を切った。

あとはとくになにも言わず、通信用の魔導具を腰の道具袋にしまって歩き出す。

「よし、そんじゃ行くか」

私としてもなんとなく様子は分かった。とりあえず行ってみようと隊長さんを追いかける。だがしかし、今回同行しているウサギ女子一名は、隊長さんに異議を唱えていた。

「え、ちょっとちょっと貴方、アルラギアさんって言ったかしら！　なにその反応は！　今の幼女ってリゼお姉様のことね？　結構なニュースだったのでは？　流さないで食いつきなさいな。わたくしはもっと今のお話の詳細を聞きたかったのですけれど？　なにそのあっさり具合は。大体まずなんなのでしょうね、この光景は！　壁から煙モクモク！　雷ピシャンでしょ！　話はそこからなのですよ。こんな防壁ありますか！　わたくしは少し前にもこの村に立ち寄りましたけれど、その時ですら、ここまでモクモクピシャゴロではありませんでしたよ！　もう少し村っぽかったのです」

どうやらウサギ令嬢ティンクさんの反応を見る限り、アグナ獣人村の防壁はこの世界の常識と照らし合わせて、いくらか特異なものであるらしい。

そのあたりは私にはさっぱり分からないので、教えていただいてありがたい限りである。

常識に欠ける人が多いアルラギア隊においては、常識人は貴重な人材である。

しかし常識のないアルラギア隊長は答えた。

「すまんなティンク嬢。リゼの所業に一つ一つ反応していると日が暮れちまう。とりあえず中に入ろう」

「そ、それは……まあ、そうかもしれませんねぇ」

ティンクさんは私を見てそう言った。なんともあっさりと納得してしまうウサギさん。

二人のそのやりとりに私はやや憤りのようなにかを覚えなくもなかったが、淑女らしくおすまし顔で村の入り口への道を歩くことに決めた。

しかし門へ近づいたら近づいたで、また騒がしく騒々しい騒動が。

「ああぁっ！　リゼ姫だ！　リゼ姫が来たぞ！　なあ父ちゃん、リゼ姫だ」

「あん、なんだと……おお、本当じゃねぇか。おい誰か！　村長呼んでこい！　散々準備しておいた、祭り作戦開始のときだ！」

などと獣人さん達から訳の分からないことを言われてしまう。

それを見ていた隊長さんはおもむろに私の隣に立ち、頭をポフポフと撫で。

「今度は姫呼ばわりか、まあリゼだしな」

ぬう、なんでもかんでもそれで済ませるのはいかがなものだろうか隊長さん。

なんだかこの村も、すっかりバードマンさん達のところと同じような空気になってきているなと思いつつ、私は意を決して村の中へと足を踏み入れた。

するとなんとも恐ろしいことに、今度は獣人の子供らが有り余るエネルギーを迸《ほとばし》らせて、わーきゃーワンワンガオーと喚きながら歓待してきた。元々子供らは元気だったが、今日は輪をかけて元気である。

毛並みや色つやも以前より良いような？　初めて来た頃のようなしょんぼりとした雰囲気はもはやなく、村人全体が元気そうである。もちろんその光景は嬉しいものだが、あまりに元気すぎて恐ろしいほどでもあった。

ふいに人垣が割れると、バルゥ君が現れた。

「おおリゼ！　ようやく来てくれたなぁ～！　俺達はな！　ずっ～と歓迎の宴の準備をしっぱなしで待っていたんだぞぉ！」

いつからだろうか？　いつから準備をしっぱなしだったというのだろうか。もはや詳しく聞かないことにして、できるだけ速やかに村長宅に向かう。

村人達にも失礼のないように、ある程度は頑張って愛嬌も振りまいておいたから大丈夫だとは思うが、村長宅に入り込むまでは、まるでライブ会場のモッシュの中へダイブさせられたかのような有様であった。

ひたすら好意の波ではあったのだが、そんなにやたらと焼き鳥を渡されても、私ではすぐに食べきれない。私は焼き鳥やベーコンまみれになりながら安全地帯であるバルゥ君の家の中になんとか辿り着き、一息つかせていただいた。

「で、バルゥ君。村が発展しているのは分かるのですが、それにしても変化が激しい。いつの間にこんなことに」

そう尋ねた私に答えてくれたのはモグラ獣人の技術者達を束ねる棟梁、モーデンさんだった。

「お久しぶりですねリゼさん。いやはや大変な騒ぎで申し訳ありません。皆ずっとリゼさん達が訪れてくれるのを待っていたものですから」

突如地中から現れたモーデンさんに目を瞬かせる。

するとこれは失敬、と言いつつもモーデンさんはこの村の今を教えてくれた。

「防壁、これはもちろんブックさんの技術指導によるものです。ただ、その後資金にも余裕ができて、今なお増設中です」

見れば確かに、今も村の境界あたりでは、新たな防壁が建造されている様子だ。

「肝心なのはあれを可能にした資金の出所ですがね、それがリゼさんの雷撃装置なのです。なにせ……装置は我らにマグマからの発電技術をもたらしました。つまり、火の魔力から希少な雷の魔力が量産できるようになってしまったわけですよ。わが村にとっては、まさに革命でした。そしてまもなく訪れた第二の転機、それが……人間の商人達の訪問でした。まだ始まったばかりですが、少しずつ、雷系魔導具の取引が拡大しているのです。ああちょうど今日は、その商会の方のボスが直々にこちらにお越しになると連絡が……」

「ひゃっひゃ、なんだい私の話かい？　にしても来て良かったよ、やっぱりいたねリゼちゃんら」

ここで話に割って入るように勢いよく現れたるは、大魔導士ピンキーリリーお婆さんであった。私達がもみくちゃにされている間に、彼女も村に入ってきたらしい。

彼女は大魔導士であり、同時に大商会を束ねる立場でもある傑物なお婆さんだ。

風神さんの事件でお会いして以来だ。

元気なお婆さんではあったが、今日は一層パワフルに感じられる。

「こんにちはピンキーさん。今日はこちらに御用が？　奇遇ですね、私達もちょうど……」

「奇遇もなにも、こっちはあんたの仕事を追っかけてきてるんだ。前に渡した余りもののイカズチの短槍があったね。リゼちゃんや、あれでなにか妙なもの作ったみたいじゃないか。雷撃発生装置だってね？　私はそれを見に来たんだが……ああその前に確認だ？　リゼちゃん、あんた他にも、食い物で商売のネタ持ってるね？　こないだ届いたタタンラフタ方面からの情報に、A級料理人幼女リゼって名があったんだが、あれも間違いなくあんただね」

彼女の大きな瞳はまるで、私を食べてしまうのではないかと思えるほど。こちらを見つめ、瞬きもしなかった。私は思わず、極めて小さな声で「ひぃ」と声を漏らした。

しかし流石の商人魂というべきだろうか。A級料理人のお話ももう伝わっているらしい。

「ええと、恐れ入りますが貴女が……」

「こいつは失礼。スイートハニー商会が世話になってるね、私が代表のピンキーリリーだ。お会いできて光栄だよ、貴方は……モーデンさんでよかったかね？」

「はいそうです。お話は伺っておりますピンキーさん、私共のボスは……」

そんな様子でピンキーさんはバルゥ君や他の獣人の方々とご挨拶。

どうやら商会からはすでに若い人がこの村に訪れるようになっているが、ピンキーさん自身が来たのは初めてらしい。

「今日来させてもらったのは、現場をこの目で見たかったってのももちろんあるが、もう一つ重大案件が。なにせこちらはもっと大きな商いにしないかと提案しているのに、今一つ返事が渋くてね。なにかこちらに不備があっちゃいけないと思って、訪問させてもらったのさ」

「いえいえ不備だなんてとんでもないのですが、しかし私共のような寒村の獣人に、天下の大商会からお声がけいただくとは、いささか信じられず。半信半疑で少しずつ取引させていただき始めたところで……」

モーデンさんの答えにピンキーさんは眉をあげ、居住まいを正し、あらたまって言う。

「なるほど……本来なら初めからリゼちゃんに間に入ってもらうのが良かったんだね。だけどしばらくホームにいなかったろう？　だからリゼちゃん今日からでいい、頼むよ、あんたも話に加わってくれ。商会ともアグナ獣人村ともアンタなら付き合いがあるんだから。そもそもマグマ発電の発案者に対する分配金の話もあるんだ」

すでに私の出る幕じゃないような気もしたが、強硬にお誘いいただいた結果、両者の取引に私も発案者として参加することになってしまった。

ピンキーさんが笑みを浮かべる。

「それじゃあよろしく、天才幼女。今忙しけりゃ、あとで詳しい資料と契約書を纏めてホームに送っとくよ。にしても、こっちがアレコレやってる間に、リゼちゃん達、今度はタタンラフタとエルハラで伝説を作ってきてるんだから困ったもんだ。追いかける婆さんの身にもなってもらいたにもんだね。あっひゃっひゃ」

いつもの元気な魔女笑い。

ともかく今この村が活気づいている理由が分かった。

この世界では雷の魔力は希少。たとえば雷系の魔導具を作っても、安定して雷の魔力を充填してくれる人も場所もほとんどないのだと、かつてピンキーさんも嘆いていたのだ。

しかし、ついうっかり私達が開発した火の魔力から雷の魔力を生み出す装置によって、誰が変わったとそういう話らしい。

それを聞いたバルゥ君がうんうんうなずく。

「皆が歓待したがるのも無理ないだろ？　このあたりは食用になる魔物も植物も限られていて、金にもならないのに強い魔物ばかりが出現する。自慢じゃないが大陸内でもトップレベルの寒村だった。どうにもリゼには助けられてばかりだ。俺も頑張らねばな」

するとウサギ令嬢ティンクさんが動き出した。彼女がそっと私の後ろから呟いたのだ。

「お姉様、お姉様っ。こ、この方が新獣王のバルゥ陛下なのですよね……」

「ん？ ああそうですよ。こちらがバルゥ君です。初めてでしたね」

そうそう、そうであった。こちらのティンクさんはバルゥ君狙いであった。獣王の花嫁候補の一人として、バルゥ君に会いたいと以前から訴えていたのだ。

「でもでもお姉様……獣王陛下って聞いていたよりもちんちくりんでございますね。獅子獣人らしからぬ小ささ」

早速失礼なことを言い出すウサギさんであった。彼女は獣王化したバルゥ君の姿のことしか聞いていないらしく、それで拍子抜けしてしまった様子。実際には彼が獅子化するのは、本気で戦う時だけなのだ。

「なんならリゼお姉様のほうが勇ましく、男前かもしれませんわ」

いやいやいや。バルゥ君をちっちゃいだなんて言うのなら、私のほうがもっと小さい。ましてこんな幼女には、まったく男前要素はないだろう。

私は小声でそんな話をティンクさんと繰り広げていた。

彼女は私を見たりこっそりバルゥ君を見たり、お耳をあちこちに傾けたり元に戻したりとせわしなく動いていた。やや緊張している風でもある。

私よりも背が大きいウサギさんだが、今はヒョコヒョコと小動物のように動きまわって可愛らしい。

さてそんなこんな色々とありすぎて忘れてしまいそうだったが、違うのだ。本題だ。

ここに来た目的は村の見学ではないのだ。

なぜかどこへ行っても騒がしくなってしまうが、そう、私たちは今日、古代獣王遺跡に潜ろうと思いこの村に来たのである。

バルゥ君は遺跡に何度か足を運んでいるから、中の様子に詳しいだろうと思ってだ。

あるいは、古代遺物《アーティファクト》である聖杯に関わる出土品があるかもしれないし、他にもなにか関連しそうな情報があれば教えてもらえないかなとも思い訪問したのだ。

当初の目的を忘れてはならない。

私は、出していただいた焼き鳥、すなわち皮つきの怪鳥肉を甘辛ダレでパリッと焼いて上に香草をのせた上品な一皿に舌鼓を打ちつつ、本題に入った。

「もぐもぉぐ。ところでバルゥ君、遺跡について聞きたいのですが」

「遺跡について？　もちろん、なんでも聞いてほしいが」

彼は誰よりも探索をしている。いわばあの遺跡のトップランナーである。

「そうかそうか、ついにリゼも獣王遺跡に興味をもってくれたってことだよな！　嬉しいぞ、いや嬉しいなぁ。そうだ！　これでリゼの尻に尻尾が生える日も近そうだな」

バルゥ君は、なんとも愉快そうにそう言った。

尻尾の件。まだそんなことを覚えていたのか彼は。バルゥ君は、私がいずれ獣人に変化して、自分の花嫁になると信じているらしいのだ。

むろん私に尻尾は生えてこない予定なので、他の女の子を探してもらうのが良かろうと思う。

ちなみにこの村の人達だけでなく、一般的に獣人さん達は古い言い伝えなどを好む傾向が強い。

ウサギ令嬢ティンクさんの場合は、古代の物事を探求するのに熱心だ。

「なあリゼ、遺跡に興味があるなら、遺跡から出た遺物も見ていくか？　俺が何度か潜って持ち帰ったものだ。長老連中に見てもらったが、まだなんだか分かっちゃいない」

バルゥ君はそう言うと奥の部屋へと向かい、木の盆に恭《うやうや》しく載せられたいくつかの遺物を持ってきた。ワフワフヘッへと彼の息が弾んでいる。

「へっへっへ～どうだ、凄くないか！　見るからに古そうだろ？　俺が発見したんだぞ！　いや嬉しいなぁ、リゼにこうして見せられて。見てくれ、これなんて格好よくないか？」

彼はすっかり、はしゃいでいた。色々と持ってきて見せてくれる。

次第に遺物とはなんの関係もなさそうな物も交じり始めたが、とにかく見てほしいらしかった。

「それからこれだよこれ！　な？　リゼのカードな。出たばかりの冒険者&傭兵団カードの新シリーズに入ってるんだぜ」

ぬぬぬ、これは？　カードのタイトルには『A級幼女料理人リゼ』と書かれている。その下には私に似ていなくもない幼女が、愛想良くニッコリと微笑んでいる姿が描かれていた。

「まだ出たばっかりだが、噂を聞いてすぐに手に入れたんだ！　どうだリゼ、可愛いだろう？」

冒険者&傭兵団カードのはずなのに、なぜ料理人が！　恐るべきカードである。

冒険者をやっていて多少有名になると勝手にカード化されるとは聞いていたけれども、そうか料理人でもなるのか。なんでもありだな。それにA級料理人になったのなんてつい最近だというのに！

恐ろしい。なんでそんなところの仕事ばかり早いのだろうか、この世界の住人たちは。

情報伝達の速度や物流網は貧弱なのに、どうでもいいところばっかり超速である。

「村の子供らも最近は多少こづかいが使えるようになってたこともあってな、ほとんど全員リゼカードは持ってるぞ！　どうだ！　凄いだろう！　ちなみに俺は三枚持っている。まだリゼのカードはレア度が高くないから結構出るんだよ。はっはっは、しょうがないなぁ、特別だぞ？　リゼにも一枚やろうか？」

「あ、いらないかもしれません」

それはいったいなんの辱めなのだろうかバルゥ君よ。知り合いの方々のカードなら私も欲しいが、自分のカードなどもらってもどうしようもないのでは……

私はここでハッとした。いや待ってほしい、また話がそれて進んでいないではないか！

こちとら遊びにきているのではないのだと、気持ちを立て直す。

ともかくいったんカードとか、おもちゃっぽいものの類は片していただき、気を取り直して遺物を見る。遺物観察会がまともに始まると、その中心にはウサギ令嬢ティンクさんがいた。

集中して遺物を見る彼女のお耳が、静かに、右へ左へと揺れている。

いっぽうでバルゥ君には、聖杯を見ていただいくことにした。

「聖杯？　見せてもらえるのか？」

真剣な面持ちの彼に聖杯を差し出すと、聖杯にくっつきそうなほどに近づく。しばらくして彼は言った。

「これなぁ、この形……嵌《は》め込むための台座を、獣王遺跡で見たかもしれない」

その言葉にティンクさんがそっとこちらに視線を向けて言う。

「そうですか……聖杯はもともと古代獣王に関わる遺物です。なにかしら繋がりのある場所が遺跡の中にあるのは、なんらおかしいことではありませんわ。そこまで連れて行っていただけますかしら、獣王陛下」

ティンクさんはバルゥ君を獣王陛下と呼んだ。

「獣王陛下？　……ああ俺のことか。まあそうだよな、しっくりこないが」

「陛下、しっくりなさってくださいませ。陛下は陛下なのですから」

バルゥ君としては、『自分はこの村の村長で、この群れの長だ』という自覚のほうが強く、獣王だなんだと言われてもいまいちピンとはきていないようである。私にとっては、バルゥ君は可愛いワンワンだとしか思えていないのだが、ティンクさんとしてはもっとずっと偉大な人物と思っているらしかった。

ともあれ話はまとまり、バルゥ君も探索チームに加わってくれた。

村を出るまでに、またプチパレード的なものが巻き起こっていたが、私も小躍りをしつつ移動。

ちなみにピンキーさんとモーデンさんは村に残っていて、ご商売の話をなさっていた。

ともあれ私達は、また人が増えてしまった大所帯で、ついに遺跡前まで到達した。

したのだが、ここで一名すでに息も絶え絶えになっている。

「おい勇者、大丈夫か？　ついてこられなかったら無理せずに」

「く、くおあ。なにも問題はない。ここを乗り越えれば、もう遺跡はすぐそこなんだろ？　傭兵隊長のおっさんよ」

「そうだが……あれだぞ？　遺跡内のほうがもっとずっとハードだぞ？」

「っ⁉」

「悪いが一度、ちゃんと力量を確認させてもらってもいいか？　軽く手合わせでもしてだな」

「む、むむ、無用だ。俺は勇者。ピンチでこそ強くなる」

「そりゃ結構だが、寝覚めが悪いから死ぬなよ？」

などという会話が隊長さんと勇者君の間で繰り広げられている。

心配しつつ、私達は地下遺跡へと続くマグマの洞窟を進んだ。

「あーっつぅぅい。熱い熱い、あっつぅぅい」

「大丈夫ですか？　やはり無理せず」

「むりじゃなぁぁい」

進むや否や、勇者君が悲鳴を上げる。私の目には半泣きに見えたが、彼は断固として道を進む意志を示した。

どうやら他大陸出身の彼にとって、そもそもこの大陸の魔物はかなり格上らしい。特にフロンティアエリアのモンスターは狂暴凶悪で、さらに遺跡に潜ると難易度は上がる。

その様子を見て、ひっそりと隊長さんが私に囁く。

「なあリゼ、かなり頑張ってるほうだとは思うが、これ以上はあの勇者にとって本気で危ないから追い返すぞ。いいな？」

「もちろんです」

勇者君は物凄く意地っ張りらしく、今の私の心の中にあるのは、ひたすら心配だけである。さて隊長さんはどうするのやらと、見守っていると。

「すまないがな勇者殿、やっぱりここで実力の確認をさせてもらうぜ？　文句がありゃ俺を倒せばそれで済む話だぜ」

「倒せだぁ？」

血気盛んな若者勇者は露骨に顔をしかめて言い放つ。

「馬鹿かよおっさん。たかだか傭兵隊長に確認をしてもらう必要なんてありゃしないんだよ。俺が行くったら行く。案内だけしてな」

勇者君はそう言って激しく拒絶した。

普段から荒くれ者を相手にしている隊長さんは、大きな反応も示さず、ただ答える。

「たとえばだがな、もしも俺が勇者殿の捜してる、そのなにかとんでもないやつだったとしたらどうだい。今この傭兵隊長が突然暴れだしたとして、勇者様は止められるのかね？　なんたって、この程度のただのおっさんを抑えられないようなら勇者様の意味なんざぁない、そうだろ？」

「邪魔くせぇおっさんだ。本当にやろうってのか？　あんたがそんな自殺志願者だってなら望み通り殺してやるよ。こっちは勇者だぞ？　千を超える名のある勇者候補生の中から選ばれたトップ勇者。無残に死ねよおっさん」

まったくもう本当に私の中の勇者のイメージに似つかわしくないガラの悪い勇者様は、己の拳をさすっていた。いっぽう暴れん坊紳士はいつも通りにやる気十分。

この人がやる気不十分だったところなど見たこともないのだが。

「頼もしいなぁ勇者様。よしよし、んじゃあ、やろう」

お二人は会話を終えると、すぐさま距離をつめて互いの間合いに入った。

ここで隊長さんは、大人の配慮などというものはまったく見せずに、勢い良く戦闘開始。いつもの速度で踏み込み、思いぶん殴った。

かのように見えたのだが、実際のところ隊長さんはその場から僅かに半歩足を前に出しただけで止まっていた。その半歩の動きは、隊長さんが本気で気迫を込めたフェイントだったのだが、横で見ているだけの私ですらもビクゥッと反応してしまうような代物。

そのフェイントを真正面から受けた勇者君は、自ら大きくのけ反り、大きく後ずさり、激しく倒れた。すぐに立ち上がろうとしたが、彼の足元はふらついていて、また膝をつく。

あくまでフェイントではあるのだが、食らったほうにとってはそこそこシンドイのだあれは。私も訓練で食らって、ビックリしたことがある。言うなれば、あまりの迫力にとんでもなくビックリさせられる技なのだ。

「ほぉう、まあまあの反応じゃないか、勇者シャイル。思ったよりもやるな」

隊長さんはそう言って、楽しげに微笑んでいる。

ふらついていた勇者の青年は、獣のような目で再び前を向いた。やる前から殺してやるだのなんだのと物騒なことを言っていた彼の目が、激しく鋭く強く隊長さんを睨みつけていた。

なんということだろうか。これはもう大喧嘩に発展するに違いない。そう思った私だったのだが、意外にも勇者君は。

「なんだこのおっさん、くそっえぇ、とんでもねぇぇ」

なんとも嬉しそうに、大きめのささやき声で言葉をこぼした。

その表情は、喜色を湛えてすらいた。

「うぉぉぉ、熱いなおっさん！　今のなんだよぉぉ」

いやなんなのだろうかこの若者は。どこぞの獣人村の少年達と同じような眼差しで、ひどく昂揚したように吠えていた。とてもうるさい勇者様であった。

「おいおっさん、ちょいと殴ってみてくれ、ここ、ここ、実際に今の一発をさ、腹にくれるか？」

続いて彼は、殴ってみてくれとまで言い始めた。

これはどうやらある種の変態であろう。

隊長さんはうんうんとうなずいて応える。どうも二人の間では、なにか感じる部分もあるのだろうか。私には分からないが、男子二人は楽しそうですらあった。

「悪いが直殴りはまた今度だな。まだお前が弱すぎる。まだまだだな。しかし勇者なんだろ？　なら知り合いに似たようなことを昔やってた爺《じじい》がいる。ちょっと修行させてもらってきな。もっと強くならなけりゃ、まずこのあたりの調査なんてできたもんじゃねぇよ」

勇者としての素質はあるが、まだまだレベルが足りないというような話を彼に伝えていた。

それから隊長さんはすぐさま紹介状をしたため、彼に手渡した。

隊長さん曰く、勇者の称号を持った人間には、それに見合った訓練方法があるらしいのだ。紹介する人物のところに行けば稽古をつけてくれるだろうと言う。

「行ってくりゃ、マジでもう一発やってくれるんだな」

「ああ、約束するよ」

「首洗って待ってなおっさん。ぶっ殺してやる！」

こうして新人勇者のシャイル君はすぐに旅立った。最後までガラの悪い勇者君であった。

「それにしても本当に勇者なんですかね？」

私は隊長さんに尋ねた。隊長さんは首を傾げる。

「どうだかな。あいつが居たとこでは確かに勇者なんだろうと思うがな」

「なにかご存じで？」

「ああ、まあな。ウチの爺さん団長、あの人はもともとそこの勇者だったらしい。ほれ、リゼも一度会ったことあるだろ、仙人みたいにフヨフヨ浮いてた爺」

仙人みたいな団長さんには、以前一度だけお会いした。

アルラギア隊は普段、ほとんど独立した形で活動しているが、一応はエルダミルトの傭兵団という組織の一部隊である。その団長さんと私がお会いしたのは……神聖帝国だった。

あれはピンキーお婆さんの邸宅でのこと。団長さんにはアメちゃんをいただいた覚えがある。ほんの一瞬で、ほとんどお話もしなかったけれど、団長であり、元勇者でもあるらしい。なんだかややこしいお爺さんである。

変態勇者のシャイル君はそんな団長さんのところを目指すらしいが、さてどのくらいでまたここに戻ってくるのか。

『なあリゼ。リゼもなってみるか？　勇者に。我もできるのだぞ勇者の祝福』

その時、我が家の神獣ラナグが突然そう言って、こちらを見た。

勇者に？　勇者リゼか。ふうむどうやらラナグはそんな祝福も付与できるらしい。

つまり勇者というのは、神獣に選ばれてなるということか？

私が思案していると、隊長さんもこの話に参加し、彼の知っている情報を教えてくれた。

曰く、勇者というのは人間の中ではちょっと特殊な性質をもった存在だそうな。

ただ単に偉い人から称号として与えられているだけでなく、神獣様から勇者の祝福を授けられているという。ふむ、ラナグの話と一致する。やはりそういうものらしい。

その祝福の効果で、魔物を討伐すると魔力が上がる体質になるそうな。それこそが勇者の特徴。

この世界では本来、魔物を倒しても人間はレベルアップしたりしないのだ。レベルや魔力が上がるのは精霊だけ。将来の神様候補である子精霊達だけである。

そんなこともあってか、勇者という存在は神の子に等しいとすら考えられるそうな。

私はラナグに、どうせなら『淑女』の称号が与えられる祝福はないのかと尋ねてみたが、それはないと答えが返ってきた。やはり淑女道は、己の力で進む必要があるらしい。

『まあリゼには無用の祝福かも知れぬがな、今さら、そこいらの魔物をちびちび倒して魔力レベルを上げても効果が薄いだろうしな』

ラナグはそう結論付けた。我が家の三精霊にしても、まだ生まれたばかりだから魔物退治で育つが、ある一定以上は意味がなくなるそうだし。

さて、そんな具合に勇者についてお話をしていた私達なのだが、どことなく……アルラギア隊長の様子がおかしいように思えた。珍しく物思いにふけっているような。

ほんの僅かな時間だけれど、一瞬、ボウッと虚空を見つめて停止。そんなことが数度。いつもなんでも手早く済ませてしまう彼にしては珍しい。

「アルラギア隊長、なにか考え事ですか？」

私は思わず声をかけた。

「あん？　なんだ、別にどうもしない……いや分かったよ、そんなジットリ見ないでくれリゼ。たいしたこっちゃないさ。勇者シャイルの言ってた、なんだかの波動とか、闇落ちがどうたらとか、そんなことを考えていただけだ」

隊長さんはそう言って自分の手に視線を落とし、それからすぐに前のほうへと目を動かした。

どうもアルラギア隊長はこの問題で、自分の力についてもなにか思うところがある様子だった。

真剣な面持ちというよりは、いつもより厳《いかめ》しいオーラが滲み出ていた。自分の闇落ちを案じているのだろうか。

まあ確かに幼少期の隊長さんは、破滅の御子《みこ》だなんて名称で呼ばれていたそうではあるけれど、あるいはその頃力の暴走でもあったのだろうか？　危険性を感じることでもあったのだろうか？

『破滅の御子』について私が話を聞いたのは、獣人村での初めの事件が終わったあとだった。そのとき隊長さんとの間で『茶会』の話にもなった。それで……あの『茶会』なる組織は隊長さん自身を監視するための機能も持っているなんて言っていたっけ。

私は彼の表情を見ながら、そんなことを思い出していた。むむむん。

「なんだリゼ、またなにか気合が入ったような顔をしているな。なんだ、なんだなんだ、今度はなにを決意したんだ」

「決意だなんて大げさなものでもありませんよ。ただ私だって気になります、その件。隊長さん、心配してるんですよね？　『闇落ち』のこととか」

「まあだから多少だな。別に今さら心配するようなことはないんだが、その昔、爺さん団長にも似たような話を聞いたことがある。もっとも、爺さんも詳しいことは知らない様子だったがな。しっかし、まったくリゼってやつは……五歳児のくせにどんだけ気が回るんだよ」

隊長さんはそう言って、目を細めてこちらを見た。

「優しいってか、頼もしいってか、いや怖い幼女だぜ、はっはっは」

今度はなんとも愉快そうに笑いだした彼である。

しっかしアルラギア隊長に何かがあって本気の本気で暴れ出したらなんて想像すると……そんな

ことが起きるのかどうかは別として、もしそうなったら……どうにかできるだろうか。微妙。もちろんラナグもいるから対処はできるだろう。ただ多少の被害は出るやもしれない。

これまでの訓練での手応えからして、最大最強の難敵になるのは間違いない。ラナグと隊長さんが本気でぶつかったなら、それこそ世界が滅びかねないのでは？　大げさだろうか？

ふぅむ。もうちょっと情報があればなぁなんて思う。

「ラナグは『闇落ち』についてなにか知ってる？」

『ううむ、確かに歴史上ときおり大きな力を持った人間が暴走する事象はあったように思うが、今のそやつに兆候はない。少なくとも……リゼと会ってからのそやつにはな。その前のことは我も見ておらぬから知らぬ。というかな、ここの連中は人間にしては過ぎた力をもった輩《やから》ばかりだが、不穏な要素はない。少なくともリゼのそばにいる馬鹿どもはどいつもこいつものほほんとしたものよ。我も含めてだが、リゼのそばにいると安心してしまうのだろう』

なんともおもはゆいご意見を賜《たまわ》ってしまったが、ともかくラナグが過去に見た闇落ち現象っぽいものが、私達の誰かに起こる兆候はないと言う。

『我が思うに、なんらかの不穏の兆しがあった時も、リゼがその手前で行動を開始している。そのせいで、のほほんエネルギーが充満してしまうのだ』

「のほほんエネルギー……褒めてるのかな？」

『無論だ』

いっぽうアルラギア隊長はというと、先ほどから私を見つめている。あんまり見てくるものだから、私に穴があいてしまいそうであった。

「ええと、どうかしましたか？　私の顔になにかついてますか？　む、まさかアイスクリーム？これは失礼、淑女にあるまじき……」

溶岩の洞窟なので、アイスを食べながら歩いていた私である。

「いや、いやいや、なにもついてやないさ。いつも通りの可愛い可愛いリゼだよ。ただ、なんだかその顔見てるとなぁ、妙に落ち着くっていうか。不思議なもんだな」

「はて、そうですか？」

なんだか二人して、人のことをまるで鎮静剤かハーブティーか、あるいは安眠枕かみたいな言い様である。

しかし、こう見えても私は将来的に、とっても刺激的な淑女に成長するつもりである。いつかはお色気ムリュムリュで悩殺全開、ドッキドキにさせてやろうと企てつつ、ちょっと体を前傾させて、手のひらを頭の後ろにつけてみる。

隊長さんは、そんな私を見て勢いよく噴き出した。

「ぶはぁっ、なんだリゼ、なんなんだそれは」

「はい、悩殺ポーズですが？　ドキドキしましたか？」

「いや、のほほんとした」

「そうですか。とりあえずそれはそれで良しとしましょうか」

私達はそんなお話もしながら洞窟の先の遺跡へと歩みを進めた。

私達の歩みは速かった。遺跡経験豊富なバルゥ君の先導もあったし、さらには相変わらずの過剰戦力気味な面々が一緒だったためである。

獣王バルゥ君、破壊王な隊長さん、神なラナグ、妙な幼女、それから三精霊に加え、ゴルダンさんも元気に戦う。

道中ではなにかと魔物は出没したのだが、炎竜ほどでもなかったし、どれもこれも瞬きよりも短い時間で溶けるように消し飛ばされ、後にはただ哀愁が漂うばかりであった。

こうして辿り着いた部屋には、古代獣王の石像らしきものがあった。どことなくバルゥ君に似ている。

ただしすでに崩れかけていて、かろうじて原形をとどめている状態だ。

その部屋の奥に、バルゥ君の言っていた台座があった。

確かに聖杯がピタリと嵌まりそうな形が彫り込まれている台座だ。

「見てくださいお姉様！」

ティンクさんはそう言って台座に駆け寄った。

それから台座の周囲に彫り込まれていた古い文字を指でなぞり始めた。

「これは文字というより記号なのですが……しばしお待ちくださいますかリゼお姉様。解読いたしますので」

「おお、分かるのか！　凄いなウサギの貴女」

バルゥ君はそう反応した。この新獣王様は迷信の類は好きで、言い伝えの収集などもするが、ティンクさんほど学者肌でもないらしい。まあ見るからにそんな感じの彼だけど。

「バルゥ陛下、これくらいの解読なら当たり前ですわ。なんといってもこのわたくしは、リゼお姉様の次に！　今代獣王陛下の花嫁になる娘なのですもの！」

「ほぉ〜そうか、そいつは頼もしいな……リゼの次に、獣王の花嫁にか……ん、ちょっと待てよ？」

バルゥ君はここではたと止まった。そして作業中のティンクさんにいくらか近寄って、顔を覗き込むのだった。

「ウサギの貴女、今の話しぶりだと……？　ああ失礼、ティンクさんだったか。ともかく、君もリゼは俺と結ばれるべきだと、そう思っているということか？　そういう話だったよな？」

「？？？　なにをおっしゃるのかと思えば、そんなの……あたりまえです!!」

このあたりで、私は秘《ひそ》かになにか恐ろしいものを感じて、ラナグにそっと近寄っていた。それはほとんど無意識の行動であったかもしれない。

「ほおお、ほおおお〜〜、そうかそうか。なんとなんと……ティンク！　話が合うじゃないか！　ならばようし今夜村に帰ったら、ぜひともそのあたりの話をもう少し詳しくして、先々のことを煮詰めようじゃないか！　ああそれから俺のことなど呼び捨てで構わない、バルゥと呼んでくれ」

そう言ってバルゥ君は、この日一番の笑みをティンクさんに向けた。彼女は解読を進めていたが、ふとその手が止まった。それから少し何かを考えるように静止。ポツポツと呟く。

「…………ん？　え？　あれ？」

彼女は解読の手を休めて、私の耳元へヒソヒソ語りかけてきた。

「あの、リゼお姉様、わたくしもしかしてバルゥ陛下と仲良くなれてます？　わたくし最近すっかりリゼお姉様のことばかり考えておりましたけど、あくまで狙いは獣王陛下だったことを今思い出してしまいました」

「ええとそうですね、まず仲良くはなってると思いますよ、はい。頑張ってください、そこは応援します」

間違いなく今の流れは仲良くなれていると思う。

このティンクさんは獣王の花嫁の座をゲットする使命も帯びているウサギさんである。私としては応援したいと思っている。この二人が結ばれることは歓迎である。

しかしである、どうも少しばかりやっかいな状況にも思えた。

ティンクさんはまず私を第零夫人にし、自分は第一夫人になろうと画策しているのだ。

バルゥ君とティンクさんの間にもう確実に、よけいな私がサンドイッチされているのは疑いようもない。じつに余計な私であった。

二人は視線を合わせ、なんだかニヤリと笑ったように見えた。二人の手がワキワキと怪しく蠢く。

「頑張ろう」

「頑張りましょう」

「「我らの未来に幸あれ！」」

二人の声は、合わさって響いた。

私はもう一度、思わずラナグに寄っていた。

『むむむ、なんだか生意気なやつらだな。リゼは誰のものでもないリゼだというのに、まったく』

今日は完全にのんびりムードでここまで一緒に来ていた神獣ラナグが、ここにきてパッチリと目を見開いた。そして私をモフい前足でぐいと引き寄せる。

私としては、心強い援軍であった。ラナグが私の耳元で何事か呟く。

『しいて言えば、我の……』

「ん、どうかしたラナグ？」

『むむ、いやなんでもない！　本当だぞ！』

とまあそんな風に大騒ぎしつつも、私たちは聖杯を台座に嵌《は》めるのであった。

そのまま台座を解読したティンクさんがちょいと台座の部分でなにか操作すると、ゴゴゴと遺跡が変化を始める。だが、皆バタバタしていたり、いつも通りだったり、宝物を探していたりして、あまりそちらには集中していなかった。まったく古代遺跡なんぞに潜るからには、もう少し緊張感をもって事に挑んでほしいものだ。

そんな中、まじめに見ていた獣王村長バルゥ君が首を傾げながら言う。

「俺が降りて来られたのはこのあたりまでだったが、この部屋からまだ先があったんだな」

聖杯を台座に嵌《は》めたあと、それまでなかった扉がどこからか現れていた。

扉を開くと、部屋の一角に、別の場所への通路が見えている。

通路を覗き込むと遺跡はそこからさらに枝分かれして地下へ地下へと繋がっていた。

湿った土とカビの臭いが、通路の中からこちら側へと漏れてくる。

踏み入れるとそこは静けさに包まれていた。もはや魔物は出てこなかった。長い年月の間、人も魔物も誰一人、訪れたことがないような無機質さだ。

いつもは騒々しい面々ですら、この道は口をつぐんで歩いた。

私たちは静けさの中に、一種の神々しさのようなものを感じていた。なにか、人の身で踏み入れてはならない場所に来てしまったような雰囲気に、畏敬の念を覚えていた。

やがて道の先に石碑が見えてきて、そこへと進む。

たどり着いたのは石碑が立ち並ぶ部屋だった。

壁の隙間から僅かに清水が滲み出し、地面を濡らす。他にはただ石碑だけがある。

ここはいったい何なのか、そう思いながら、石碑の解読を試みるのはやはりティンクさんだった。

しかし今回は先ほどとは違って、彼女は首を傾げ耳を垂れていた。

「あれ？　あれ？　おかしいですね。わたくし、大抵の文字は……解読できないことはあっても、それが何時代の文字かすら判断できないなんて、これまでなかったのですが。ごめんなさい皆様。なんだか文字そのものが認識できないというか、見ていると眩暈《めまい》と眠気が……う、ごめんなさいちょっと気持ちわる……」

彼女は後ろに下がった。

ぴちゃん、ぴちゃんと、水の滴る音だけが一定の間隔で時を刻んでいた。

今度は私が石碑を覗き込んだ。やはり一瞬の眩暈《めまい》を私も感じた。この感覚に、私は思うところがあって少し思案。この感覚、つい最近似たようなものを感じたような。

「ラナグ、私ちょっと……ここでお昼寝してみる」

私が言うと、ラナグは体をそっと寄せて私を背中に乗せた。

「ちょっと待てリゼ、なにを……」

隊長さんはそう言って、バルゥ君も似たような言葉を発した。

しかし私はラナグの背中に乗りながら、再び石碑を覗き込んだ。

やはり激しい眩暈《めまい》と眠気、そのままグルリと天地が回る。意識を石碑に吸い込まれるような感覚が私を襲う。

決してお昼寝に適した環境とは思えなかったが、素直に目を閉じる。

こんなところで眠って大丈夫なものかと考えなくもないが、おそらくこれは必要なことだ。

私は昨晩の妙な夢のことを思い出していた。父の姿で現れた、妙な誰かの夢だった。

暗い遺跡の中で閉じた瞼、暗いはずのその視界が、やがて鮮明に晴れてくる。思った通り、そこには父がいた。いや、父らしきなにかの姿だ。それは言う。

『あ、ゴメンナサイ。偽物です。お父様ではないんですけど、ええと、この姿は借りさせていただいただけで……、あ、いや違うんですよ。怪しいものじゃなくて、人前に姿を現すときはできるだけその方にとって馴染みのある姿で声をかけたほうが上手くいくことが多くって、あ、僕は、神なんですけど』

父っぽいなにかはそう言った。ややうさんくさいが、さて。

「ほう。神様ですか。それはそれは」

本人が言うには神、本当かどうかは分からないが、とりあえずそうだと言う。

聞けば、やはり昨晩夢に現れたのもこのお方だったらしい。眠気に導かれる感覚が似ていたから、そうだろうなとは思ったが、正解で良かった。

あの夜は二度寝までしてなんの用事か確認しようとしたのに再び現れることはなかったわけだが、どうも普通に夢に現れる場合はアレが限度だとか。

しかしこの神様やたらに低姿勢であった。ペコペコと会釈をされてしまったので、私も礼をする。

今のところ悪意の類は感じない。私はふとラナグを思って自分の隣に意識を向けた。

そこにはいつも通りの神獣ラナグがいて、眠っていた。

他の方々の姿はない。ラナグだけだ。眠りながらも私を護るように、微妙にもぞもぞと動いている。

なんとなく安心すると、自称神様は言う。

『ええと流石リゼさんというか、遺跡内で眠っていただいてありがとうございます。にしてもよく分かりましたね、僕へのアクセスの仕方が』

自称神様が言うには、この眠りに至る手順は厳格に決まっているものらしい。

『凄いですよ。今の人類史に残る偉業ですよ』

ただの地下でのお昼寝が、えらく褒められたものである。

「はあ、なんとなく気まぐれですけどね。なにせ昨晩は私のところに何かしらの存在が来たようでもありましたし、もしやそうかなと思って思いつくままに昼寝を」

『昼寝もですが、実は他にも色々と、ここに至るまでに世界安定のための攻略を進めてないとで』

どうやらこの、自称神様に会うのはそこそこハードルが高いことだったらしい。

必須なのが聖杯の所持と、この場所まで到達して眠ること。

その他にも精霊や神獣達との関係性や、勇者との邂逅も条件に含まれていたらしい。

『僕の方では、本当はもっと早くリゼさんの前に現れてお話ししたかったのですが、いかんせん世界の制約でそうなっているもので。ほんとにゴメンナサイ』

自称神様はまたしても頭を下げていた。とにかく腰も頭も低いお方である。

こちとら好き勝手にやっていただけで、褒められるようなことでもないのだが。

『ただ好きにやる、ですか。実は何よりそれが、大切だったのかもしれませんね』

私が何気なく、口にするでもなく呟いたような言葉だったのだが、夢の神様は偉く感慨深げに言った。

『それでですね、色々あって、僕のミスもあったりして、リゼさんにもラナグにもご迷惑をおかけしてしまいまして。本当にもうなんと言って良いのか。ええとまず、あ、勇者君と会いましたよね？』

「勇者というとシャイル君で合ってますかね。彼のほうからいらっしゃいましたから、お会いしましたよ」

『そうですそうです。ああ良かった。ありがとうございます。ああそれからですね、いつもラナグのお腹を満たしてくれてありがとうございます』

ここで私は思った。ありがとうとかゴメンナサイとかがやたらに多いが、話の本筋がなんなのかがいまいち分かりにくい神様である。なんだろうか。もしかすると説明ベタな神様なのかもしれない。

「恐れ入りますが、今日はなにかご用事が？」

恐れ入りながらも尋ねることにする。

『ああゴメンナサイ、僕本当に説明が下手で』

やはりそうらしい。

『とにかくですね、ええと、ちょっとミスしてて、色々大変なので、なんとかお願いしたいんです』

「ええですから、なにをでしょう？　聞いてみないことにはなんとも」

『あの、色々やってたら、色々しわ寄せが来ちゃって、今この時代に世界の終焉を防ぐためのキーになる人物が一斉に集まっちゃって、同時に終焉の種みたいのも一斉に集まっちゃって。それをリゼさんになにもかもまとめて回避、お願いしたいんです。大変なんです、ラナグの負担とかも』

「終焉の種と、それを防ぐキー？　まとめて回避？　ラナグの負担？　ええと話が見えるような見えないような。ともかくまずは……終焉の種とキー、それがなんなのかだけでも、具体的に教えていただけます？」

『あ、それはリゼさんのそばにいるとんでもなさそうな人が大体そうです。回避キーであり、同時に種であり。全員関わってます。種族に関わりなく全員危ういです』

「種族にかかわらず、とんでもなさそうな人、全員がですか……？」

『あ、はい、大体そうだと思っていただいて大丈夫です』

「えっと、数が多くないですか？」

『はい、多いんですよ。で、大変で……あっ』

とまあ、そこまで言って自称神様は唐突に消えてしまった。

私はまだ自分が眠ったままだという自覚がある。自称神様に呼びかけてみる。返事はない。謁見の時間切れ的なことだろうか。

神々は人の世に軽々しく影響を与えてはいけないルールがあるとは聞いている。夢の神がすぐにいなくなるのも、あまりはっきりしたことを言わないのも、そのルールが関わっているのかも。

今一度頭の中で整理をしてみると、おおよそ勇者シャイル君が語っていた内容と重なる。

シャイル君の話とあわせると……私の身近にいるとんでもない人達（複数、たくさん）が、全員闇落ちしないようにすれば良い、ということだろうか？

逆にどうやったら闇落ちしてしまうのだろうか。

考えながらも次第に目が覚めていく感覚に包まれる。

顔に手足に、ラナグの背中のやわらかな毛並みを感じ、瞼を開いた。

どうやらラナグも眠っていたようで、ほとんど同時に目を開け、私に意識を向けた。とても温かく、安心感がある背中だった。彼も夢の神様のことを感じていたらしく、こう言った。

『あやつは我の前の代の最高神だ。役割は随分と違ったがな。しかしこれが勝手というかなんというか。おかげで我も神なんぞに……』

「そっか、そうなんだ。最高神。それで……ラナグもそうだったの？」

私的には今や謎の神様のことよりも、この食いしん坊ワンワンがそんな大層な役職についていたことの方に関心がいってしまっていた。ラナグが上位の神獣だとは聞いていたが、そこまでとは知らなかった。ラナグさん，なにも言わないんだもの。

『ん？　言ってなかったか？　まあもうやめたしな。隠居の身だ。役職もなにも関係ない』

神獣ラナグはワフワフとそう言って、ことさら犬っぽく私にじゃれついてきた。

やはり犬である。

私はとりあえずラナグに尋ねてみた。

「ラナグは闇落ちする予定ある？」

もしもラナグも終焉の種、闇落ちの対象だとすると困りものではなかろうか。一応その可能性も考えておくほうが良かろう。

『ぬう、闇落ちか。ないとは思うが、ただいまいち正確に把握できておらぬし……』

「ええとたとえば……とても嫌な気持ちになって、世界なんて破滅させてやるーと思ったり、謎の悪いパワーに精神を支配されてしまったりとか、そんな感じかな。ともかく凄く極端にヤな気分になるような」

『ん～、程度問題だがなぁ。そこまではなさそうなものだが……とくに……リゼといればまったくないな。リゼのゴハンがあればなおさらないぞ』

ラナグのお口はワンッと言わんばかりに大きく開かれ、そう言葉を発していた。

正確には言葉とは呼べないかもしれない、神獣様独特の話し方だけれど、ともかくそう言った。

どうも今のところ彼は大丈夫そうに思える。

そもそも先ほどの夢の神様の話でも、文脈的にラナグは含まれていなかった。

「なんだなんだリゼ、なにか物騒な話をしてないか？」

そうこうしていると、隊長さんがあっという間に私を抱え上げた。

「体はどうだ？　大丈夫なのか？　リゼ」

バルゥ君もティンクさんも首をぶんぶん縦に振って、心配を表明している。

慌てて大丈夫ですよ、と言いながら私は石碑に目をやる。すると今度は眩暈《めまい》も眠気もなく、文字のようなものが見えて声が頭の中に響いた。

『世界ログ、ここに記す。後世の者に託す。えらい神々より』

最後の一言は妙に軽く、誰かの悪ふざけかなとも思えるが、いやいや、この軽い感じは実にこの世界の神様っぽい。

どうやらラナグにも読めたようで、目を凝らしている。

『ここは、アヤツら創造世代の神々の領域か。我も初めて訪れたがけったいな場所だな』

さて皆にはどこまで話すべきやら。古い神々の領域ということくらいは、まず伝えておくべきか。

「神域ですかリゼお姉様！　ああ、なんと素敵な古代ロマン！」

ティンクさんはお耳をピンと立てて跳ねた。それから私達は歩き回って周囲を探ってみることに。

すると石碑がさらにいくつか見つかる。これもまたティンクさんが覗き込んでみるのだが。

「う、うう～、やはりだめですわ。恐らく古い邪神語かなにか？　いずれにせよ神の言葉では？　ですが神の声は普通の者の耳には届かない、そして神の書いた言葉もまた、人では理解できない。なればこそ……お姉様ならいけるのでは？　いつも神獣まみれですし」

彼女のそんな判断は結局のところ当たっていて、どれも私とラナグにしか読み取ることはできなかった。立ち並ぶ無数の石碑は、私とラナグで見て回ることに。崩れかけていたり、そもそもが断片的な内容でしかなかったりで、異常に読みにくかったが、それでも読んで集まった情報をまとめると、このようなことが書かれていた。

世界というものが生まれてから成り立つまでの間、創世時代のお話。

創造の神々が世界を構築していると、文明を崩壊させる恐ろしい力が溜まってしまう現象が発生した。以降いくつかの時代において、神はそれを回避しようと試みては、失敗した。

試行錯誤の結果、一時的に崩壊は回避できたが、崩壊の因子は残りつづけ、それはやがて時代を超えて、一つの時代に集まっていった。それが今の時代。

場所は、アルラギア隊の周辺。いやごめんて、ほんとにごめんて！　神々より。とまあそんな具合であった。相変わらず軽い神ばかりである。

私としては、おいこら創造神の方々よ！　ちょっと待ってよね！　という心境であった。

淑女といえど思わず声を荒らげたくなるような内容だが、これが、私とラナグが石碑を読み解いて集めた情報の全てであった。ちなみにその時代、ラナグはまだいなかったそうだ。

ふうむどうしたものかと思いつつ、皆でさらに探索を進める。と、もう一つ、石碑とは別に不穏な雰囲気の意味ありげな石像を発見する。

これを見て今度は、我らがアルラギア隊長がボソリと呟くのだ。

「なんだか、俺に似てるよなぁ」

「そ、そうですかね。普遍的な感じの男性の石像ではありませんかね。そう思います」

私はアルラギア隊長にそう答えたが、残念ながら確かに隊長さんによく似ていた。

像の台座には神の言葉でこう書かれている。

『この人物ミスター破壊神。破滅の力の拮抗点なり。危険危険ワーニング』

酷い言われようである。おい！　なんてことを言うんだこの台座め！　ウチの隊長さんを破壊神呼ばわりするんじゃあない。そう思っていると、さらに文字が見えてくる。

『文明世界崩壊の因子筆頭、どうにもならないと思うが、まあ頑張ってみて」

相変わらず軽いが、それ以上に性格の悪い台座だった！　砕いてやろうか。

『まあリゼ、あまり気にするな。ここの石像はな、恐らく過去のこの世界で、幾柱もの創造神たちが残した記録《ログ》にすぎん。あくまで過去の神々が未来を見越してそう思ったというだけで、実際のところ未来は常に不確定だ。であればこそ、あの夢の神、唯一残った創造世代のあの神も、いまだにごちゃごちゃやっておるのだろう』

それがラナグ先生の見解であった。

つまり隊長さんは過去の神々からは破壊神になると見なされた人物かもしれないけれど、実際にそうなるとは限らないとラナグは言っているのだ。私は尋ねる。

「あるいはなにかをすれば、破壊神が破壊神でなくなることも？」

『かもしれん』

「ふうむぅ」

私がラナグとそんなことをぶつぶつと話し合っていると。

「なんだなんだリゼ、さっきからラナグと何の話をしているんだ？　なあそれより、やっぱりこの像、俺に似てる気がするんだが」

「隊長さんはちょっと静かにしててください！　あとでなんやかんや説明するかもしれませんから」

凄くあやふやな返答で、あからさまにごまかそうとする私であった。

しかしどうしたものやら。まずこれは本人に話していいものなのか？

何をしたら良くてなにをしたら良くないのやら見当がつかないではないか。

まったく、こちらはただの地球生まれの幼女だぞ！　と憤りながらももう一度周囲をうろうろしてみると……

気づかぬ間に、石像がいくつか増えていた。

待て待て、待ってほしい。これがまた知り合いの顔だったりしたら困るのだけれど。

嫌な予感をヒシヒシと感じながら像の顔を覗き込んでみる。

まずは手近な石像から……フードのようなものを深くかぶっていて見えづらいが、ロザハルト副長に似ている。ただしずっと邪悪だ。

台座には、ハーフエルフの暗黒王子と書かれている。おおう、やはりロザハルト副長？

いやしかし……

ちょっと待てよ？　一つ気になることがあった。

この像だけ砕けている。なぜこの像だけ？

他にもあと三体ほど今この周囲に石像はあるのだが、破壊神像を含めても、崩れているのはこれだけだ。他の石像はつるんとピカピカ、生々しいほど綺麗な仕上がりである。いや、待てよ。そういえばもう一つ、上の階層にあった、獣王の石像。あれも砕けていたか。

つまり、副長さんぽいのと、バルゥ君ぽい石像だけが壊れている？

ちなみに残っているあと三つの石像の台座には、こんな記載があった。

一つ目は『強欲の小人』。

もう一つは『離別の巨人』。

そして最後の一つには『盗賊ギルドの王』と書かれている。

どの像にも当然のように、破滅の因子だと説明書きがあった。

この三つの像の顔は、観察してみてもなんだかはっきりしていない。

他にもありそうに思えて周囲を見渡すが、妙な空間で視界がハッキリしない。

ここで再び考えてみる。考えてみると……

バルゥ君はかつて古代の悪魔だかなんだかに呪われていたが、今は解消されている。

副長さんにも似たような経緯があった。

先日のエルハラでの一連の出来事の結果、今はダークな方向性からは外れてのほほんとやっている。

私は暗黒王子の台座の説明をチェックしてみる。と、そこには破滅の因子がどうのという言葉は無かった。この状況……やはり破滅路線から外れたという証なのでは？

なら他には……そう思ってあちらこちら探し歩くと、あった。やはりあったぞ⁉

ブックさんぽい石像だ。そしてこれがまた砕けているではないか。

ならば、もしや知らず知らずのうちに私はやっていたのでは？　このいくつかの古代の石像の破壊をだ。都合よく考えすぎだろうか？

それでも事実として、副長さんとバルゥ君、それからブックさんに関するちょっとしたプライベートな問題は改善されていて、不吉な石像は今崩れた状態なのだ。

ふうむ、だとしたら……この問題、意外となんとかなるのかもしれない？

もう一人誰か別の人物、たとえばアルラギア隊長の何かしらの問題を解決してみれば、ここの石像にどんな反応があるのかの確認ができそうだ。崩れたなら、私の推測は当たっている可能性が高い！　崩れなければまた考えよう。

とりあえず、今の結論。

この素敵でとんでもない愉快な仲間達には今まで通り、ざっくり気ままに適当に親切にしておけば、それで意外となんとかなる！　その可能性が見えてきた。

破壊神、強欲の小人、離別の巨人、盗賊ギルドの王。四体の石像を眺めながら私はそんなことを考えていた。

とそのとき、ふいに懐に刺激を感じる。ピリピリとした感触が私の肌に伝わっている。

これは……通信用の魔導具に連絡が入った時の反応だ。

もともとは隊長さんが私に同行できないとき用に、小型の防犯グッズとして作られたこれ。前回のエルハラへの旅では、主に護衛人形として機能していた。

今日はアルラギア隊長本人が同行しているのだから、これはなくても良さそうなものだが、結局はずっと持たされている。通信機能だけでも便利な逸品だからだ。

幼女が持つにはあまり可愛いとはいえないデザインなので、そこだけが気になるが、性能面はかなり上等な魔導具である。念話のような感じで、周囲に知られず会話をすることまで可能だ。

スイッチを入れると、人形が口をパカパカさせてしゃべりだした。相変わらずこのあたりの様子には若干のホラー感もある。

『リゼちゃん師匠、聖杯について分かったことがある』

隊長さん人形の口から聞こえてきたのはコックさんの声。ややこしや。私は答える。

「聖杯についてですか。こちら遺跡組のほうではめぼしい情報はなかったのですが……」

こちらでは、勇者君がらみの「とんでもないなにか」についてはそこそこの進展が見られたが、聖杯については新しい情報は見つかっていない。

わざわざこんな秘境にまで来たのに、ホームで待機中のコックさんのほうで進展があるとは。恐るべきはコックさんの情報網だろうか。

私が耳を澄ませると、コックさんはゆっくり話し始めた。

『ええと、醤油の臭いが聖杯からすると言っていたよな』

「ええ、ほんの少しだけ」

『それだ。で、あらためて昔の情報をひっくり返してみた。しばらく前のことだが盗賊ギルドの一派が、聖杯と発酵調味料伝説の関係を嗅ぎまわっていたことがある。なんでも邪神復活のために必要だとかでね。一度はドワーフに聖杯の製造を依頼したことまであった。当時の俺は思ったもんだよ、発酵調味料か……食べてみたいなってね』

やはり邪神より調味料が重要らしい、いつも通りのコックさんである。

『あらためてその一派に探りを入れて、今の所在地はつかんだ。流石にいくらなんでもリゼちゃん師匠みたいな可愛い幼女に行かせるわけにはいかない場所だから、こっちでなにかしら手配しとく。今じゃその一派が盗賊ギルドの総本山みたいになってるしな』

ふうむ、そこまで聞いたところで、私には一つ気になるワードがあった。

「盗賊ギルド、ですか。それってつまり……」

『ああ、まあようするに、犯罪組織の総元締めみたいなもんだよ。俺ら通信術士ってのは、あっちこっちの情報にアクセスするのも仕事のうちでね。裏世界の情報網に接近することだってあるわけさ』

「ふうむそうですか……一つお聞きしても？」

『ん、なんだいリゼちゃん師匠？』

「コックさんは、盗賊ギルドの王、そういう存在についてはなにかご存じですか?」

『はぁ、こりゃまた、いつどこでそんなワードを?』

「つい先ほど、すぐそこにある石像に」

ここにいくつかある奇妙な石像、その一つの台座には、そんな文言があった。アルラギア隊の関係者かもしれない石像の一つだ。

不思議そうにコックさんが言う。

『遺跡の中でってことかい?』

「ですね、ここにある世界ログという名の太古の石碑に。それで、盗賊ギルドの王ですが」

『あああ……そう呼ばれていた人間はいたらしいな。盗賊連中なんてのはしょっちゅう分裂して互いに抗争を繰り広げたりする連中なんだが、それでも、時期によっては王がいる。ただ、表には出て来ないから、盗賊連中が流してるフェイク情報やただの伝説なんじゃないかって話もあるけどな。けど最近は噂も聞かないぜ』

「ちなみにそれって……、もしも、もしものもしもですが、今はアルラギア隊の関係者の中にいたりしませんよね? もしくはあのお茶会に参加しているとか」

『……さあてね、もともと正体不明だし、『茶会』の中ならとんでもないのが入ってたっておかしくはないが、身辺調査も相応のものをやる。人知れず紛れ込んでるってことは考えにくい』

「ううん、つまり……身辺調査を受けて、正体を十分に知られた上で参加していることならありえるというお話ですか?」

『……なんとも言えんが、極端に組織に反するような者や極悪人は入れんよ。ロザハルトママくらいで出禁になる』

さっそくどうにも不穏な流れである。盗賊ギルドの王、そんな名の石像が確かにあったわけで、そんな人物が身近に居る可能性が高い現状。判断は難しいが、明確に何かが起きつつある。

私は盗賊ギルドが妙に気になってきて、ここでホームに帰還することにした。

皆にその旨を伝えると、ドワーフのゴルダンさんは、面白くなさそうに息を吐いた。

彼の興味は聖杯にあり、ドワーフの山から来たのも、聖杯を見るのが主な目的だった。今回の探索では、私達も聖杯に関する情報が見つかればと考えていたが、成果は微妙。

ゴルダンさんは呟く。

「結局ここまで来て、聖杯の復活方法なし。あったのは妙な部屋と妙な石碑と、妙な石像と、そんなもんだけだった。聖杯に関するもんといや台座もあったが、あれもなぁ。聖杯の起動なんかにゃ関係なさそうだ。他にめぼしい宝物もなかった」

彼は聖杯に限らず、お宝というものがそもそも好きな様子である。

応えて口を開いたのは、ウサギ令嬢ティンクさんだった。

「これだからあの山の連中は。短絡的で俗物的でいけませんわね。目に入りませんでしたか？　いくつもの貴重な資料を。妙な石碑とおっしゃいましたが、その特殊性こそ、まさに宝。壁の紋様一つとっても、史料的価値ははかりしれませんのに……ねぇ、そうですわよねぇ、お姉様！」

急に私に話が振られる。私は慌ててうなずいた。

「まあ貴重な品には違いありませんね」

「ほらご覧なさいな。お姉様はこんなにちっちゃくたって、ものの価値がちゃあんと分かる幼女なのです。ああ！　もうなんて愛らしい愛おしいお姉様なのでしょう」

ちっちゃくて可愛らしいと思っているなら、お姉様呼ばわりはやめてもらえないだろうかとは思ったが、言う間もなくティンクさんに抱き上げられてしまう。

抱き上げられるというほど身体は上がっていないかもしれなかったが、それでもウサギさんに抱き上げられる経験は前世を含めても初めてである。なんとなく楽しくなってくる。まあいいか。

いっぽうゴルダンさんは、ほのかにむっとした表情になっていた。

「お嬢さんがたいいかね？　宝ってのはな、キラキラしてたり、金になるもののことだってのがドワーフの常識なのさ」

つまり、聖杯一つとっても、ゴルダンさんには単にお宝で、ティンクさんには貴重な歴史資料という位置づけのようだ。ちなみに私からすれば、本当のところあれはお醤油製造機である。断固として調理器具である。

「ラナグはあの聖杯ってなんだと思う？」

『なにってそれはもちろん、お醤油とかいう汁の製造機だろう？　絶対そうだぞ。香ばしい独特の汁を生み出す器だ』

力強く言い切る神獣様であった。流石ラナグだ。

『ただ、むろん神に関わるものであろうな。そもそも食い物と神獣は縁が深い。どこぞの神に捧げるための供物をあの聖杯で作っていた可能性は高い』

同じことをしていても、皆さんの思惑はそれぞれ微妙に違っている。帰り道、私の頭の中には、ホームで待つコックさんの顔が浮かんでいた。

盗賊ギルド

帰路の途中でバルゥ君とは別れた。そのまま残りのメンバーでホームに帰還する。

私がコックさんのところへ行こうとすると、ちょうど彼もキッチンから出てきたところだった。いつもと少し服装が違う。エプロンもしておらず、今まさにどこかへ出かける雰囲気。私は目を眇めて、すぐに声をかけた。

「もしかしてお出かけですか？」

「おお早かったなリゼちゃん師匠。俺はまあちょぃとな」

コックさんが外出するだなんて、非常に珍しい。彼は言う。

「聖杯に関しちゃ、とくに進展なしだったんだろ？　そんならやっぱり盗賊のほうにあたってみようと思ってね」

「コックさんてお仕事の関係で、あまり外出はできないと言ってませんでしたっけ。ほら、トマト探しのときも、行きたいけど自分では行けないって」

「基本的にはそうなんだよ。ただまあ、今回は隊長からも許可取ったしな。それにウチのチームの連中も育ってきたし、頑張ってくれるさ。あいつらだってやりゃあやれるんだ」

「なるほどそうですか。ところであの、後ろで男性二人が絶望的な雰囲気をだしつつ、不満をあらわにしてますが？」

「ううう、行かないでコック通信長ぉ、俺、もっとまじめに働いてればよかった」

「なんてことだよぉ。通信長なんて、どうせ四六時中いつだってホームにいると思ってたから、思ってたからぁ、こっちは適当にやってたのにぃ」

「うん、やっぱり俺もたまには外に出るべきみたいだな」

そう言ってコックさんは外へと歩み始めた。

「言っておくけどリゼちゃん師匠！　今から行くのはちょぃと厄介な場所だから俺一人でサクッと行ってくる。伝手もあって俺一人なら潜り込みやすいし……」

「ふうむう」

私が唸っている間に、コックさんの姿はみるみる遠くへ。通信術士チームの方々は観念した様子でコックさんを見送った。いっぽう、とっても良い子な私は、張り切って彼の後をつけることとした。

なにせあの遺跡の石像の中の一つが、『盗賊ギルドの王』だったのだ。コックさんが心配である。妙な石像と石板、そして文明崩壊。あるいは勇者君が持ち込んできた妙な神託、闇落ち。不穏で不穏で仕方がない。コックさんもやはり闇落ち対象者なのだろうか？

彼にはどれくらい力があるのか私にはいまいち分かっていない。普段よく雑談はするのだが、一緒に冒険はしたことがない。とはいえ通信術だけでも特級品だと言われているし、情報収集能力もアルラギア隊随一ではなかろうか。

情報収集の範囲はお料理関係のことに偏っている気もするが、それでも一番だ。アルラギア隊で一番というのは……やはり相当なことだろう。

そんな彼が、そんな怪しい盗賊ギルドに行くというのだから、いかに今の私が幼女の身であれ放ってはおけない。

……もしもなんやかんやあって、彼が『盗賊ギルドの王』になったりする展開にでもなったら？そんなの困るではないか。そもそも聖杯の情報を探していたのは私で、コックさんは私の話を受けて探しに行ってくれるのだからなおさらだ。

やはり私もついていく。これは断固とした決意であった。

となればまずは外出許可を取る必要がある。私は即座に隊長さんに声をかける。

「んん？　コックの後を追う？　……分かったよ。ならリゼの護衛として俺も行こう」

危ないだのなんだの言われる可能性も考えていたのだが、外出許可はすぐに下りた。

アルラギア隊長は詳しい話も聞かずに、私に同行すると言った。

「いいかリゼ、コックを追うってならな、急いだほうがいい。あいつは料理の腕だけじゃなく通信術も得意だが、ついでに隠密行動も達人クラスだ」

曰く、情報収集や通信術や隠密スキルは魔法の体系的に近い術らしい。通信術士の方というのは、基本的にそのあたりの技術レベルは高いそうな。

なんとも忍者っぽい、あるいはスパイっぽいコックさんである。

ともかく、いざ出発する。私の広域探知魔法はまだコックさんの位置を捉えている。

幸いコックさんは長距離転移を使わなかったようだ。

「ええと、どうして今日は追いかける許可がすぐに出たんですかね」

高速移動しながら隊長さんに聞く。すると隊長さんは優しい表情になって、私の頭をポンと撫でた。

「なあリゼいいか？　子供は大人をな、そんな顔して心配するもんじゃないんだ。コックの身になんかあるってなら俺もやるさ。で、今回はなんだってアイツを追っかけることにしたんだ？　詳しく教えてくれ。遺跡で得た情報についちゃあ、俺はまだ断片的なことしか把握できてない」

「ええとそのあたりですね……」

どこから話をしようか思案していると、隊長さんのほうからさらに聞いてきた。

「あの妙な石像群。ありゃ結局なんだったんだ？　リゼとラナグは何かしら分かってんだろう？」

彼は神妙な面持ちで言った。遺跡探索の時点では、私は隊長さんに石像の台座に書かれていた内容を詳しく伝えていなかった。

もう少し落ち着いた場でと思ったのだが、結局どうにも慌ただしいものである。

それでも今ならラナグと三精霊以外には私達二人しかいない状況だから、かなりましか。

「アルラギア隊長、なにせまだ不確実な話なので……」

そう断りを入れつつ、私は夢の中に現れた創造神様や、遺跡の中にあった石像、その台座に書かれていた文字について詳しく話をした。

隊長さんはその話を聞くと、唸りながらもこっくりうなずいた。

「なるほどねぇ。俺と、ウチの連中が危ない存在になりうるって話にいよいよ信憑性がでてきたってところか……でだ、盗賊ギルドの王ってのとウチの誰かが関係してるとマズイってんで、追いかけてるわけだ？」

「あのですね、もうちょっと疑ったりしてもいいんですよ？　そもそもは幼女の見た夢の話でしかないんですからね」

「幼女ったってな……リゼだぞ。リゼが本気で考えてんなら、俺もそう考えるさ。当然だな」

「ありがたい話なのですが、とはいえです。なにかしらもっと派手にリアクションをしてくれても構わないんです。ほら、今の話って、隊長さんご自身も世界を破滅させる存在かもと言われてる訳ですからね。なにかあるでしょう。ほら、失敬な！　とか。そんな馬鹿な！　とか、なにかこう」

「ああん？　それくらい気にしてられやしないさ。こっちは生まれたときからそんなもんだ。鼻息で吹き飛ばすね」

常日頃、私は隊長さんのこのタフガイっぷりを好ましく思ってはいるのだが、その横顔を見ていると、かえってこの人に苦労をさせたくないとも思ってしまう。そんな私をよそに彼はまだ言う。

「だいたいだな、破壊神つったって、ちょいと前にそんなやつを倒さなかったか？　確か神聖帝国の地下でだったな」

「確かに、隊長さん&副長さんで蹴散らしてましたね。戦闘にならないくらいの勢いでした」

「だろ？　なら破壊神だって沢山いるんじゃないのか？　ほれ、沢山いるうちの一人ならたいしたもんでもないんじゃないか」

「そんな気もしてきますが……危機感の一つや二つは持っても罰は当たらないのでは？　なにより心配している私がバカみたいじゃないですか」

「ん、んんん心配って……ああそうか！　なんだリゼ、コックのことだけじゃなく俺のことまで心配してくれてたのかぁ？　そりゃあそうか、うん、しかしやっぱりあれだなぁ、リゼは良い子だなぁ。頭も良いし、可愛いし、そしてなんだかんだ言って優しいんだよなぁ」

「あれ、ちょっと待ってくださいよ？　あのですね、なんだかんだ言わなくても優しい女の子ですよ私は。そうあるつもりなんですが」

「お？　ああまあそうだな、基本優しいな。が、ちょっと変なとこもあって、結果として、なんだかんだ言って優しい。そんな感じだよ」

　いまいちよく分からない論だが、とにかくアルラギア隊長はそう熱弁していた。私としてはまあもういいかと思って話を正常な方向へと戻した。

「ところであの、一つ聞きたいのですが、コックさん本人がすでに盗賊ギルドの王だ、なんてことはないですよね？　アルラギア隊って特殊な素性の方々も多いですけど。流石にないですよね？盗賊ギルドって犯罪者集団ですもんね？　関わってないですよね？」

「さぁてどうだかね。実際のところは本人に聞いてくれ。隊を預かる身としちゃ、メンバーの過去だのなんだのはベラベラ話すわけにもいかなくてな」

意外にも個人情報保護の意識が高い隊長さんであった。

ところで、ようやくコックさんに追いついてきた。さてどうするか。

コックさんは一人で行ってくると言っていた訳だし、追いついても同行を許してくれるか微妙である。ならばこちらは身を隠しながらもう少し追跡してみるか。そう思いながら徐々に距離を詰め……しかし私のこの判断は甘かったようである。

コックさんが急反転して、私達の方へ飛んで戻ってきたのだ。ズザンッと降り立った彼とバッチリ目が合う。

「リゼちゃん師匠！　それと隊長まで！」

「…………」

見つかってしまった。こっそり後をつけようかと考え始めた矢先に見つかってしまった。

最近の私は今の距離でのかくれんぼなら、隊長さんや副長さんにも簡単には見つかったりしないのだが。どうやら、かくれんぼに関しては、隊長さんよりコックさんの方が実力は上ということらしい。知らなかった。なんたる隠れかくれんぼ名人であろうか。

ともかく見つかってしまったのなら、それはそれで良しとしてプラン変更。私は同行を願い出た。がしかし、やはり断られてしまう。

「すまん！　今回は俺一人で行ってくるから、リゼちゃん師匠は良い子でお留守番だ。なーに、すぐ帰ってくるから」

「う～～～～～～ん」

　私は渋った。

「頼むよ。リゼちゃん師匠のトンデモ能力については百も承知だけどさ、にしても今回は訳アリの場所なんだ。盗賊ギルドの連中の警戒網は並みじゃないし、侵入者なんて普通は即バレする。通信術だって傍受されやすいし、よそ者がうろつきゃ拉致監禁も当たり前。師匠が万が一にも攫われたら大事《おおごと》だぜ。だからな、ちょいと伝手のある俺一人の方がむしろ潜入しやすいんだよ」

「う～～ん一人の方が潜入しやすいんですか。そう言われると困ってしまいますね」

「なっ？　すぐ帰ってくるから」

　とはいえ、今の状況でそのまま単独行動してもらうのはどうしても躊躇われた。

　後になって、ああやっぱり単独行動なんてさせるんじゃあなかったぜガッデム！　みたいな事態になるのはまっぴら御免なので、ここで百歩譲って新たな提案をしてみる。

「では今回私は、外側からの支援をします。ですので、せめてこれを踵に付けていってください」

「ん？　なんだこれは」

「靴の踵に仕込むタイプの発信機です」

「あー、ええと、つまりそれは、俺の居場所をリゼちゃん師匠に知らせるための装置ってことかな？」

「その通りです。流石コックさんですね」

「これでも通信術士だからな。この手の魔導具も扱うが……けどな、駄目なんだよ。連中はこういう物に対する警戒心が極端に高い……ん？　待てよ？　見せてくれるかい師匠？」

彼はそう言って受け取った。

ふむ、興味を持ってくれている。良さそうな反応である。

「新型です。ちょっと趣味で開発してみたのですが、どうです？　コックさんから見ても大丈夫そうでしたら、ぜひお供にお願いします」

コックさんがじっと観察を始める。と、今度は隊長さんが私の後ろからぬっと顔を出してきた。

「なあリゼ、いつの間にそんなアイテム作ってたんだ？　自分でか？」

「ああいえいえ。製作者はデルダン爺をはじめとしたアイテム班の皆さんです。少々実験してみたいことがありまして、お話をしたら作ってくれたんです。ありがたいですね」

「ん、分かったよリゼちゃん師匠、こいつは持ってく」

お眼鏡にかなったらしい。

「ありがとうございます。ではではコレとコレも」

「なんか多いな。まあ分かったよ」

話はどうにかまとまって、コックさんは先へ進み、私達は戻ることに。

納得しかねる面もなくはなかったが、今回私は後方から頑張ろうと決め、ホームに帰ってきた。

「良かったのかリゼ？　せっかくコックに追いついたってのに戻ってきちまって」

アルラギア隊長は私を見て言った。

「そうですね……もちろんコックさんについていければそれが一番安心ではあったのですが、今回は別の方法を取りましょう。コックさんには一応渡したいものは渡せたので」

「ついていければ安心ってなぁ、幼女にそんな心配される俺達ってのもあれだが。ともかくだ渡したいものってのは新型発信機とか言ってたやつか？」

「そんなところです」

「発信機か。しかしあいつもかなりの猛者《もさ》だから、普通であれば……地の果てに行こうが心配なんてないんだが……」

私達はホームの結界を通り抜けて、並んで歩き、大倉庫へと向かった。

大倉庫のさらに先にはアイテム班のエリアがあって、その入り口あたりには大きめのテーブルがいくつか設置されている。

広々としていて、ここでは誰でもアイテムを補充したり整備したりできるようになっている。

私は亜空間収納に手をつっこみ、いくつかのアイテムを取り出してテーブルの上に置いた。

アルラギア隊長もラナグ達もテーブルの周囲で様子を見ている。

と、今度はデルダン爺が大倉庫から歩いてきて私に話しかけた。

「お、またなんかやってるな……どれ、奥の連中、連れてくるか？」

「いえ、とりあえずは大丈夫です」

デルダン爺が『奥の連中』と言ったのはアイテム班の方々のことだ。

私はホームの中にいるとき、ちょこちょことデルダン爺やアイテム班の方々のところへお邪魔していた。大瀑布バズーカ杖に持ち手を付けていただいたこともあった。あれはエルハラへの旅の直前のことだった。

近頃は次第に顔なじみも増え、私がここに座っているだけで、班の方々が様子を見にくるようになっていた。

用があればこちらから中に行って直接声をかけるのだが、そうしなくても誰かしらお手伝いを申し出てくれるくらいには可愛がってもらえている。

今日も今日とて通りすがりのアイテム班のお兄さんに声をかけられる。

「お、リゼちゃん。なにかやるの？　そういえばしばらく前に作った保温ビンってやつだけどさ、スイートハニー商会のピンキーさんが興味持ってたよ。彼女とは会った？　なにか聞かれたりしたかな？」

「保温ビンですか？　ピンキーさんには会いましたが、その話はとくに。他にも色々と用事があったようで、なんだかバタバタしてましたね」

ピンキーさんは保温ビンにまで目を付けていたらしい。

あのアイテムは日本で言うところの……魔法瓶である。しかしこちらでは魔法のビンと言っても話が通じにくいので、保温ビンというそのまんまな名称にしてある。

保温ビン製作を頼んだのは……コックさんにカレー弁当をお渡しした直後だ。私はカレーを入れる容器には保温性があった方がいいなと思って、そんな欲望の赴くままにアイテム班を訪れていた。

コックさんも一緒に来てくれて、アイテム班の方に真空断熱構造の容器を作っていただいた。

試作その一はポーションビンをもとにしたガラス製のもの。その二はもう少し安価な金属製のもの。しかしどちらも職人手作りのお品でかなりの製造コスト。今のところは高級すぎて完全に個人的な趣味の産物である。

そもそも冒険での持ち運びが想定されている頑丈なポーションビンそのものが、かなり高価だ。

「保温ビンも面白かったけどな。食道楽の大金持ちなら使うかもだが」

アイテム班のお兄さんがそう言った。私もそう思う。

ともかくそのとき製作を担当してくれたのがこのお兄さんだった。名前はベンタムさん。年齢はアルラギア隊長と同じくらいだろうか。隊長さんに比べると小柄で線も細いが、新作アイテムを開発する時には、いつも中心になる人物だとデルダン爺は言っていた。

保温ビンの後、大瀑布バズーカ杖の改造にもベンタムさんは参加してくれた。

ベンタムさんと会話している間にも他の方々も通る。

「おーリゼちゃんだ。今日も精が出るね」

「おっすチビッ子。なにかあったら俺にも声をかけてな～」

アイテム班に所属している人の数は多いが、なにか他のチームの仕事を兼任している場合がほとんどのようだ。

皆さん忙しく働いているはずなのだが、幼女の相手もよくしてくれる。

さて雑談を交わしつつ、アイテム班の皆さまが奥の工房へと行くのを見送る。いっぽうで今はそれほど忙しくないらしいベンタムさんはまだこの場に残っていて、私の様子を眺めている。

「それで、今日はなにをするんだ？」

私は衛星通信の魔導具を取りに来たのだと答えた。すなわち、コックさんにお渡しした発信機の信号を受信するためのアイテムである。

危険地帯へお出かけしてしまったコックさんの行動と安否の確認のためにも、早速受信側も起動させねば。

しばらく前に実験は済ませてある。あれはいつだったか。まだ三精霊が幼児に進化する前だった――


私はラナグにこう言った。

「空の上を、可能な限り高く飛んでみたいな」

ホームの中。自室のすぐ外にある菜園の端っこ。ラナグや三精霊と草地に寝っ転がる私。

ラナグが私の顔を舐めた。温かな感触が私の頬をくすぐる。ラナグがのっそりと立ち上がる。

『行ってみるか？　ではあれだな、隊長にはなにか言っておくか？　あやつはまた危ないだのなんだの指摘してきそうだが』

「アルラギア隊長か。どうかな？　ここから真上に高く飛ぶだけなら敷地内ではあるし」

『なるほど違いない。庭先で高めにジャンプしてるのと同じようなものだ。外出には含まれまい』

そんな言葉を交わしてから私達は上空にフワリと舞い上がった。しかし残念なことに上方向にも結界があったため、一度戻って隊長さんに許可を取るという二度手間が発生した。

初めから聞いておいたほうが早かったなと思いつつ再び飛ぶ。

上を見る。昼、空は青い。私は常々、空を見上げては疑問に思っていたのだ。この世界では空の上に天界なんてものがあるらしいけど、ではその先は？　天界は宇宙にあるのだろうか？　では星は？

この世界でも人工衛星的なものは実現可能なのかも疑問であった。

ともかくこうして私達は本気で上空へ飛び上がった。見る間に地面は遠ざかる。自分でやっておきながら少々恐ろしいなとも思ったが、それでも好奇心が勝《まさ》って、途中からはやけくそ気味に飛んだ。

なに、大丈夫。ラナグもいるし、三精霊も一緒なのだと思うと心強い。

とくに風衛門さんは風の精霊であるし、ジョセフィーヌさんはフェニックスにだってなれる。かなり空に強いメンバーが揃っていた。

この二名にも私と共に本気で空高く昇ってみてもらおうと、精霊魔法でやや控えめサイズの風の竜とフェニックスになってもらっている。水クマのタロさんは飛べないので私が抱っこ中だ。

グングン昇っていくと、体感温度もグングン低下した。

空気が薄くなったのも感じたが、途中からは風の加護の効果が発動したらしくなんともなくなってしまう。ただなんとなく風がヒンヤリして心地いいなと思う程度だ。

昇る昇る。けれどまったく不思議なもので、ある程度から上は、上がっても上がっても景色に変化がなくなってくる。上空から見た地平線はちゃんと丸くなっているのだが、ある程度から上へ行くと変化が止まってしまった。

「なんだか妙な感じだね、これどうなってるのかな」

『ちょうどこのあたりから上が、天界の領域になるのだ』

ラナグ先生はそう言った。

異世界恐るべし。空の上は天界と呼ばれ、宇宙などない様子。

では夜空に輝く星々はなんなのかと尋ねてみると、あれはどうも、かつてたくさん地上におわした創造世代の神々が、別な空間へ旅立った際に残した時空の穴らしい。

一つ一つの点が、一つ一つ別な新世界への扉となっているという。

「じゃあラナグもさ、偉い神様なんだから、もしかして、いつかどこか別の世界に旅立ったりするの？　もっと昔の神様達みたいに」

『いいや、我は行かぬよ。この地上を管理し、役目を終えれば地上の自然の中に帰るまでだ。神にも色々と役割がある。我は天界よりも上には行ったこともないし、その術《すべ》も持たぬ』

ミニサイズで私に乗っているラナグがそう言った。私はなんとなくラナグをそっと指先で抱きしめた。彼と一緒に私に乗っかっているタロさんも、マネをして私に抱きついた。

私達は結局、空のさらに上まで飛ぶことはできなかったのだが、それでも上空から空の様子の観察はできた。

ついでに空での実験もしていくことに。たとえばそう。人工衛星っぽいものとか。

ここまで飛んでみて私は思ったのだ。この世界に宇宙はなくとも、別の方法で人工衛星っぽいものは飛ばせるかもしれないと。

そんなものを飛ばしてどうするのかと考える諸氏もおられるだろうが、天気予報ができたら素晴らしいではないか。明日の朝、大物の洗濯をするかしないかとか、あるいはお出かけをするかしないかといった重大事案の決定時に、すこぶる役立つ情報である。

それに、あの空だ。天界があって、その上には新世界への穴の跡があるとラナグは言った。ならその穴のどれか一つに、地球に通じるものもあるかもしれないではないか。私とて、流石に故郷を思ったりもする。

ならば上空の観察もできるならやってみようではないか。あれこれ実験をして遊びほうけているようでいて、偉くて真面目な私はそんなこともちゃんと考えていた。

ということで人工衛星の実験を試みる。いや、人工衛星は大きく言いすぎか。

実際には、空でただずっと静止飛行している物体だ。これができれば天界方面だけでなく、定点からの地上の観測もできる。となれば雨雲の観測やら、ＧＰＳっぽいものもできるかもしれない。発信機も作れれば楽しいかもしれない。

次第に気分が盛り上がってきて、私は飛んだり降りたりしながら試作遊びを始めた。

調査を進めると、やはり地球のように衛星軌道にものを飛ばすのは難しそうだった。

が、いっぽうで、この世界特有の技術、風の加護の効果は素晴らしかった。これさえあれば飛行の安定性はすさまじい。風や気流の影響も受けずに静止していられる超技術であった。ちなみにどうやらこの世界の地上は、地球のように自転はしていないと思われる。

いっぽう、急速落下するとお尻と背中がヒャイッとこそばゆくなる現象があるが、あれはこの世界でも健在だった。しかも風の加護の効力でもどうにもならないらしい。ちゃんとヒュイッとする。

こうしてどうでもよさそうな考察で遊びながら、地上に戻ってきたりまた上ったりを繰り返す。できればなにか空に浮かべておけるような、ちょうど良い魔導具でもあればなぁと思い、私達はデルダン爺のいる大倉庫も訪れた。

話をしてみると、そう都合の良いアイテムはなさそうだったが、あれこれおしゃべりしている間に、気がつくと周囲に数名、アイテム班のおじさんやお兄さん達が立っていた。

「またなんか妙ちきりんなもんの話をしてるねリゼちゃんは」

「なにか心当たりのものありますか？」

「いや、ないね、ない。ないが、ちょっとやってみるか」

と言い出す人々。そこから、我々は盛り上がった。

飛翔物体の高度はどれくらいにするのか、空の魔物対策はどうする、どうせ浮かべたなら地上と通信もしたい。ならば通信に使う術はなににする？　空からの写し絵も撮りたい、安定してその場に待機させるには？

で結果、我々の上空に浮かばせるのは、高度数千メートルあたりを静止飛行するドローンっぽいものと決まっていた。贅沢にも、神獣ラナグ様に風の加護をかけてもらった特別製である。

「この四枚の羽で、姿勢制御するってことか。なるほどなぁ」

「私の故郷では一般的な飛翔物体ですが、こちらでも上手くいって良かったです」

「いやなぁ、そもそもこっちじゃ、このプロペラってのが一般的じゃないしなぁ。恐ろしいな科学技術ってのも」

私からしたら魔法の方がとんでもない。地球のドローンって、これほどの高さでは飛ばないと思うのだ。

さて相変わらずなのだが、この世界の技術者は、ちょっと話を聞いただけなのに超速で応用し、魔導具に新機能を盛り込んでしまう。やはり恐るべきはこの技術者達だと私は思う。

さて、これをいくつか飛ばし、地上に用意した通信機と連携させるとGPSっぽいこともできた。写真ぽいものも撮れた。地上との通信はまだ簡易的なものに限られるが、それでも地上にある発信機の位置をつかみ、その情報を別の場所に送ることまではできた。

さらに盛り上がり、我々はスパイグッズの開発に着手していたのだが、それはまた日をあらためてということになった。

夕暮れの空。最後にのんびり飛んで下りてくる。肩にはやっぱりラナグ。腕にはタロさん。風衛門さんとジョセフィーヌさんはすぐそばを飛んで、それから私達は地上に降り立った。

ふぃぃ、今日はなかなか楽しんだぞ。付き合ってくれた神獣&精霊ズにも感謝を伝える。

「今日もありがとうね皆」

皆も応えてくれた。それから私は視線をラナグに。

「ねえ……ラナグ、天界にまでは行ける門があるんだよね？」

ずっと前に、ラナグはそう言っていた。この世界に来てまだ本当に間もない頃だ。光の精霊さんに特殊な地中キノコをあげたら、天界にも遊びに来てよなんて誘われたことがある。

『門か、あることはあるな。しかし天界への門は定まった場所にあるわけではない。そこそこ厄介だぞ。しかしあれだなリゼ。リゼは……方法が見つかれば、元の世界に渡る、のだろうな……』

ラナグがそう言うと、私の周囲を駆け回っていた子精霊達が、ふと立ち止まった。とくになにも言わない。黙ってこちらを見ている。私は皆に答える。

「大丈夫、大丈夫。少なくとも皆が大きくなるまでは、放ってどこかに行ったりはしないよ」

この子らは、私が育てるのだと言って勝手に連れてきてしまったのだから、独り立ちするまでは一緒に居る。あらためてそう思う。三精霊達は、まだ微妙な表情をしていた。

タロさんがポツリと呟いた。

『クゥウマクマァ（じゃあ僕達、もうこれ以上は大きくならない！）』

そうか、彼は思ったらしい。大きくなったら別れることになると。

『ピュウゥピュイィ（……もしかして精霊魔法も大きくなっちゃうからやめにしたほうがいい？）』

『ピヨクエエ（でも、ちゃんと大きくならないと、リゼちゃんも困ってしまうんじゃない？）』

三精霊達はそんなことを言った。

「そうだねぇ、私がっていうよりさ、それぞれ自分のためにちゃんと大きくしっかり育ってもらわなきゃ！　とは思うよ」

『クマクマァ（でも育ったらリゼちゃんいなくなっちゃうんでしょ？）』

そりゃいつかはそうなるかもしれない。いやきっとなるだろう。

長い期間で見たならば、寿命だって違うのだろうし。

なにせこの子らは神獣候補。精霊にしろ神獣にしろ、今まで出会ってきた方々は大抵、とんでもなく長寿だった。ラナグだって何歳なのやら分からないほど。

私は人間の端くれだし、どうしたってそういうときは来るだろう……だからこそちゃんと大きくなってもらわなくては。お別れのときなんてものが、いつ来るかは分からないが。

「ただあれかな……私がもともと住んでた世界に帰るって場合ならさ、皆で行っちゃえるかもしれないよ。ねぇラナグ」

『そっ、そうか。そうだな！　確かに我も一緒に行ってしまえば良いのだ！　もう神獣としての仕事は引退したし、うむうむ、そうしよう。地球とかいう場所もきっと危険がいっぱいだろうし、そっちでも我がしっかり守るぞリゼ』

『ピヨクェェ（ちょっとラナグ様？　良いんですかそんなの？　引退しているとはいえ、地上を守る最高クラスの存在であるのに変わりはないのでは？）』

ラナグってそんなに偉いんだなぁと今日も人づてに知る私であった。

「まあ皆、そもそも道があるかも分からないからね。あくまで、もしもの話だから」

ともかく、冒険とこの世界の研究をしてればなにか分かるかも。そう思いながら日々を楽しく暮らしていく――

とまあ、そんなこともありまして、私達はたまたま新型発信機やらＧＰＳを作っていた。この新型の発信機も、地球技術の流用で電波魔法を使ったものだった。

こっちの世界の人々にとっては未知の技術。盗賊などにも感知されないだろうと、デルダン爺達のお墨付きをもらっている。

私はアイテム班のかたにメンテナンスをお願いしてあった受信側のアイテムを受け取り、空に運び、再び戻ってきてテーブルの上にモニターっぽいものを設置した。水を張ったお盆にしか見えないが、これがモニターである。

「リゼ、コックの様子は分かったか？　どうなんだ」

アルラギア隊長が私に尋ねた。

私達の目の前には今、銀のお盆がある。静止していた水面が揺らぎ、再び止まると画像が映し出された。この水面には今、上空の静止ドローンが映した風景が映っている。

画像の中の一点で、ピコンピコンと小さな青い光が明滅していて、コックさんの居所を示している。見る限りでは、彼にいくつか持っていってもらった新型の発信機は全てここにある。

「コックさんは今のところ予定通り、ワニーペィスの町を移動中みたいですね」

ワニーペィス。それが盗賊ギルドの潜む町の名であった。コックさんはそこにお出かけ中である。

私も隊長さんもホームからその様子を注視している。とくに目立った動きもないのだが、とりあえず注視している。

映し出される映像はリアルタイムではなく静止画だが、定期的に更新される。

発信機の位置からすると、今のところコックさんはただ町に入って雑貨屋さんや飲食店らしき建物に立ち寄っているくらいであった。

今回初めて実用として使ってみたこの試作品だが、まずは予定通りに機能してくれていた。もしも発信機が攻撃を受けたりすると、私のところへ緊急を知らせてくれる仕組みにもしてある。その機能が使われることなく、このままなにごともなく、コックさんが帰ってきてくれるのが私は一番嬉しい。闇落ちの予言、誰かが『盗賊ギルドの王』かもしれないという予言。あんなものが当たらければそれが一番だ。

考えながら変化のない水面を見ていると、ピリリと私の背筋に電気に似た刺激が走った。この刺激は通常使っている通信術の受信合図だ。ポッケから隊長さん人形を取り出すと、コックさんに繋がった。

どうやら彼が今いる地点では通信術を傍受される心配がないと判断して、連絡をくれたらしい。

『やあリゼちゃん。こっちは元気だよ。にしてもこの新型発信機ってやつは凄いね。俺もよくよくチェックしてみたけど、なんの通信反応も感知できないよ』

コックさんはそう言った。

感知できないのも当然である。発信機から出ているのは、なんのひねりもない普通の電波で、地球なら簡単に検知されるだろうが、こちらで使う人は見たことがないのだ。

電波魔法。それは私がこの世界に来た初日に、地中を探知する必要があって開発した魔法技術。光魔法の応用でやってみたら、なんとなく上手くいったという代物である。電波魔法を使うのは私くらいで、魔導具に使ったのも恐らく今回が初だろう。

魔術教本にも載っていなかったし、隊長さん達には軽く教えてみたが、いまいちイメージがつかめないようで結局は使えていない。

天界に住む光の精霊さんにはちゃんと教えてあるから、もしかしたら天界では使っている方もいるかもしれないが、少なくとも地上にはいないのだ。

今回はそれをさらに応用したものが、魔導具となって新登場である。

発信機だが、実験をかねて数種類作った。

石ころに見せかけたタイプや、銀貨っぽいタイプ、それからアルラギア隊の隊服のボタンや靴の踵に仕込めるタイプと様々だ。

スパイグッズみたいで楽しくなってしまって、こんな感じになったのだ。

石ころタイプは中継器にもなっていて、コックさんの手によって要所要所に設置してもらう予定。

これにより、建物の奥や地下など、電波が届きにくい場所でも発信機を追えるはずだ。

しばし様子を眺めているが、こちらも今のところキチンと機能してくれていた。

ふむふむ、素晴らしい出来栄えだ。相変わらず恐るべし、この世界の技術者達。

その他にも機能を盛り込みたいものだが、今のところはまだまだだ。通話機能等もない。

そのため、完全に安全と分かっている場所があれば、そこからのみ通常の通信術をコックさんが繋いでくれて、状況を伝えてくれる約束になった。

『なんにも問題なしだよ。まだ普通に町の中だしな。それに言ったろ、多少は伝手があるって。俺も通信術士に専念する前は色々やってたんだよ。で、潜り込むのは得意な方でね。さぐってみて、あんまりデカイ話になるようなら、どのみち一度戻る。場合によっては情報を取るために取引が必要になって、金策に戻るかもな。なんにしろ身の危険はない。もしなにかあっても必ず連絡するよ。リゼちゃん師匠はあんまり心配せずにのんびりしててくれよな。あと隊長も。っと、それじゃあそろそろ切っとくよ』

コックさんからの通話はすぐに切れた。

私も聖杯は気になっているが、今はそれよりコックさん自身のことが気にかかる。

私は相変わらず変わり映えのしない点滅をみていた。コックさんがピカピカ点滅している。と、デルダン爺が、私達が座っている席のすぐ近くにある大倉庫の前から歩いてきた。

「見といてやるから、ちょっと遊んできな。じっとそんなの見るのは、子供の仕事じゃないだろぅよ。どうせワシは倉庫番、ここに座ってるだけで一日中ヒマだからな。じっとしてんのは任せておけ」

彼はそのまま私の前から水盆を強奪していってしまう。

ふうぅむぅ……まったくもう紳士ばかりで困ってしまう。さらに隊長さんの勧めもあって、結局私はこの場を離れることにした。

うん、どうせ緊急時は私の隊長さん人形にアラートだけは飛んでくる仕様にしてあるし、問題はないか。少なくとも今のところは、なにも問題はない。ない……

それでも念のため。他にもやれることはないかと考える。どうせ幼女はヒマなのだ。

……そういえば先ほど、聖杯の情報を得るための交渉に、多少のお金がいるかもとコックさんは言っていたっけ。

お金か。いくらくらい必要になるのだろうか。私も多少ならお小遣いを持っているが。念のため稼げるなら稼いでおくべきだろうか？

　すると私の隣で、隊長さんがこちらをちらりと見た。

「リゼ、もしかして金の準備まで考えてるか？」

「お？　凄いですね隊長さん。幼女心が丸分かりですか」

「幼女心なんてもんは分からんが、リゼのことなら多少はな。幼女のくせにいつだって準備万全すぎるくらいの子だ。あんまり大の大人のことで頭を使い過ぎるなよ。もっとこう、楽しいことをだな」

「ご安心ください、楽しいことも美味しいもののこともしっかり考えてますからね。そこは任せてください。私、自信あります」

「分かった、分かったよ。ともかく、俺達大人にも手伝わせてくれよ。もうこの際、リゼがやりてぇって言うなら、なんでも付き合うぜ。だいたいそれで、良いほうに転がってくんだ」

「頼もしい。百万人力ですよ。まあ今までも十分お付き合いいただいてるとは思いますけどね。今回もお願いしましょうか……ああでも、ただ」

「ただ、なんだ？」

「誰しも得意不得意が。もしもお金の話となると、隊長さんの場合そっち方面はあまり……」

　なにせ隊長さんはたくさん稼ぐけれど、すぐ使っちゃうと評判である。

　噂によると、貧しい子供などを見ると、すぐに支援してしまう趣味もあるらしい。そういえば私も初めの頃は、隊長さんにごちそうになったりしたものだ。あとで無理やりお金は返したが。

「なあリゼ、確かに自前の金はとぼしぃがな、隊の資金はある。しっかりある。隊員の安全に関わることなら、そっちを問題なく使える。まあもちろん、ヒーショの管理だから、話は通さにゃならんがな」

とまあ私たちはそんな話をしながら、自室へと向かうと。

「ちょいと！　お前さん達、今ね、銭の話をしてたかい？　してたね、確かに聞こえたねこの私の耳には」

ピンキーお婆さんに遭遇。獣人村にいたはずだが、今度はこちらに来たらしい。私と隊長さんに会いに来て、ここに通されたようだ。

「ひぃっひっひっひ〜、また出かけたって聞いたがちょうど良かった。戻ってきたとこかい？　まあしかしそれよりだね、聞いたよ。ねぇリゼちゃん今言ってたねぇ。金を稼ぎたいって。なら、この暴れん坊兄ちゃんよりこのババだよ。こんなに頼りになる逸材は大陸中探したって他にない」

言う通り、確かに専門家である。獣人村でもご商売を進めていたし、なんならかつて私も、暗視カメラっぽい魔導具の開発に協力し、その権利料をいただいたこともある。そんな人物である。

では協力していただこうかとお願いすると、彼女は待ってましたと言わんばかりに異常なハイスピードで話し始めた。

「ようしそんなら！　私はまずこれを初めに提案するね、アイスクリームショップ・リゼ」

「アイス、アイスですか？　私はてっきり、雷の魔導具のお話かと」

「なぁに言ってんだい！　そっちはそっちで、もうちゃんと進んでるから安心おしよ。それでアイスクリームショップ・リゼだけどね、実は一号店はすぐにでも始められるくらい準備しちゃってあるんだ。いいだろ？　なんなら看板とかはもう作っちまったんだ。あとは同意さえくれれば……」

「もう看板も？　聞いてませんし、いや待ってくださいよ。まずその微妙な店名ですが」

「良い名だろう。きっと流行るよ、間違いないね」

自分の名前を冠しているだけでも面はゆいのだが、店の名前の響きとしても、なんだか格好良くない気がするのだ。どうだろうか、アイスクリームショップ・リゼというのは。悪くはない？いやどうだろう。流行ってほしいような、微妙に嫌なような、そう思ってしまう私だった。

ピンキーさんは自信ありげである。隊長さんは言う。

「ほー、アイスクリームショップ・リゼか。ピンキーリリーはネーミングセンスが独特だが、まあ今回のは可愛いんじゃないか？　俺は好きだぞ」

そういえば、ピンキーさんのネーミングセンスは確かにちょっとおかしいらしい。

そもそもだ、彼女は自分のことを、強硬にバァバと呼べと言ってきたりする。

一応よその家の人だし、微妙に距離感が近すぎる気がしてならない私だった。

なので結局一度もそう呼ばなかったが、「ピンちゃんバァバと呼べ」とも言われたことがある。

今では普通に本名でピンキーさんと呼ぶようになったが、彼女からするとそれは本意ではないらしい。

アルラギア隊長も彼女を本名でピンキーリリーと呼ぶ。彼女はそれを嫌がりつつも受け入れている。なんだかんだ言って、それがもっとも無難な呼び名なので、そこに落ち着くのが常のようだ。

あるいは彼女の商会の方々は、「お婆様」と呼んでいたか。

ともかくそんな様子で彼女のネーミングセンスは独特であった。

そう考えると、アイスクリームショップ・リゼが、なんだかかなり良いネーミングにも思えてくるから不思議である。隊長さんは酷いしかめっ面で続けた。

「もしもなぁ、『プニプニリゼちゃんの・ハッピーラッキーアイスクリームショップ・ヤッホー』とかだったら、俺もどうかと思ったがな」

「お、アルラギアあんた、なかなかセンスあるじゃないか。そんなのも候補にあったが、商会の若いのが反対するからやめたんだ。やっぱりそっちにするべきだったかね」

「いんや、やめたがいいな」

どうやら店名案は、本当にかなりましなものだったらしい。そもそも、私の名前を使わないでくれるのが一番良かったのは確かなのだが。

「他にも甘味処『リゼちゃんの牛屋』と、『リゼちゃんのドラゴンピザ』の企画書も持ってきたから見ておくれよ。あんたの食い物関係の活躍情報を調べて考えたんだ」

そう言ってどんと目の前に書類が置かれて、目が回りそうになる。反射的にお断りしそうになったところに、ピンキーさんはすっと人差し指を立てた。

「……ただ、そっちはまだ時間がかかりそうだからねぇ、単品勝負できて手っ取り早いアイスクリームのほうだけ先に進めたんだ。かまやしないだろ？」

「物凄く勝手で、いきなりな話ではありますが……やりましょう。望むところです」

「よっしゃ流石は私のリゼちゃんだ！　じゃあ店の外観も見とくれ。こんな感じ。看板にはこれから、リゼちゃんの似顔絵もいれたいんだが」

「そ、それは流石にやめましょう、流石にちょっとアレなんで」

「だめかい？　私は好きなんだけどね。仕方ない、試作のミニ看板はウチの部屋に飾っておくか。個人的に楽しむ範囲でとどめておくよ」

それはそれでなんか怖い。ピンキーさんも相変わらず謎の勢いが凄い人だ。

というか勢いが増している気がする。とくに商売絡みとなると、激烈なのかもしれなかった。

「ひっひっひ、なぁに悪いようにはしないさ。もちろん利益分はちゃんと還元するし、店に関わる責任は全てこっちで、ウチの商会でもつ。万が一にも不利益なんてこうむらせないよ。でも頼むよ、なんにしたってリゼちゃんの協力がこの私には必要なんだ。あんたの近くにいると、なんだかこう、昔の情熱が蘇るのさ。私の中で消えかけてた小さな火に熱が入るのさ」

「リゼ、この婆さんはめちゃくちゃだが、商売に関しちゃしっかりした人間だよ。そうやってあの大商会を運営してきた姿は俺も見てる」

確かに彼女の商会の評判はすこぶる良好だ。私もいくらか調べたことがあるが、アコギな評判は一つもなかった。ただ悪評があるとすれば、ネーミングセンスと。

「ヒィ～～ッヒッヒッヒィ～～」

この魔女然とした、恐ろしげな笑い方についてくらいのものであった。

彼女は今日も元気一杯に笑い声を響かせている。

「ところでだけどね、リゼちゃんがタタンラフタで披露した新種のトマトって野菜。これも商売になる。大規模に栽培する気はないのかい？　金になるよ」

今度はそんな話になって、私達は家庭菜園に移動した。そこにはピチオさんがいて、木の近くには風変わりなトマトやナスなどが植わっている。

「これ、ですよね。ええと、どうしましょうかねぇ、思案中です」

「栽培するのになにか懸念があるなら、こっちでもできるだけの協力はするよ」

私はあらためて庭の小さな菜園を眺めた。どうせしばらくはホームにいる予定だし、資金にもなるようだし、栽培実験も進めておこうか。コックさんの様子を見ながらにはなるが。

「ヒイイッヒッヒッヒ、こりゃあ、来た甲斐があったってもんさね。ひゃあっひゃっひゃっひゃ」

良い人なのだけど、やはり凄く悪だくみをしている雰囲気が出てしまうピンキーさんであった。

菜園とお料理、世に広がる（序）

聖杯のために資金の準備でもしておきましょうかと、ポツリと呟いた程度の話が、またしても事態は大げさな方向に転がり始めていた。

ピンキーお婆さんがヒャッヒャッヒャと高らかに笑い声を響かせる。

私がこれまでやってきたお料理関係のお店がいくつかと、獣人村の雷撃発生装置に関わる仕事、さらに家庭菜園で楽しんでいるお野菜に至るまで、根こそぎ大商人ピンキーさんの目にさらされていた。で、トマトである。私の家庭菜園で、ウネウネと動く新種のトマトである。

名前はブラッディドラゴントマト。今日も元気にウネウネと伸び、気持ちよさそうに陽の光を浴びている。味良し、サイズ良し、栽培のし易さ良しと、三拍子そろった優良品種ではあるものの、やや正体不明なところはある。

私達は家庭菜園の中へと足を踏み入れていた。

「もっと大規模に栽培してみるべきさね。次の店舗、リゼちゃんのドラゴンピザには欠かせない食材だ。タタンラフタ王家も、場所ならどこでも提供するとさ」

その話は私も知っている。エルハラへの旅の途中で縁があって、それ以降アプローチを受けている。

「やるとして、ではなにから手をつけるか……」

私は少々思案した。

トマトを見る。植物というよりは、ちょっとしたモンスターっぽい見た目である。

実の形もドラゴンっぽいが、それにも増して茎の形が東洋のドラゴンのようでウネウネと動く。しっかり成長した株の先端には、ドラゴンの頭っぽいものまでついている。目を閉じてスヤスヤ大人しく寝ているときも多く、今はゆったりと風に揺れるようにウネウネ動くのみだ。

トマトの実の色はとても濃い赤。ブラッディである。茎と葉の色は普通に緑だが鱗《うろこ》があり、やはりドラゴニックである。ラナグ先生は言う。

『邪竜の骨と、吸血鬼の魔石を肥料にした影響が出ている可能性が高いが……いずれにせよ千年桃ピチオの特殊能力で浄化されていて、悪影響はない。ただこの野菜、強くなってきてるぞ』

そう、そうなのである。このトマト、しばらく私の庭で成長している間に、茎も根も力強くなり、内部には十分な魔力を秘めている様子。

やや成長しすぎな気がする。子犬と思って拾って育てたら、クマでしたなんてこともあるらしいが、そんな感覚である。

幸いホームは猛者《もさ》ぞろい。なにかあっても大丈夫な人しかいないが、それでもなにか対処は必要だろう頃合いでもあった。するとピンキーお婆さんが言う。

「今のところ、人間を襲ったりはしないいんだろう？　牛を飼育するよりは楽なんじゃないかい？あいつらは平気で襲ってくるからね。それにくらべりゃぁ平気平気さ」

この世界の方々の安全基準は割りと大雑把であった。

もと日本人としては、もう少しだけ高い安全基準が欲しくなるが。

「今は誰も襲われてませんけど、なにかをきっかけに凶暴化することも考えられなくは……ほら、たとえば弱い子供しか襲わないモンスターの例もありますし。アルラギア隊長はどう思います？」

「そうだなぁ、そいつはありうる。ただ俺としちゃぁ別な問題もあると思うぞ。そもそもこいつはリゼ菜園の外でも育つのか？　そっから先に確認してみたほうがいいんじゃないか？　駄目な可能性もあるだろ？　もともとがピチオの影響で特殊な成長をした品種だってんだからな。ピチオから離れた他所《よそ》じゃ育たん可能性もある」

「ふむふむ確かに。それも懸念事項の一つですね。ではまずそちらから確認してみますか」

私と隊長さんは目を合わせてうなずきあった。

「なんだいアルラギア、バトルジャンキーなあんたでも、たまには生産的なこと考えるもんだね。やんちゃ坊主もいい年こきゃあ、多少は大人になってるってもんさね」

「ああん？　俺はガキの頃からしっかりしてるってんだよ。しかしあれだな金と価値を生むことばっかり考えてるバァさんに、生産性があるとお褒めいただけるとは光栄の極みだぜ」

「ヒエエエッヒエエッヒエェ。そいつは良かった。クックック」

二人の間ではそんな会話。ピンキーさんは爆笑すらしていた。笑いのツボがいまいち分からないが、とにかくこんな言い合いも二人にとっては楽しい時間らしい。仲良しである。

「んじゃ行くか」

ともかく私達は万全の警備態勢を敷いた上で、計画を実行することに。場所はホームのすぐ近くの草原。

よく育ったブラッディドラゴントマトを菜園から一株だけ掘り起こし、草原に植え替えてみる。枯れても悲しいので慎重に。根の周りにはもともとの土もつけたままだ。ピチオさんも様子を見てくれて、一緒に外まで飛んでくる。

『僕自身はここまでくらいなら飛んでこれますけど、千年桃の木の影響圏からは外れてるはずです。これまで植物に影響があったのは、あの菜園の中だけですから』

ピチオさんもそう言う。私達は一通り植え替え作業を終えて見守る。

どうなることやら。まずこれで枯れずに生育してくれるなら、先があるが。

しばし待つ。今のところ元気。変化なし。

さらに待つ。茎はいつもと同じようにウネウネ動く。ただ待っているだけなので私はちょっぴり眠くなってくる。

そのときだった、小さな虫タイプのモンスターが接近してきたのは。

超小型のモンスターで力も弱く、冒険者からは無視される程度のやつ。しかしこのタイプは草や木や小動物をよくかじる。言わば害虫だ。

もしかするとトマトを狙って食べに来たのかもしれない。

「ああ~来たね、害虫タイプモンスター。こいつらは厄介だよ。とにかく退治がしにくくてね。神聖帝国では国策で小麦栽培してるが、かなりのコストをかけて神殿職員と農民たちで地道に対処する羽目になっているのさ」

害虫モンスターか。その話は私も聞いたことがあった。

まずこの世界では狩猟が最大の産業で、それに比べると農業はずっと小規模だったりする。で、その原因の一つが農作物を食い荒らすモンスターなのだ。もちろん大型モンスターだって畑は荒らすから、広大な土地をモンスターから守るのはとっても大変なのだそうだ。

「とりあえず倒しとくか？　今は、ちゃんと生育するかの観察だろ？」

隊長さんがそう言ってバトルナイフを抜き、戦いの構えをとったのだが……

私が彼に返事をするより先にそれは起こった。

――シュバッ、シュピッ!!

ブラッディドラゴントマトの茎が地を這うように勢いよく伸び、先端についているドラゴンっぽいヘッド部分がモンスターにガブリと噛みついた。

噛みつかれると、シュワッと溶けるように消える虫モンスター。

「つ、強いな。一瞬だったが、かなり機敏な動きをしたぞ。おいおい本当にこれでも野菜かよ！」

ブラッディドラゴントマトは、強かった。

少なくとも、これくらいのモンスターなら瞬殺であった。

こうなってくると、見た目が似ているだけでなく本当にドラゴンなのかもと思わせられる。

これを皮きりに、その後も害虫モンスターはトマトの葉や実を食べようとドシドシ近寄ってくるが、逞しいトマトが撃退する。シュバッ、シュバッ。ムチが空気を引き裂くような音を鳴らしながら害虫モンスターを捕食している。

もともとトマトという植物は茎がとっても長くツルっぽい。Ｂ《ブラッディ》Ｄ《ドラゴン》トマトはそれを活かして、しなやかに動き回っている。

しばらくするとＢＤトマトは近くに寄ってくる虫モンスターを全て掃除し終え、満足げにうっすらと光を放っていた。自らの生息エリアの浄化完了とでも言いたげな様子であった。

その姿をただただ目撃していたのが我々である。

「なんてこった、こいつは、こいつは……」

ピンキーお婆さんはこの光景を目の当たりにした後、私とがっしり目を合わせてきた。がっしりと、ひどくガッシリと。私は言う。

「まあ今のところ元気そうですかね。普通の土に植えても」

「元気なんてもんじゃないさね、こいつはとんだやんちゃ坊主だ！　害虫モンスター対策の革命になる作物かもだねコイツはっ。しゃぁぁっひゃっひゃっひゃ」

私のすぐ近くで、激烈で高らかな笑い声が響いた。

怪鳥の叫声と誤解する人もいるかもしれないが、裕福でハイソな人間のお婆さんの声である。

「ヒャアッッヒャ〜」

彼女は叫声を上げたまま、私を真正面から見つめてくる。やや恐ろしさを感じるものの、一応これでも彼女なりに喜びを表現しているらしいので、私はなんとかその思いを受け止めようと努めた。

「はっはっは、そうですね、とんだやんちゃ坊主トマトですね。はっはっは」

「きょぇぇぇぇリゼちゃんやぃ、こいつはもう危険がないかなんて問題じゃないさね。植えよう！　なんたってこれだけ害虫モンスターを引き寄せて、その上自ら捕食。もはやこのトマト単体の有用性だけじゃない。明らかに大陸の農業全体に影響を与える事態だよ。危険があったって構うものかい。どうせそこら中でモンスターが闊歩してるんだ。危険じゃない場所なんてないんだからね」

とっても大盛り上がりな彼女であった。

「そうですねぇ」

私はそう言いつつも、引き続きトマトさんの観察も続けていた。

なにせまだまだ観察は始めたばかり。結論を出すには尚早である。私の中の日本人の血が、せめてもう少しは様子を見ようと言ってきかない。

ということで観察を継続するのだが、しばらくしても、相変わらず元気に動き回っているトマト。特に問題は起こらない。魔物以外を攻撃する様子もない。観察をして分かったことは、強さについてだろうか。このＢＤトマトさんの実力、私の見立てでは……冒険者ランクでＢまでの強さはないだろう。それでも十分強いが、アルラギア隊の面々には及ばないくらい。

一つ弱点もある。植えられた場所から自力では移動できないのだ。根があるから、当然逃げられないのだ。

つまりここまで見る限り、トマトさんは小さな害虫モンスターを駆除するのはかなり得意そうだが、強力なモンスターが湧くと蹂躙されてしまうかも。そんなところだ。

生育環境については今のところ普通の土でも問題はない様子。元気だ。

まだ数日くらいは様子を見ないと大丈夫だとは言い切れないだろうが。

人間に危害を加えないかについても、もう少し見ておきたいものである。

「さて、となると」

今晩はここで過ごそうと思い立つ。私は亜空間収納にしまっておいた野営用テントを設営し始める。大倉庫からの借り物だ。これをよいしょよいしょと組み立てて、地面にペグを打ってと。

そこで隊長さんからストップがかかった。

「おい待てリゼ。その様子だと……さては今晩ここに野営する気か」

「しますが？」

「待て待って五さーいじ。五才児なんだからな。忘れないでくれよ。よく覚えておいてくれ五才児。五才児はモンスターの出る草原で野営なんてしないんだ。いくら実力的に大丈夫でもしないんだ」

「……うーん、まったくもう、わがままな隊長さんですね」

「俺を駄々っ子みたいに言ってくれるな」

「でもですよ？　隊長さんとしても、私の実力的にはここで野営しても大丈夫だと、そう判断してくださっている訳でしょう？　ましてやラナグもいるし、盤石ですよね」

「まあそりゃそうなんだが」

「となるとやはり、もうアルラギア隊長の我儘で私の野営を妨害しているとしか言いようが……」

「なんだか丸め込まれてんなぁ俺。なんだかんだでいつもな」

威厳ある隊長さんが少しだけ崩れつつある今日この頃。

傭兵部隊の運営に支障があるといけないので、戯れはそのあたりにしておいたが、やはりなんだかんだ言って最終的には私の行動を肯定してくれる隊長さんだ。

結局今晩はここに野営することで落ち着いた。むろん隊長さんも一緒に野営することになり、彼のテントが隣に設置され、二つのテントの間がタープで繋ぎ合わされ、次第に豪華になっていく。

ピンキーお婆さんも一緒、もちろんラナグ達も一緒である。

こうしてトマトの様子を見つつ、手が空いたので大倉庫からモニターを持ってきて外出中のコックさんの動向もチェック。なにかと見ておくべきものが多い今夜の私であった。

とくに大きな出来事もなくそのまま一夜明け、翌日の早朝になった。と思った矢先、ここで訪問者が現れた。

「ム～～、ムォ～～～～～」

大きな鳴き声が聞こえてきて、見に行く。そこにいたのは牛さんであった。

我々のテントのすぐ近くまで牛さんはやってくる。トマトから二メートルほど離れた地点で立ち止まり、堂々と立つ牛さん。その鼻先は、うねうね動くトマトに向けられていた。

さて、ムームー鳴くこの声と、見るからにミルクを出しそうな風貌。どう見てもムームー牛であった。それも面識のあるムームー牛であった。

「よおリゼちゃん。突然すまんが、遊びに来ちまった。ムームー牛のムーザベスと」

傍らに立つ人間の彼にも見覚えがある。以前お邪魔したタタンラフタ国ラッタ町にあるムームー牧場の若者で、確か牧場主のおじさんの息子さんである。

にしても近頃はお客様が増えた。知り合いがあちこちでできて、それは良いことなのだけれども、こうして牛さんまで来るとは思っていなかった。

牛さんはのっそりと私に寄ってきて、頭を上下に揺らした。目が優しく微笑んでいるように見える。

「えへへ、来ちゃった、みたいな感じだな。なぁムーザベス」

牧場のお兄さんはそう言ったが、そんなノリで牛さんに訪問された私は密かに驚愕していた。

さてこの牛さんだが名前はムーザベス。契約では私の所有になっている牛さんだ。

少し前にあったレシピ認定大会でそうなったのだ。ただしあくまで所有権だけで、飼育自体はラッタの牧場で引き続きお願いしていたのだが。それが遊びに来たという訳だ。

「このムーザベスがよ、リゼちゃんのとこに行きたいって言うもんでよ」

私とムーザベスとの出会いは……そう、エルハラへの旅の途中だった。魔の森の中から飛び出してきたムーザベスと、私は出会いがしらでお相撲をした。暴走している彼女を、結果的に私はそっと優しく組み伏せた。

ムームー牛の性質で、組み伏せられた相手を好きになるそうで、あの時以来私を気に入ってくれているとは聞いている。

「このムーザベスはあの群れのボス格なんだが、頭も良くてね。あのときリゼちゃんが牧場のためになにかしてくれたらしいってことを理解してるんだよ。それでますます気に入っちゃっててね。会いに行くって聞かない。ああもちろん、ちゃんとすぐ連れて帰るから心配なく」

「あらそうなんですね。ええと、すぐに帰るというと？」

「どれくらいかは分からないけど、ムームー牛は人里近くにいると迷惑をかける場合もあるからね、あんまり長居はしないよ」

確かに暴走すると危ない牛さんではある。基本的に普段は人里から少し離れた牧場で暮らしているのだ。

そんな話の間、ムーザベスがまた私に鼻先をむけてきて、ムゥゥと鳴いた。そして私のすぐ隣にドカリと腰を下ろす。

ムームー牛は普通に動物なので、私にもはっきりとした言葉は分からない。

しかし、こうして湿った鼻先を向けられ、そのまま顔、首、わき腹、尻尾を添わせるようにぐるりと身体を寄せられると、流石に好意は感じるし、すぐに帰る気はなさそうに思えた。

「ああ、おいムーザベス。なんだその体勢は。動く気ないな！」

私はそっと隊長さんに聞く。

「どうですアルラギア隊長？　牛さんがここにいても大丈夫ですかね？」

「まあ、とりあえずは様子見か？　そっちの牧場の兄さんもいてくれるんだろ？　なら大事はないだろうが」

「帰らなくても牧場のお仕事は大丈夫ですか？」

私はお兄さんにそう尋ねた。

「俺達は構わないさ。むしろ……帰らなくていいならしばらく逗留していきたいよ。なーにせ牧場なんてやってるとね、めったに外泊なんてできないんだ。特別な用事でもなけりゃあさ」

どうやらこのお兄さん自身も、ムーザベスの件に便乗して外出したかっただけらしい。

「うちの厳しい親父様も、ムームー牛絡みでリゼちゃんとこ行くなら文句ねぇって感じでさ。羽伸ばすいい機会だから、あわよくばこの後もどこか遊びに……」

この機会にどれだけ遊べるかチャレンジしてやろうとでも言わんばかりに、彼は遥か遠くの空を見つめていた。私は心苦しくもあったが、残忍な一言を放った。

「おじさんに言っときますね」

「待ってリゼちゃん。うそうそ。純粋にお仕事で、ムーザベスのためにここまで来ただけだから。ああ大変だなぁ。大人はお仕事たいへんだなぁ」

お兄さんは大変な慌てようであった。もっとも本当に遊びでここまで来たとしても、面倒くさいのでわざわざ告げ口などする私ではないのだが。

ともあれ、こんなこともあって私達は引き続き草原の上で過ごすことに。

キャンプ用具が置かれた場所はさらに拡張され、大層賑やかである。

キャンプのすぐ隣。牛さん一頭とトマトさん一株は今のところ喧嘩などはしていない。お互い様子見だろうか？ ちょっと近づいてみたりはするが、触れ合いはしない。それでいて一定以上は距離をおかない。つかず離れずであった。

なんだろうか、気になる相手との距離を探っている様子にも見えるが。

牛さんはのんびりむしゃむしゃ草を食《は》む。ミニ竜の如きトマトを気にしつつ、近い場所で草を食《は》む。

ともかく仲良くしてくれると私は嬉しいが。ふと、牧場お兄さんがこんなことを呟いた。

「なぁムーザベス、なんだか妙に大人しいな」

牛さんはゆっくり、ム～～と鳴いて返事をしたけれど、そのままのんびりと草を食《は》む作業に戻った。

「ムームー牛は縄張り外では不機嫌になるし暴れる。それがどうもここに来てからは大人しい。なあおいムーザベス、そんなにリゼちゃんを気に入ってるのか？　いや良いんだけどなぁ、普段面倒見てる俺達のことだってさ、嫌いじゃあないだろムーザベス。なあなあムーザベス」

牧場お兄さんはグダグダとした調子で牛さんに絡む。牛さんは機嫌良さげにお兄さんの顔を舐めた。気持ちはちゃんと通じ合っているのだろう。

にしても彼が言う通り、牛さんは以前牧場で見たときよりも、妙に穏やかであった。

「そんなことよりだね、なあリゼちゃんや……」

ここで私の背中をツンツンしてきたのはピンキーお婆さんだ。

今の彼女の最大の関心事はトマトで、その話をしたいらしい。聞いてみると。

「実際に、この崇高なるトマト様とだよ、小麦を一緒に植えてみたいんだがねぇ」

「それはもちろん良いと思いますが、小麦畑がウチにはありませんから……神聖帝国まで行きます？」

このあたりにはないので、当然そうなるかと思ったが。

「ひゃっひゃ、その必要はないさね」

彼女は自分のカバンから、なにかを取り出した。それは育苗鉢《いくびょうばち》に植えられた植物で小麦の苗らしい。

なかなかに奇妙な光景であった。私は尋ねずにはいられない。

「いつも持ち歩いてるんですか？　そもそも小麦って鉢植えにするんですか？」

「いや、今回は目的があって持ってきたのさ。リゼちゃんの庭で珍妙な野菜が育つって話を聞いてたもんだからね。で、小麦もやってみてもらえないかと思って、鉢に入れて持ってきた。もちろん種も持ってきたよ。ひゃっひゃ、予定とは違う形になったが、ともかく持ってきて正解だったみたいだねぇ」

彼女は小麦の苗を私によこした。数は十株。

ふうむ分かった。あるならあるでせっかくの機会だし、小規模にはなるが実験してみようではないか。すぐに隊長さんが草原を少しばかり掘り起こしてくれて、私達はこの若い小麦を十株植えた。場所はＢＤトマトのすぐ隣だ。

しばらくすると、土を掘り返したせいか一時的にまた害虫モンスターが湧いた。が、これを期待通りにトマトが食べつくしてくれる。ここまでは想像通りの素晴らしさと成果であった。

ただ、これも事前に想定していたことだが、地中から湧いたモンスターの中に一体だけいた通常サイズのモンスターに対しては、トマトの反応は鈍かったのだ。

骸骨トカゲっぽいモンスターで、戦えばおそらくトマトのほうに分があるが、それでも積極的に倒しにはいかない。虫タイプ以外は好みじゃないのか、あるいは小型じゃないモンスターへは攻撃しないのか、ともかくそんな様子だった。

もちろんＢＤトマトは人間にとって最も対処が厄介な害虫モンスターを駆除してくれるのだから、それだけでも十分ではあるのだが。なんとなく引っかかるものがある。小麦とトマトだけでなく、さらに相性の良い栽培方法が……

「リゼちゃんやい、十分な成果さね。なんだってそんな物足りなそうな顔してるんだね」

ピンキーさんがそう言った。彼女の言い分はもっともだとは思う。

「ええ。十分ですよね」

結局はそんな結論に至り、私達はこの様子を引き続き観察しつつも、昼食をとることにした。

本日のメニューはピザである。じゃじゃん！　ピザである！

なにせ牧場お兄さんがお土産にフレッシュチーズを持ってきてくれていたのだ。使わない手はなかろう。いただいたのはムチムチーズと呼ばれる種類で、ようするにモッツァレラチーズっぽい逸品。これにBDトマトをベースにしたソースを合わせて使う。

ピザ生地は普通に小麦粉でコネコネ。小麦はこの世界では割と高級品だが、数少ない小麦の産地である神聖帝国が近いこともあり、アルラギア隊では日常的に使われる。

あとはバジルもあったらマルゲリータになるだろうか。トマトソースのピザと言ったらまずはこれだというべき至上の組み合わせだが、バジルはない。

代わりに彩りとして庭の菜園から採ってきた普通の薬味ネギ。あとはお好みのトッピングで激辛スパイス風味の燃えナスも用意した。

生地と具材の準備を済ませ、ポータブル魔導コンロを亜空間収納から取り出す。上火もつけられるタイプで、お小遣いで買ったばかりのキャンプグッズだ。

これを使ってみたくてピザを焼くことにしたという面も否定はできまい。新しい道具って、なんにしろトキメキがある。私はウキウキでピザを焼きにかかる。

ただ一度にたくさんは焼けないので、のんびり少しずつ焼いては、皆に取り分けていく。

ふと思い出す、この世界に来て初めて作ったトマト料理は、パンに具をのせて作ったピザパンだったなぁと。あれはあれで美味しいけれど、やはりちゃんとしたピザ生地で丸い形をしていると、また気分が違う。

お好みでトッピングしつつ、試食会を兼ねつつ、ピザパーティーは始まった。

「はい、ピンキーさんもどうぞ」

「かぁ、ムチムチーズのほどよいムチムチと、あぶられたとろけ具合。そこに合わさるトマトの酸味と深い味わいと旨み。かぁ、かぁ、こいつは、ひゃぁっひゃぁっひゃ、こいつは銭の匂いがプンプンするねぇ」

今日も今日とて魔女魔女しい高笑いのピンキーさん。表現がやや分かりにくいが、美味しいとは思ってくれているらしい。

アルラギア隊長は、この場所から一時的に離れたり戻ってきたりしていた。隊長さんはああ見えて隊長なので、隊のお仕事もしているのだ。ちょうど戻ってきたタイミングで彼にも手渡す。

「はい、アルラギア隊長もどうぞ」

「こ、これは……」

ガブリ、モチ~がぶがぶ。

「こいつはあれだな……誰が食っても美味《うま》いやつだろ。そういうやつだろ、なあリゼッ」

彼はそう言って顔をほころばせる。隊長さんは美味しいとちょっと垂れ目になる。うん、喜んでくれたらしい。牧場のお兄さんにも召し上がっていただき、もちろんラナグや三精霊にも。

皆チーズを口からムニーッとさせ、トマトソースが口の周りにベタベタだけれど、きゃっきゃ言いながら元気よく頬張ってくれる。

『『『おいしいね～』』』

『『『ね～～』』』

幼児姿で繰り広げられるこのシンプルなやりとりを見ていると、私は胸の中をほっこりホコホコさせずにはいられなかった。

すみません！　うちの子かわいいんですけど。ねぇ可愛いんですけど！　などと言って全世界の人に見せてあげたい気分であった。

『これこれ、子精霊らよ。口の周りが汚れておるぞ。もう少し落ち着いてだな……』

神獣ラナグ様はそう言って優しい目で子精霊達を見守るが、真っ先に自分の分を食べ終えた上に、当然のように自分のお口の周りもトマトまみれだった。

いつも通りなラナグさんになんだか笑えてくる。

妙にしんみり幸せを感じてしまい、私はコックさんを思い出す。相変わらず盗賊ギルドに潜入中の彼だが、特に大きな事件も変化もなく活動中らしかった。

美味しいものが大好きな彼のこと、一緒に食べられたら良かったのにと思わざるを得ない。

そんなことも考えつつ、素敵な人たちに囲まれていられる幸せと、美味しいピザを噛みしめる。

「おうい、ムーザベスも食うか？」

この声は牧場お兄さんのもの。

「待てよ塩味が濃いから良くないか。ごめんな俺達ばっかりリゼちゃんの美味《うま》いもん食っちまって……にしても相変わらず大人しいなお前。どうしたんだよ、まさか具合でも悪いんじゃないだろうな」

彼はそう言ってムーザベスの様子を見たが、体調不良ではなさそうだと言う。のんびりとしていて、草を食《は》むばかり。

少々問題があるとすれば、小麦を他の草と同じように食べちゃいそうになることくらいだろうか。もちろん牛さんにとっては区別などないから、食べやすそうな草がそこにあれば食べるのが当然だった。これでこそ草食獣なのだと言わんばかりに、ムーザベスは草を食べる。お兄さんがムーザベスを誘導して、小麦からは少し離してくれた。

「小麦じゃなくてこっちの草を食ってくれ。ようし、そうだこっちだ、偉いぞウンウン。しっかし、お前さんやっぱり異常に静かだよなぁ」

ここで私は思うところあって牧場お兄さんに尋ねた。

「少々お尋ねしても？」

「ん？　どうしたリゼちゃん？」

私は思い出していた。初めてムーザベスに出会ったとき、彼女は小型の虫モンスターと戦って暴走気味だったのを。あるいは牧場でもそうだった。

「ムームー牛って、虫が嫌いですかね？」

「んん？　いやどうかなぁ。個体差もあるからなんとも言えんけど、よく食ってはいるからなぁ虫モンスターも。一応それほど嫌いじゃないとは思ってるが……しかし待てよ、食うのは嫌いじゃないとは思うが、牛達は縄張り意識が強くてな」

彼はそこで一度口を閉じて、周囲を見て、またムーザベスを見た。

ムーザベスは心地よさそうにのんびりムード。

「そうか、今、この場所には普通のモンスターだけじゃなく、小型の虫モンスターも全然いないんだよなぁ。もしや、それでこんなに大人しいのか？　普通、縄張り内ならどんな小型モンスターでも徹底的に倒しにいくもんな」

「なるほどなるほどそうですか。これは良いですよ、実に良い栽培実験会になりました、皆さん」

「ん、どうしたんだリゼちゃん」

先ほどから私が気になっていたのは、このことだったと今になって気づく。小麦とBDトマトの相性は確かに良さそうだったが、もう一つ、身近なものが足りない感覚があったのだ。牛さんだ。この相性だ。

「BDトマトと小麦の畑で、ムームー牛も一緒に飼育しましょう。そういうお話ですよこれは」

「ええと……？　なんだってリゼちゃん。うちのムームー牛達を作物と一緒に？」

「はい」

「そりゃあ……どうかな？　だってな、さっきも見たろ？　牛達は草ならなんでもお構いなしで食べちまうぞ？」

「もちろん、それもなんとかなるのではと私は思っています。でですよ、もしも一緒に育てたなら、メリットがあまりにも大きいではないですか。明らかにです」

なにせそれぞれの食性が最高に相性が良い。

まず始めにムームー牛の特性で、縄張りに近寄ってきたモンスターは積極的に蹴散らしてくれる。大型のモンスターであれ何であれ。

ただ、あまりに小さな虫モンスターに対しては、なにやらご機嫌斜めになる様子。体のサイズ的にバトルの相性が悪いのではないかと思う。そもそも人間ですら、小さくて大量に湧く害虫は放置しているくらいなのだ。人間より大きな牛さんにとっては、イライラする相手なのかもしれない。

だから、BDトマトと牛さんでパーティを組む。そんな感じだ。恐らく凄く相性が良い。私は今一度お兄さん達にご説明申し上げた。

「そりゃあ良さそうに聞こえるが……ただやっぱり牛達がよう、踏み荒らしちまわねぇかな？　ほら、こうしてる今もまた、小麦をムシャムシャやっちまいそうだろ？」

「はい。ですから最終的な配置としては……」

私はそう言ってから、BDトマトをさらに数株持ってきて、配置してみた。

草原の中の実験農場。まず中心に小麦が植わっていて、その外周にぐるりとトマト。さらに外側にムームー牛を配置した。小麦ゾーンをトマトでみっちり囲んだ形。

私が思うに、どうやらムームー牛はBDトマトに一目置いている。自分達に有益な存在と認識しているのか、BDトマトが植わっている場所を踏んだり突破しようとしたりしないのだ。

実際こうして試してみると、BDトマトの植え付け間隔にいくらか調整は必要だったものの、おおむね期待通りの動きになった。やはりムームー牛は無理に中に入ろうとしない。

さらに、ムームー牛のエリアにもところどころBDトマトを配置してあげると、ムーザベスは大層ご満悦な様子であった。

「ムゥ～ンムゥ～ン」

私の隣に寄ってきては、猫撫で声を出す牛さんである。

「大丈夫そうみたいだな、どうも」

ムームー牛とBDトマトのダブルの構えで、大型のモンスターから超小型の害虫モンスターまで幅広く対応。

だけではなく、小型の害虫モンスターが発生する先から駆除され、それは小麦の生育に有益なのはもちろん、ムームー牛の荒い気性を、いくらかでも穏やかにしてくれる効果まである。

なんとも相性の良い組み合わせであった。

しばらくこの様子を眺める牧場お兄さんだったが、ふと、呟いた。

「いうなりゃこいつは……ピザ農法ってわけだ。大地の上に、熱々トロトロのピザが見えるぜ。俺の目には」

それは流石に幻覚が見えてませんか大丈夫ですかと言いかけたが、もちろん言わない私。

にしてもピザ農法か。私としては奇妙なネーミングに思えてしまうが、トマト、チーズ、小麦粉の織りなすハーモニーが、小さな実験農場の上に今現れたのは間違いない。

本当のところ、一番内側のゾーンに植える植物は、小麦でなく他の作物でも良さそうだが、皇宮とはいえ小麦がこの世界で一番メジャーな農作物ではあるし。

魔物産の野菜が安価なこの世界では、他の野菜などは今のところ大規模に栽培されていないのだ。

「ようぅし、それじゃあ次にやることは決まりだね、ムームー牧場の兄さんよい！」

ここで今度はピンキーお婆さんが腕まくりをして、お兄さんに呼びかけた。

「決まりって言うと、つまり……？」

ピンキーお婆さんの言葉に、お兄さんはほんのり思案顔。

「ねぇリゼちゃん。そうさね？」

今度は私が尋ねられ、答える。

ピンキーさんが言うのなら、もっと大きい規模で営利目的の栽培実験をしようというような話だろうか。場所はきっとムームー牧場あたりを借りてか。

私がそう答えると、ピンキーお婆さんの表情が熱を帯びていく。この人はしょっちゅう熱を帯びているが、なおのこと帯びていく。

「まさにまさにそれさねリゼちゃん！　さっすがだよ。なにも言わんでも分かってるね。こりゃあ小麦とトマトだけじゃない。今まで金食い虫と言われてたムームー牛の牧畜が、いちやく花形産業に躍り出るかもしれないって話でもある」

そう言って、ピンキーさんの視線がぐるんと牧場お兄さんに向いた。

「いいかい、兄さんは明日にゃＢＤトマトの苗を持って牧場に帰んな。小麦のほうはウチの商会を通じて人をやる。ああリゼちゃん。タタンラフタ王家とラッタの町の領主には私から書状を送る、あの牧場を実験農場にさせてもらう許可をとるのにね。確認して問題なければ、リゼちゃんも書状に署名してもらえるかね」

彼女は盛り上がっていたし、それにあてられたように牧場お兄さんも頬を紅潮させていた。

「よし分かったぜ。そんなら明日苗を持って牧場に戻って、親父に話をするよ。きっとリゼちゃんの名を出せばやるって言うぜ、ウチの親父様もな」

話はそう決まった。

「この、ピザ農法プロジェクトは、あんたんとこに任せたよ若いの」

そう言ったのはピンキーさんで、いつのまにやらまた妙な名称が普通に使われ始めていた。

もっとも、美味しそうなので異論はないが。

「考案者は幼女リゼ。これも看板作っておこうね。牛とピザと幼女の絵入りのロゴでやろう」

「なんに使うんですそんなもの」

「これもリゼブランドの展開の一つにするさ」

「リゼブランド？　聞いてませんが？」

「これから説明するさ」

ピンキーさんは楽しげに笑っていたが、私としてはまたしても食いしん坊と思われそうで気が気ではなかった。

ムームー牧場のお兄さんは、翌朝の出発に向けて準備をする。我が家のあの奇怪なトマトを鉢植えにして運べるようにしていく。数は沢山。小さめの株を中心にしたとはいえ、なかなかの荷物になっていた。今度あの牧場に行くときには、沢山のトマトがウネウネしているのだろうか。

元気に育てよと思いつつ、楽しみなような恐ろしいような。

ムームー牧場の方々は、普段から屈強な牛さん達と共に生活している猛者《もさ》ぞろいだから大丈夫だとは思うけど、異変があったら駆けつけようと心に誓う。

これが今日の午前中の出来事だった。

その後は、草原の上で始めたプチ実験農場もテントも全部お片付けして撤収完了。

いくつかの雑務をこなして過ごし、夜には自分の部屋へと戻った。外出中のコックさんの動きを知らせてくれる水盆のモニターもまた回収してきた。

こうしていざベッドに戻ってみると、やはり慣れた寝床はしっくりくるものだ。ベッドサイドには水盆のモニターをセットする。寝る前に一度確認してみるが、動きはない。コックさんは止まっているようだ。彼ももう寝るのだろうかと思っていると、私の身体にピリピリとした刺激が走った。

コックさんからの通信術が繋がった合図である。もしや、ピザの気配を感じてデリバリーでも頼んでくるのではと私は想像する。もしそうなら、夜中だが対応してあげても構うまい。

などという戯言を考えながらも、急いで隊長さん人形をポッケから取り出すと、人形の口からコックさんの声が聞こえてきた。

『よう、元気かな』

ややくぐもった声だった。曰く、今は安全な場所にいて通信術を繋ぐことができるが、これからしばらく厄介な場所に潜る予定だそうな。

『リゼちゃん師匠が心配するといけないから、一応連絡しとこうと思ってね』

私は思うところがあって、こう口にしていた。ピザのことではない。今頭にあるのは聖杯だった。

「あのう、コックさん？」

「なんだいリゼちゃん師匠」

「唐突に思われるかもしれませんが……聖杯の件はもういいです。帰ってきてくれませんか」

「えああ？　いや待ってくれよ、なんでだいリゼちゃん」

「聖杯情報ですけど、入手できなかったらそれでいいんです。ウサギ令嬢《ティンクさん》も自室で研究を進めてくれてますし、私もまた調べてみますし。そんなことよりなにより、コックさんが今まで通り、元気な姿で帰ってきてくれるほうが重要で、なにより私は嬉しいんですよ」

「いやあ、いよいよ今から本格的に潜り込むんだからさ、大丈夫だぜ。良い子で待っててくれれば問題ないから。それとも、そっちでなにかあったのか？」

「いえこちらは特に大きな出来事があったわけではありませんが。ただ……」

「ただ？」

私はどうにも気になっていたのだ。コックさんがお出かけすると言い出した時からずっとだ。

今回の彼の外出は、お醤油製造機（聖杯）の起動のための情報探しが目的だ。

コックさんはとっても食いしん坊で、食事第一主義な人だから、一見するとその行動はおかしくないように思える。がしかし、これまでコックさんは長期の外出なんてしたことがないではないか。

たとえ美味しいもののためでもだ。

稀《まれ》に外出するときでも、ほんの一瞬で帰ってきた。それが、今回はどうにも長い。すぐに帰ってくるなら、それほどの心配も疑問もなかったが、どうにも長い。

地下遺跡での光景が思いだされる。いくつもの石像の中にあった、誰か分からない『盗賊ギルドの王』と銘打たれた石像。

そう、聖杯は、アルラギア隊の誰かが闇落ちするかもしれないなんて案件とも関わっている可能性があるのだ。

つまりはコックさんだって闇落ち案件の候補者なのだから、あまり一人で危険なところに行ってほしくないではないか。闇落ち案件が進展しないためにやってる行為で、その危険度が高まっては本末転倒。

それにやっぱり、コックさんの様子が変だ。トマト探しのときでさえもの凄く興味を持ってても、決して自分では探しに行かなかったのに、明らかに変である。心配になる。私の我儘だろうか？　しかし我儘ついでに言わせてもらえば、私は心配するのが好きではない。

そんなものをやたらにするくらいなら、自分が危険なほうが良い。もっと良いのは、なにか美味しいものでも作りながら、皆でつまみ食いでもしていることだ。そのほうが絶対良い。まったくそれこそが世界の真理、誰が何と言おうと変えがたい事実である。

私はそんなことを考えていた。今、通信術が繋がったときにも、そんな思いが瞬間的に脳内を巡っていた。

そして言葉を紡ぎ出した。

私は、今こそこれを尋ねるべきだと思った。

「ははーん、さてはコックさん、貴方、盗賊ギルドの王ですね。だから、やたら行きたがるのでは！」

盗賊ギルドの王。地下遺跡で見た不穏な石像の一つ。おそらくは、闇落ち案件の候補者の一つだ。つまりアルラギア隊の中の誰かが、そんな存在と深く関係している可能性があるということ。

これまでも確認したかったが、聞きそびれていた。

コックさんはパパッと出かけてしまったし、なにせ話が盗賊なのだ。盗賊王だ。貴方犯罪者ですかと聞くようなものではないか。流石の私も遠慮するときもある。ちゃんとお話しできる時にと思っていたら、それが今になってしまった。

そんなことを考えている間に、しばしの沈黙が返ってくる。

私の中で、予想が確信に変わりつつあった。

コックさんは、「自分は盗賊なんぞではない」とは答えなかった。「まったく身に覚えもなければ、関係もない」とも答えなかった。

『ええとリゼちゃん。ちょっと待ってくれな。場所を移す』

通信術の向こう側でコックさんはそう答えた。面と向かって話していない気まずさ。無言がまた続く。それを破ったのは神獣ラナグだった。

『リゼよ、大丈夫か？』

ベッドの上、私の隣に寝そべっていたラナグが半身を起こし、頭をこちらにくっつけた。

私の様子に、なにか思ったようで彼は言う。

『リゼよリゼ、心配するな。我は感じている、いつもな。結局はお主の思う通りにやればいい。そんな力がリゼにはある。いつだって湧きだしている、ずっとな。これからだって、いつものようにやればいい』

彼はそれだけ言って、あとはなんてことのないように、またベッドに横になった。

ゆっくりとラナグを撫でる。

コックさんの声はまだ聞こえないが、息づかいが伝わってくる。

『ええと、それでリゼちゃん師匠、なんて言ったかな？　明日の朝メシについてだったか……』

すっとぼけコックさんであった。

私はここでもう一度コックさんに伝える。

「コックさん、宜しいですか。私は断言します。もしコックさんになにか悲しい過去があってもですね、コックさんがたとえ極悪犯罪者であったとしてもですね、貴方が優しい素敵な紳士だということを私は知っています。なにがあったか分かりませんが……」

もしもコックさんが犯罪組織盗賊ギルドの王だったとしても、私は、私は……。過去の罪。軽々には言葉にし難い想いが頭と胸に押し寄せる。いや、それでも私は！　そんな思いで挑んだのだが。

滑稽な通信人形の口からは、思いがけず、やや頓狂な声が漏れてきた。

『ぁいや！　いやいやいや、待ってくれ。違うんだよリゼちゃん師匠。違わないんだがちょっと違うんだよ。確かに俺は過去に盗賊ギルドと関係していたが、まあ、その、王っぽい感じもあったにはあったんだが……』

「ふむ」

私は神妙な面持ちで聞き、コクリとうなずく。彼は言葉を続けた。

『生まれてこのかた、悪事は一切働いてない！　とまでは言えんか。けども、まあ、普通の人間だよ。暗殺だのやばい薬だの、人攫いだの、そういう盗賊ギルドの仕事にゃ一切触れちゃいない』

「ふうむなるほど吉報です。それで、なにか別の形で盗賊ギルドに関わっていたと？　だけれど盗賊ギルドの王なんぞではないと」

『ええと。あ、リゼちゃん師匠今なんて言ったかな？　通信がちょっと良くなくて聞き取りづらかったかも。ええと、明日の朝メシに俺がアボカドベーコンマフィンを食べるのかだっけ？』

効き間違えにもほどがある。『盗賊ギルドの王』と『アボカドベーコンマフィン』はあまりに遠かった。

いや確かに、アボカドなんてこの世界にもあったんですかと私は驚嘆したし、できるなら明日の朝食はそれを食べたいなと思いはしたけれど、今はそんなことは聞いてないのだ。

どう考えてもごまかし方に無理がある。

「私はですね、アボカドベーコンマフィンなんて言ってませんよ。それはただコックさんが明日の朝食に食べたいと思っていただけなのでは？　私が言ったのはですね、盗賊ギルドの、王です」

『アボカドベーコンマフィンじゃなくてか？　美味《うま》いぞ？』

「それはそれでいただけるなら食べますが」

『よし分かった、それじゃあマフィンでも食べながらまたその話はしようぜ。なあ、きっとそれが良いのさ。おっと、誰か近くに来たようだ、それじゃあまた安全なトコで安全なときに連絡するぜ。またそのときになリゼちゃん師匠。そんときにはお醤油で祝杯を挙げよう』

「まずですね、お醤油は飲み物ではありませんよ。それと、ちゃんと帰ってきてくださいね！　お醤油よりも聖杯よりも大事な話ですからね」

『ああ、分かってるさ。良い子はちゃあんと寝て待っててくれよ』

そう言われた私の頭はすでにコクッコクッと揺れていた。幼女の身体は夜眠い。

結局コックさんはなにをするつもりなのだろうか。かくなる上は私も飛んで乗り込むか。

それでコックさんの首根っこを捕まえるのだ。居場所は分かっている。

『リゼ、コックの様子は我が見ている、何かあれば起こしてやるから寝るといい』

するとラナグが私を大きな前足に抱きかかえた。いつものフンワリとした居心地の良さが私を包む。私は眠くてむにゃむにゃしつつも言葉を紡いでいた。

「美味しいマフィン、食べましょうよ」

通信術は切れていて、私は眠った――

自室のベッドの上。なんとなく目が覚める。

私はコックさんとの通信が切れた後に眠ってしまったらしい……

見ると外はまだ真っ暗だ。どのくらい寝たのだろうか。隣で横たわっていたラナグの大きな尻尾が、私の腕をフサフサツンツンと揺り動かしている。どうやら彼が起こしてくれたらしい。

『動きがあった』

そう教えてもらい、ベッドサイドの水盆モニターに目を向ける。静かな水面の上でピッピッピッと青い点滅が移動し始めていた。点滅はゆっくりと、ホームの方角へと動いている。

「コックさん、帰ってくるのかな」

私が小さな声でラナグに声をかけると、彼はこちらをそっと見た。

『さぁて、どうだかな』

しばらくすると、点滅は盗賊ギルドの根城になっている町から出て、それから急加速した。方角としては、やはりホームに向かっている。この速度なら、しばらく待っていたら到着しそうだ。

「やっぱり帰ってくるんだ。待ってよう」

『ふむ』

とりあえずベッドで待機。

ベッドの上の子精霊達は幼児姿でグゥスカピイスカと寝息をたてている。

タロさんは食べすぎてややポンポコ気味なお腹を出しているし、ジョセフィーヌさんは掛け布団から足を放り出していた。掛けなおしておくが、両名ともすぐさまはね除ける。

この二名は大体いつもこうなのだが、これまで風邪などひいたことはない。もしや精霊様には掛け布団など不要なのだろうか。ラナグに尋ねてみると。

『普通の精霊は野外で動物のような生活をしているものだ。今は人の子の姿で眠っているがな』

そういうものかと、再び三つの顔を眺める。風衛門さんはお月様のようなまあるい寝顔。タロさんは、頬っぺたが枕にあたって潰れたお饅頭のような寝顔である。

ジョセフィーヌさんは寝ているときまで凛々しい顔をしていたが、私が頭を撫でると、その手をはっしと掴み、すりすりしてきて放してくれない。たまにあるのだが、無限スリスリタイムの発動である。実は甘えん坊なのかもしれない。私は背中をそっと撫でた。

まだ夜中だ。皆このまま寝ててねと思いつつ、実のところ私もまだ眠かった。

瞼が少し重い。コクコクと頭部が揺れる。ラナグが支えてくれる。それが心地よくてかえって眠い。しかしパチリ。すぐ近くまでコックさんが戻っている気配を感じて目が覚めた。

行ってみよう。

三精霊は寝かせたまま、ラナグと一緒にホームの入り口へ向かうと。

「あれ、リゼちゃん師匠、まだ起きてたのか。もうとっくに寝てる時間だろ？」

コックさんが入ってきて、そう言った。

「そろそろお帰りの様子だったので、ちょっと起きてみました。おはようございます」

「そりゃなんだか悪いことしたな。どっかで待機して日が昇ってから帰りゃ良かったか」

そう言ったコックさんの顔は、星明かりの下で微妙な表情を浮かべていた。

意気揚々と帰還という雰囲気ではない。

「ごめんリゼちゃん師匠。聖杯の情報だけど……もうちょい成果を持ってくるか、軽くひと暴れする予定だったんだが、どうにもリゼちゃん師匠の顔がちらついて、今日はいったん帰ってきちまった」

「ほう」

私は少し安心していた。おそらく顔はにんまり気味だったことだろう。

「ほっほーう、ちらつきましたか。それは良かった。ちらつけちらつけと思ってましたからね、私としては。まんまとちらついたという訳ですね。というわけで、そんな不景気な仏頂面しないでください。あのですねコックさん。そんなのもういいんだって私言いましたよね。そんなことより！おかえりなさい！」

「ああ、ただいまだな。まったくリゼちゃん師匠の出迎えは、蒸したての饅頭みたいに温かいな。夜中だってのに笑顔が眩しいぜ」

「誉め言葉なんでしょうか？　光り輝く饅頭みたいな言われ方でしたけど」

「もちろん」

コックさんは米国人がするＷＨＹ？　みたいな大きなジェスチャー。「なに言ってるんだ褒めてるよあたりまえじゃないか！」という感じのようだ。

世の女子達が「蒸したて饅頭」に例えられて喜ぶかは疑問であるが。まあコックさんが美味しい食べ物に私を例えたのだから、それは御好意なのだろう。

「それであの、コックさん」

私は尋ねようとしたが、コックさんが遮るように話し始めた。

「そうだ、アボカドベーコンマフィン食いながら話そうか。ただし明日の朝な。良い子はまだまだ眠ってる時間だろ」

そう言って彼は自室に入っていった。あの部屋は誰もがキッチンと呼んでいるが、コックさんの仕事部屋であり自室だ。彼は寝るときでもなんでもあの部屋にいる。私とラナグも自分の部屋に戻ってもう一度眠りについた。

翌朝早く、目を覚ました私は再びコックさんのキッチンに行った。

覗いてみると彼はすでに起きていて、水浴びも済ませたらしい。

今はマフィンを温めていた。地球で言うところのイングリッシュマフィン。

傍らの保存庫からベーコンも取り出して、分厚く切り、ジュージューと焼き始める。

「おはようリゼちゃん師匠」

「おはようございますコックさん。良い匂いです」

「リゼちゃん師匠にはもうちょい小さいほうがいいかな」

あまりに厚切りで、幼女の朝食にはいささか不似合いなボリュームだったが、私はそのままの状態で頂戴した。なぜなら美味しそうだったからである。

これにアボカドと半熟卵をそっと挟み、キノコを使った薫り高いソースまでかけられてしまう、なんともリッチな出来栄え。

ナイフとフォークでいただくのが良さそうだ。

そんな朝食を食べ始めると、コックさんが首を傾げた。

「それで、なんか話をするっつったっけか？」

「もちろんですよ」

コックさんの部屋はキッチンのようでいて、実際には通信術士の仕事部屋だ。多くの機密情報も扱うので、防音や結界性能も高い。

　扉を閉めてしまえばキッチンは完全に閉鎖空間だ。

「とてもプライベートなことを伺っても？」

「ああ」

「少なくともコックさんはなにか縁があるんですよね、盗賊ギルドに。私の認識では盗賊ギルドって、札付きの犯罪者集団です」

「ああ、その方面の話だよな……リゼちゃん師匠にはちゃんと話しといた方が早かったかな。行く前にさ。確かに俺はあそこに縁がある。んで、あそこは明確に悪人と犯罪者の巣窟だ。そして俺はかつて、その盗賊ギルドで王と呼ばれてたことがある……ただしそいつは……」

「そいつは……？」

　テーブルの上にはすでに贅沢マフィンが用意されているが、私も彼もまだ口には運んでいない。ただナイフとフォークを握りかけて、動きが止まっていた。彼は言う。

「潜入捜査官としての仕事だったんだ」

「ふむ？　潜入捜査ですか？」

「そう。俺はその頃例の『茶会』がらみの捜査員だったんだ。んで、そこの仕事として盗賊ギルドに潜入したんだよ。目的は盗賊組織の調査と、そいつを弱体化させること。なんだけど、そこで思いもよらぬことがおこった」

「なんです？」

「結局、向いてたんだろうな、すげぇ出世しちまった。盗賊としてだぞ？　気まずいもんだったが、俺はそんとき初めて自分の才能に気がついた。妙なもんで、それまでやってきた訓練が花開いたって感じだったな。もうちょい別な開き方をしてほしかったけどな」

「才能、盗賊としての才能ですか」

「そうだね。盗聴、防諜、鍵開け、隠密。どうせなら料理人の才能が欲しかったよ。俺は困惑した。ああ、なんだってこの俺に盗賊の能力なんてものが！　って思ったよ。それまではどっちかってーと、通信術も専門ではなかったんだ。仕事柄、一通り訓練はしてたがね」

そう言ってコックさんがあんぐりと大きな口でマフィンを食べる。

もぐもぐと咀嚼してから、コックさんは言いづらそうにさらに続けた。

「――で、しばらくすると、王なんて呼ばれてた。まあ連中はカッチリした組織を運営してるわけじゃないから、王っていってもある程度の発言力を持ってるってくらいの存在だがな。ああでもな、本当にそんときも俺は悪事を働いてないぜ？　周囲の盗賊連中にも極力やらせなかった。もちろん完璧とはいかなかったけどさ」

「ふうむ、それなのに王と言われるまでに？　とんでもない話では？」

「だろうな。だから、すげぇ向いてたんだよ」

「……盗賊で出世するには悪事を働かないと難しそうなものですが、よく出世できましたね。むしろ真面目に悪事を働いていた盗賊ギルド生え抜きの悪人の方々に失礼な話では？　ねたまれませんでした？　あいつ、全然悪いことしてないのに、調子のりやがってとか」

疑問をぶつけると、コックさんは愉快そうに笑う。

「くっくっく、悪人に失礼か。そういう面もなくはないけどさ……ともかく盗賊どもってのは金を稼げばなんとなかなるし……それに基本が無法者なんだよ。はなっからまとまりがない、互いを裏切りまくる。で、俺が主にやってたのは盗賊ギルド内での闘争でね。内部で抗争を激化させ、俺もそこに参加すると。それが当時の俺の正規任務だったし、ギルド内でも内部闘争を切り抜ける力量は重要だったんだよ。裏切りあうのが前提の連中だから」

「そうですか、しかし盗賊サイドからしたら、とっても迷惑な人ですね。かわいそうに、獅子身中の死神です」

私がうんうんうなずくと、コックさんは過去を懐かしむように、天井を見上げた。

「死神ねぇ、そうそう、当時の俺のコードネームはオメガっていったんだが、確かに死神オメガなんて呼ばれ方もしてたな。がしかしだ、その後ちょいと問題が起きて、俺は盗賊ギルドをやめて、姿を隠す必要にせまられた。その時だな、アルラギア隊に入ったのは。隊長のいつものやつだよ。訳あり連中を匿《かくま》うの大好きだろ？　あの人」

「なるほど。隊長さんはいつも通りですね」

「それからしばらくここで過ごしてたら、なんだか不思議な女の子が俺達の前に現れた。現状そんなとこだ」

「そこまでのお話を聞く限り……コックさんは、盗賊ギルド王と呼ばれていたこともあるものの、実際には全然違うと」

「まあな。偽《にせ》盗賊王ってとこかね」

コックさんはそう言って歯をむき出し、手をカギ爪のようにしておどける。

子供に怪獣の真似事をして見せるお父さんの如きおどけっぷりである。

「ガオ〜、偽《にせ》盗賊王だぞぉ」

恐るべき偽《にせ》盗賊王の姿であった。これをやられた子供側のマナーとしては、多少の怖がりを見せながらもキャッキャと盛り上がるべきであろうと思い、私は正々堂々と応じてみせた。

「きゃっきゃっ」

「リゼちゃんのキャッキャッは、全然子供っぽくねぇなぁ」

せっかくやったのに酷い言われようである。

ともあれ昔のコックさんは大変な仕事をしていたようだが、今はすっかり陽気なお兄さんであった。

偽《にせ》盗賊王としての潜入捜査の仕事なんて、職場として考えたら、とんでもなくブラックな環境だ。

もしもそんな仕事の募集があっても、絶対やりたくないものである。

『急募、犯罪者集団の中に潜入する職員。注、敵味方から裏切りあり、結果は自己責任』

なんておそろしい、まっぴら御免である。

もっとこう……

『急募、神獣様と美味しいものを食べたり、作ったりするお仕事』

こっちのほうが絶対に良い。楽しそうだ。これなら断然応募したい。もっとも私の場合、応募したわけでもなんでもなく、いつのまにやらこうなってしまったわけだが。それはそれで、事前にちゃんと確認をしてほしいとは思ったが。

いや待てよ？　この世界に来る直前のことはどうも記憶がハッキリしないが、もしやなにかあったのだろうか？　もしや私は募集要項を確認した上で応募したのだろうか？

「ねえラナグ」

私は隣の犬型神獣様に、そんな内容で募集したかと尋ねてみるが、してはいないとの返事が来た。しかし、想像していた反応とは違い、若干迷い気味である。

『もっとも、リゼのような存在を求めたかと問われると……求めていたのかもしれんと今は思う。ただ、それ以上のことはない。我には異界の者を呼び寄せる力はない。もっとも今となってはリゼを求める気持ちは明確に持っているし、手放せぬ』

などとラナグは供述する。面と向かってそんな言い方をされると微妙に恥ずかしいものだが、ともあれいつものラナグである。私は黙ってモフリと首のあたりに手を差し込んで撫でた。

ラナグは心地良さそうに私に大きなその頭を寄せる。

私たちの様子を見守っていたコックさんは微笑ましげに眺めつつも、私達に言う。

「お二人さん、仲むつまじいところ悪いが、もう少しだけこっちの話をしてもいいかな？　ああ俺自身の話はもう終《しま》いなんだけどな、聖杯の話がちょいとあってさ」

「聖杯ですか」

「ああ、新しく分かったこともあってだな」

「ほっほう」

「聖杯を起動させるカギってやつを、ドワーフ連山って土地の親玉連中が握っているようだ。その中の一名は盗賊ギルドとも繋がりのある奴でね、盗賊どもと組んで動いてる」

ドワーフ連山、エルハラの北にある急峻な山々だ。

「盗賊とドワーフですか」

「ああ、盗賊ギルドとそのドワーフ、それからリゼちゃんがエルハラの旅で遭遇した闇夜エルフの部隊、そのあたりが連動して、聖杯復活を狙ってた様子だ」

「随分大掛かりな話ですね」

「つっても、連中はとにかくまとまりないからな。それぞれの思惑でたまたま一緒に動いてた可能性も高いね」

「うーん、私もついうっかりで聖杯なんてものを所持する立場になってしまいましたが……誰かに渡しちゃった方が良さそうな気分ですね。幼女に任せるべきものじゃないですよこれ。私なんてただ、お醤油製造機だと思って所持してるだけですよ」

『いいや、だからこそリゼが持つべきなのだと我は思うぞ』

隣で話を聞いていたラナグがそう言って。コックさんも似たようなことを言う。

「どう考えても……やっぱりリゼちゃんが持ってるのが良いんじゃないのか？　俺はそう思うぜ」

アルラギア隊長なら、預かってくれそうなものだが、さてどうなのやら。考える私をよそに話は進んでしまう。

「んで、その聖杯起動のキーになるってドワーフのアイテム、盗賊連中は『至宝』と呼んでいたもんだけどな、そいつを手に入れるためには恐らく……」

「恐らく……？」

さてそんな恐ろしげな相手から、いかにして手に入れるのか。私は少々身構えて傾聴した。

「連中からな、買わにゃならん」

「買う？　そうなんですか……というか売ってる物なんですか？」

「ドワーフ達はなんでも売るさ。なんていうかなぁ、正確に言うとドワーフとの取引ってのは、大抵、金銀財宝でなんとかなるんだよ。あいつらは銀貨だの宝物だのが大好きな、いわば宝物至上主義だからな。ただし今回の宝物クラスになるとちとやっかいで取引も……」

「取引といえばコックさん、資金が必要になるかもなんて言ってましたよね」

「ああ、言った気もするが、そんなことよく覚えてたなぁリゼちゃん師匠」

「耳に入ったもので」

「入っちゃってたか。ドワーフか盗賊あたりとの直接取引の可能性は初めから考えててね。もし盗賊共が鍵となるアイテムを持ってるなら、連中から奪っちまえば良かったが、ドワーフの所持品なら普通に取引になる」

そう言ってコックさんは肩をすくめたが、すぐにまた話を進める。

「ドワーフ達と盗賊ギルドの間にあった具体的な取引内容はおおよそ分かった。場合によっちゃこっからもう一歩踏み込んでだな……盗賊ギルドの王って立場でギルド内に復活して、ドワーフとの至宝の売買を俺が中に入ってやっちまって奪おうかとも思ったんだが」

「むむ、ではまたやる気だったんですか？　盗賊王」

「いやまあ、リゼちゃん師匠に止められるまではな？　今は、リゼちゃん師匠がやたら心配してるから、もうやる気はないよ」

「ダメですよそれ絶対、盗賊王は駄目、禁止！」

私はガルルルルと牙を剥いて、コックさんにそう言った。

「ぷふはっ、怖いぜリゼちゃん師匠。可愛すぎて怖いくらいだ」

そう言って頭を撫でられてしまう。まったくもう、先ほど私は偽《にせ》盗賊王のガオーに付き合ってあげたのだから、こちらのガルルにもそれなりに付き合って恐れてもらいたいものだが。

にしても、どうやら本当に昨晩のコックさんを止めておいて正解だったのではなかろうか。

私は話を続け、尋ねた。

「ならばここからは、具体的にはどんな取引をするかですよね？　資金が云々との話を受けて、ヒマに飽かして私のほうも多少は用意してますが」

「用意って、お金をかい？　まったくもうリゼちゃん師匠には一個話をするとどんどん先に進んじまうからなぁ。うっかり余計な話をしちゃうと良くないな。幼女に金策を頼んだみたいに……」

「ああいや、なってませんよ、そんなそんな。コックさんは私に頼んだわけでもないでしょう。

こっちで勝手にやり始めたことです。それに、たまたまですし。たまたまピンキーさんが来ていて、商売の話が出ていたから、せっかくなので彼女とのお話も進めてみようかと思ったまでです」

「そうかぁ、ピンキーさんはリゼちゃんとの仕事を狙ってたもんなぁ。しかし待てよ、彼女との仕事が進んでるってなら、それは実際ちょうど良いかもしれないな」

「ちょうど良い？　なにがです？」

コックさんがお皿を片付け始める。私も立ち上がって、お皿を運ぶ。

緊張感のない状況で、また重大な話が始まった。

「ドワーフ達との取引についてさ。ドワーフ連中はなかなかの強欲ぞろいだ。並のモンを持ってっても取引しちゃもらえんだろう。それからもう一つの問題、より重要なのはこっちだ。ドワーフ連山と盗賊連中がすでに商売仲間としてある程度の関係を築いてるって点だよ」

お皿をしまいながら、うなずく。

「ドワーフさんは盗賊達と提携していて、そちらに至宝を売却する予定。それを私達のほうに回してもらわなきゃならないと……そういえば、ドワーフさん達もなかなかのワルなのですかね？」

「盗賊と関係してるくらいだから、一部はな。ただ全体でって話じゃないさ。そういう一派もいるってくらいだ。とにかくそんな取引に割って入るってのは至難の業なはずだが……最高だよピンキーさんなんて人材は。大陸内じゃあ名の知れた商人なんだぜ。商人の中に彼女を知らないやつなんていないね。ドワーフならなおさらさ」

つまり、ピンキーさんに間に立ってもらって、ドワーフ達との交渉をやるつもりだということだ。

お皿の最後の一枚をコックさんに渡してから、私はうなずいた。

「ほうほうなるほど……ところであの、ここまで聞いて思うのですが」

「ん？　質問があればなんなりと」

「質問じゃないのですが。コックさん、聖杯起動に関する情報をちゃんと掴んでるじゃないですか？　途中で帰ってきちゃったって言ってましたけど」

「中途半端だろ？　これでも潜入と情報網についちゃあそこそこ自信あったんだが」

「十分ですって」

「さっきも言ったけどベストは至宝からの強奪だったんだ。盗賊ギルドに痛手を与えられもするし。連中の近頃の状況も確認できるし、良いと思ったんだがなぁ。残念ながらまだドワーフ連山の手にあるものを強奪するのなんざ、それこそ犯罪だしな」

やはり真面目で、プロ意識の高すぎるコックさんであった。今でもちゃんと盗賊ギルド弱体化を考えているらしい。私はお皿をしまう棚を閉めて、コックさんに向き直る。

「ふうむ。ではついでに一つ伺っても？」

「お手柔らかに頼むよ師匠」

「もしかしてですが、昔コックさんが潜入捜査してた当時にも、盗賊と組んでいるその悪ドワーフさん達とは接触がありましたか？」

「……リゼちゃん師匠よぉ。つねづね思うが、さらっと突っ込んでくるよなぁ大事なところに。しかもなんでそんなことが瞬間的に分かっちまうんだよ。師匠を侮《あなど》るつもりはないが、それにしても突っ込んでくるなぁ」

コックさんのその言葉は買いかぶりで、私はなにか明確な根拠があって尋ねたわけではなかった。

ただ、その悪ドワーフさんの立ち位置が気になったから尋ねたに過ぎない。

ただここで私は、私を買いかぶってやたら素直にお話ししてくれるコックさんに合わせて、我こそはなんでもお見通しな幼女である！　という雰囲気で腕を組む。

するとコックさんはお手上げポーズで答えてくれた。

「仕方ない、やっぱりリゼちゃん師匠には言っとくよ……ああそうなんだ、そうだよ。連中は当時もあの場にいたよ。しかも、俺が所属してた諜報組織の中にいたんだ」

「悪ドワーフたちは盗賊ギルド所属ではなく、完全にコックさんの仲間だったたってことですね」

「当時はな。ただ……俺はその仲間だったはずの悪ドワーフ共に嵌《は》められてね。いつのまにやら偽い盗賊王から本物の盗賊王にさせられそうになってた。そんな結末だったんだよなぁ。あ？　この話、さっきも言ったっけ？」

「言ってませんよ。そんな軽い話でもないでしょう？　先ほど伺ったのは小さな事件があって逃げ出したという内容だけでした。まったくもう、大事《おおごと》じゃないですか？　本当に盗賊王にされそうになってるじゃないですか、もの凄く」

「いやいや、事件があってすぐに俺は離脱したしさ。無事無事。俺のほうも連中の動きはつかんでたし、余裕だね。それにそもそも諜報員だったんだぜ俺達。そういう世界だったんだよ。二重スパイだって普通だし。今じゃすっかり、そんなのまっぴら御免だけどさ」

「分かりました。でもやっぱり大変なことですよ。だってですよ……？　今でもまだコックさんは、一部からは盗賊王だと思われっぱなしでいるんですね？　だって、きっとそれがあるからですよね⁉　コックさんが外に出ないのは！」

「ああ～あのねリゼちゃん、だからそうズバッと切り込まないでほしかったなぁ。つくづく思うが、幼女にする話じゃあないよこいつは」

結局私の懸念は当たってしまったらしい。

つまりコックさんは任務で悪いドワーフや盗賊たちと過ごしていた。その中で才能を発揮しすぎたコックさんは『盗賊王』の汚名を着せられたのだ。しかもその冤罪はまだ晴らされず、コックさんは、アルラギア隊の中で隠れ過ごしているのだ。こんな推測は当たらないほうが良かったが……しかしだ。

「私はお話を聞けて良かったです。場合によっては少しくらい力になれることもあるかもしれませんし。幼女の細腕とはいえ、少しくらいはお役に」

「立つさもちろん。むしろ少しくらいで済めば問題ないんだけどな。リゼちゃん師匠って人は、少しどころじゃあ済まないからなぁ」

私はここで、そっと不敵に微笑んでみた。

それを受けて、コックさんはじりっと一歩身を引いて言った。

「いやなんか怖い！　すでになにか企んでる感じ？」

「まさか、まだなにも考えてませんよ。だいたい、詳しいお話は今聞いたばかりですよ？」

ともあれ今度はまんまとコックさんを怖がらせることに成功した私であった。ガオーッと牙を剥くより、微笑のほうが恐れられるのはどうかと思うが、良しとしよう。

「さてと、ではやることはまずですね……」

私たちはそれから聖杯について話し合った。

そもそもまず起動を狙うべきなのかという議題もあった。が、それはラナグを含めた三名ともが、起動計画を進めるのに賛成した。

大事なお醤油……もちろんそれもあるが、どのみち今の私たちにとって一番の懸念事項である闇落ち案件にも関わっていそうなアイテムなのだ。いずれにしろ今後も調査は必要になるだろう。ならばむしろ良い機会だ。私達はその後ピンキーお婆さんも呼んで、話をした。

目指すはドワーフ連山の至宝。とるべき方法はドワーフとの取引だ。

「ひっひっひぃ。こいつはラッキィィイだったよ。まさかリゼちゃんのほうから商売事に首を突っ込んでくれるとは。ならこのバァバも腕を振るおうね。なんでもやってやろうじゃないか」

ピンキーさんはいつもの魔女魔女しい様子で、強く静かに、気炎を吐いていた。

私はもう一つのことを強く願う。偽《にせ》盗賊王コックさんの件も、この機会にどうにかしてしまいたいなと願っていた。コックさん自身が、どこまで自分のことを考えているかは分からないけれど。

いざ出発

「リゼ、出かけるのか？」

ホームにて、通りすがりの隊長さんがそう聞いてきた。

「はい、少々ピンキーさん達とともに、新しいお店を見に行こうかと」

「店ってことは、アイスクリームショップ・リゼか？」

「すでに準備しているとは聞いていますが、まだ私自身は一度も行ったことがなく」

「なるほどな、しかしそれだけって訳でもないんだろ」

隊長さんは私の瞳を覗き込む。彼の言う通り、確かに私はお店を見にだけ行くのではない。なにせ店を出す街は、ドワーフさん達が多く住む山脈——ドワーフ連山の裾野にあるのだ。最終目的はドワーフさん達との取引。『ドワーフの至宝』だ。

町の名は商都キュリンという。基本的には人間が暮らす町だ。そのいっぽうで、地理的にドワーフの方々もご商売のために多く集まる場所らしい。

私とピンキーさんが中心となって、ここでいくつかの商売を計画中。飲食店以外にも、獣人村産の雷魔力の活用計画があって、モーデンさんに新作アイテムを依頼したところだ。

大まかな内容は隊長さんにもすでに報告済みだが改めてお伝えする。

「俺としちゃあ、危ないことさえ避けてくれりゃあな……」

商都は、ここからの道中を含めてとくに危険な場所ではないが、もしかすると盗賊ギルドの方々と絡むかもしれない。その点は、危ないといえば危ないかもしれない。

さて隊長さんはなんと言うだろうか。やはり止めるだろうか？　そう思い身構える私だったが……

「分かった……んじゃあ気をつけてな」

そう言って彼は私の頭と髪をわしゃわしゃっとした。髪が乱れてしまったが、それよりもだ。

すんなり送り出してくれそうな様子と不思議に思う。

隊長さんは目を細めて微笑んでいるが、どことなく悲しげでもある。なんだなんだどうしたというのだろうか。

「なんだか妙にすんなりですね」

「まあそりゃあなぁ……散々リゼの凄さを見せられてきたからなぁ。いやリゼは……今でもやっぱり子供だが、それでもすでに俺の背中を預けられるくらいの実力はあるさ。妙な話だがな。しかも常になぁ、周りの連中のことばっかり考えて動いて、皆の助けになって、今回だってまた誰かの助けになろうってんだろ、コックのためか？」

甚だしい買いかぶりであった。私は美味しいものを食べたり、お昼寝をしたり、ワイワイ日々を楽しくやっているのだ。誰かをどうこうだなんて御大層なことを言ってもらってはいけない。好きにやって、結果、副産物が得られることもある、その程度のお話である。

「しかしもともとリゼってのはとんでもねぇ奴だとは思ってたけどな、付き合いが進むほど恐れ入るぜ。コックの件だけじゃない。ある意味俺だって、すでに助けられてるのかもしれん。エルハラの旅じゃあな、結局、俺よりずっと上手くママさんを退けてたよなぁ。ありゃあ俺がやってたら、もっと悲惨なことになってたろうよ」

「またまた大げさなぁ」

あの旅でロザハルト副長のお母上達とバトルした際のことを隊長さんは言っているらしい。破壊魔法だか破滅魔法だかを使おうとしていた隊長さんには遠慮していただき、私がしゃしゃり出たのであった。

「ふうむ、隊長さんは少々荒っぽいですけどねぇ、でもお優しい紳士ですから、結局そこまで酷いことなんて……」

言い終えないうちに、私は大きく力強い手で抱きかかえられてしまう。

「すっかりでっかく……はなってねぇが、はなっからちゃあんと淑女で大人なんだよな、リゼは。あるいは俺なんかよりもずっと」

この体勢自体は完全に子供扱いだったが、それでも隊長さんは私を一人前の淑女として認めてくれるらしい。

「好きにやるのが良いのさ、リゼはな。だから、行って思うようにやってきな。ああ、ただしだ……通信の魔導具だけは持っててくれよ。それからあと、緊急避難用のスクロールもな！　あとラナグからも離れないで……」

やはり相変わらず、今までと同じ過保護なアルラギア隊長のようでもあった。

しばし準備を進め、翌日の早朝にホームを出発。

今回はコックさんとラナグ、三精霊にピンキーさんを連れて、空を飛んだり大地を駆けたりしての移動だった。獣人村から少し離れたあたりを通り過ぎるとき、村の子供らを見かけた。こんなところまで来るのかと思って少し気になる。なにやら植物を刈り取っている様子。

「ありゃ、雑穀を採ってるんだ。やせた土地のこのあたりでも生育する草がいくつかあって、そういうのだよ。普通はあまり食用にはされない。ドングリを食べる獣人もいるし、種族によって色々だけどな。ただ保存はきくからな、非常用に……」

コックさんは色んな雑草や実の扱い方を教えてくれた。そういえば初めてバルゥ君の獣人村で御馳走になったときに、雑穀スープをいただいたっけ。

「雑穀ですか……ちなみにコックさん。蕎麦《そば》という植物は聞いたことあります？　トゲトゲ三角の殻に包まれた、香りの良い穀物なのですが」

私はふと尋ねてみた。あれもやせた土地で育つと聞いたことがある。

「さあて、俺は知らないが、植物食はまだまだ未開拓の分野だから、探せば美味《うま》いものも……」

そんな雑談もしながら、私達は進んだ。途中にあるタタンラフタ国では少しばかり寄り道。ムームー牧場に顔を出し、先日始まったピザ農法の様子なども見ていく。

寄り道は短い時間だったが、牛達もトマト達も元気そうであった。ちょうどその場には、牧場の方々以外にタタンラフタ王家から派遣されてきた人々もいた。私はお邪魔しないように、ささっと見学を済ませる。

さて、長い移動となったが、いよいよ目的地が近づいてくる。

右手側に急峻な山々の連なる景色が広がり始めると、同時に街道を行く人々の姿が増えていった。

商都キュリンが近い。たくさんの馬車も行き交う賑やかな街道をまっすぐ北へと進む。

「長旅ご苦労さんだね、到着だ。ここが商都キュリンで、あの山がドワーフの領域だよ」

ピンキーお婆さんは、いかにも魔女っぽい魔法の箒から降りて言った。

東にそびえるあの山々がドワーフ連山であるらしい。この町から続く街道の一つは、その山々に向かっても伸びていた。他にも大きな街道が東西南北に繋がっている。南はフロンティア、エルハラ方面。北にはロザハルト副長の実家である連合王国などがある。

私がこれまで関わってきた多くの場所にも、道は繋がっている。

「それでピンキーさん。あの話なのですが」

私は静かに気合を入れて尋ねた。ドワーフの至宝に関することだ。なにせ私達はこれからドワーフ連山に住まう七人の親玉さんたちと重大なる取引をせんとして、はるばるここまでやってきたのだから。

「ああ、問題ないだろうよ。ここらで派手に商売をやってりゃ、いずれ向こうから声をかけてくるさ。そいつが好意をもって近寄ってくるか、敵意を持ってくるかは分からないけどねぇ。ヒッヒ」

そう言われたが彼女も彼女で、大魔導士として神聖帝国に招かれる立場でありながら、大商会を束ねる長として各地を飛び回る底知れない人である。変な人である。

「なんにしろ、こっちからドワーフ連山のお歴々に取引を持ち掛けるのは得策じゃないからね、派手にやって、興味を持たせるしかないのさ、ドワーフ連山との大きな取引はね」

聖杯を起動させるためのキーになるのがドワーフの至宝で、それを手に入れたいと思っている私達だが、どうもこれを譲ってくれと正面から言いに行くのは悪手らしいのだ。

ピンキーさんもコックさんも口をそろえて、「あいつらは強欲だから、こっちから取引したいなんて言い出すと碌なことがない」と言う。

つまり、こちらから欲しいものを言うと、ものすっごく足元を見られる。それが価値の高いものであればなおさら。特に今回のように替えの利かないものであれば、ひたすら足元を見られ続けて百年経っても譲ってくれないなんて場合もあるらしい。

「だから、ドワーフさんの庭先で派手に商売をして、あちらから声をかけてもらうと」

「ひゃっひゃっひゃ、そうさね。儲け話を鼻先でちらつかせりゃね、居ても立っても居られない。なにかしら関わろうとしてくるだろうよ。それが連中さ、ふひ〜ひひ」

いつもの笑い声。いっぽう私は私で、もう一つ別な思いをもって不敵に微笑んでいた。

そう、商都と呼ばれるこの町では、盗賊ギルドの勢力も強い。私としては彼らにも用事がある。それから、盗賊派ドワーフの方にも。

コックさんの悪縁をぶった切ってやりたいのだ。どうやるのかは、目下思案中である。

盗賊ギルドはこの町の闇市方面を牛耳っているようだ。盗品売買の商店や、奴隷まがいの労働契約。あまりよろしくない稼ぎ方をした上で、その財力でドワーフ達との関係を維持しているというが。

「まったく、懐かしい景色だな」

フードを深めに被ったコックさんが言った。めったに外出しない男、再びの外出であった。

私は彼を見る。

「ん、どうかしたか、リゼちゃん師匠」

「良いんですか？」

「なんのことだい？」

彼はほとんど人前に姿を現さないようにしているはずなのだ。かつて彼が偽《にせ》盗賊王にしたてあげられた事件があって以来。当時のことは私もまだ聞いていない部分も多いが、ともかくこれまではほとんどの時間をホームの中で過ごしてきた彼だ。それが今日は白昼堂々ここまで同行してきてくれている。

「お醤油のために、無茶をしてはいけませんよ。他にも美味しいものはありますから」

「んん〜？　結局リゼちゃん師匠はさ……俺の身も案じてくれちゃってるだろう？　俺の過去をどうにかしようとしてる」

「いやいや、してませんけど。全然してませんよ」

「いやいやいや、分かるぜ俺にもそのくらいな。リゼちゃん見てりゃ、またなんか周りの連中のため、俺のために動いてるのは分かる。当然な」

「……多少はそういうことも考えなくもありませんけど、そうは言ってもあれですよ、お醤油が九で、コックさんの過去が一くらいです。ちょっぴりしか気にしてませんから、コックさんもあまりお気になさらずに」

「ああ、そうかい。そんなら俺も、リゼちゃんが俺にしてくれるのと同じくらいの分量で、リゼちゃんのことを気にするぜ。な、それなら問題ない」

「なんだかややこしいですが、それはもう好きにしていただくしかありませんね」

「そういうこった。皆それぞれ好きにやるさ。まあともかくだな、リゼちゃんがやろうってなら、俺もホームにへばりついてる訳にゃあいかないだろ」

いつにも増してやる気満々のコックさんであった。

ともあれこうして私達は商都キュリンで盛大に商売を始めることとした。

心の中でエイエイオーを唱えつつ、町の大通りを歩くと、すぐに一軒の店が見えてくる。看板には、アイスクリームショップ・リゼと記されていて、なにやら可愛らしく、スイートな雰囲気である。

私は店の様子を見て、おや？　と思う。なにやら騒々しいのだ。

「あれ、なんかもう、たくさん人がいます？」

そこには行列ができていた。立て看板には、本日オープンの文字。

「どうだい！」

自慢げに胸を張るピンキーお婆さん。

オープンの話自体は聞いていたが、随分とまた盛況かつ、盛大である。目の前の商人男性がこちらを見て、「リゼちゃんです！」などと言ってこちらを注視している。

おかしいな、ここはどこかの獣人村かなと思うくらいの迎え入れ態勢で、店の前にはちょっとしたステージまで設置されている。

「さあさあ、やってまいりました。本日の開店セレモニーにいよいよ登場です！　幼女にしてA級料理人、当店のペストリーシェフ、リゼちゃんです!!」

です!!　と言われても、ハテナであった。

「とりあえず登壇して、軽く挨拶だけすりゃあ大丈夫さね」

ピンキーお婆さんに言われて私はノコノコと階段を上って進んだ。

「あ、こんにちは、えっと、ありがとうございます」

あまりにシンプルすぎる挨拶に、我ながらもう少しなにかしゃべろうかとも思ったのだが。一瞬の静寂の後に、言葉少ないのがかえって可愛いだの、まだちっちゃいもんねだの、緊張してるね大丈夫だよ、だのと言われ、妙に盛り上がり始めてしまう。まあこれはこれでいいやと私は判断して、手だけ振って愛嬌を振りまきつつステージを下りた。

「よし、おつかれリゼちゃん」

「ちょっとこれは聞いてないというか、そもそも大仰に派手すぎでは？」

振り向くと、やはり看板にはデカデカとアイスクリームショップ・リゼと書かれているわけだが、想像していたよりも、ずっと可愛らしい色味と、華やかなフォントで描かれている。

私とは分からない範囲だが、幼女っぽいシルエットがフォントデザインの一部に使用されていた。似顔絵を使おうという案も聞かされていたが、それよりは大分ましというか、上品な仕上がりになっていて一安心……

いや待てよ、これは思ったよりも激しく神輿に担ぎ上げられているのではなかろうか。なんというか気恥ずかしい。私は、地球での長期休み明けには声が出にくくなっているような人間である。理由は言わずもがな籠って過ごして、ろくに他人様と会話しなかったせいである。

「なに言ってんだい、派手にやるって言ったろう？」

続いてコックさんはこうだ。

「俺は良かったと思うぜ、リゼちゃん師匠。バッチリ、ナチュラルに可愛かったぜ」

ふうむ。まあ確かに派手にやろうという計画ではある。料理人としてなら目立っても大丈夫だと隊長さん&副長さんにも言われているし、気にせず行くか。にしてもどれだけの宣伝をしたのやら。えらく盛況である。そもそも人通りが多い道だなとも思う。

こうして大通りを見てみれば、人間の他に、ドワーフさん、獣人さんの姿も多少見受けられる。

「なんだなんだ、アイスクリィム？」

多くの方々が、店の前の騒動に目を留める。

ちなみにまだフレーバーの種類は多くないのだが、そもそもアイスクリーム自体がまだまだこれから認知されるかどうかという段階なので、オーソドックスなものだけのラインナップだ。

折を見て種類は増やしていこうと思っている。

「この一号店はすでに始まってる訳だが、評判は上々。好評、好評ッ。ヒッヒ、金が湧くようだよ」

始まったばかりだというのに、すでに言い様が酷いピンキーさんだった。が、その実、純粋に商会運営を楽しんでいるのが彼女。生活は地味というか、贅沢をしている雰囲気がないのだ。

そもそも彼女クラスの大魔導士ともなれば、商売などせずとも、魔法の腕だけで悠々自適に暮らしていけるのだ。それをわざわざ人を雇って面倒な仕事を請け負っている。こういう人物は意外とこの世界に多くない。彼女は結局、趣味の人だ。そしてまた楽しげに語る。

「ひぃっひっっひ。このあたりは新しもの好きの金持ちが多いんだ。それに、この町から発つ商人達は大陸のあちこちへと散っていって、新情報や噂話を広めてくれる。新しい商売を始めるには良い場所なのさ」

確かに町の人々は賑やかで、町並みは美しく小ざっぱりしている。私がこれまで見てきた町や村は、もっと物々しい雰囲気があったものだが。

「ふうむ、防壁の高さも控えめですね。建物の構造も堅牢というよりは装飾的です」

「流石に目端が利くねぇあんたって子は。ここはあんたらのホームがあるフロンティアから多少は離れてるからね。強力な魔物はそれほど湧かないのさ。むしろ今までリゼちゃんが訪れてきた場所が、やたらに危険地帯ばかりだったとも言える。フロンティアってのは貴重な魔物資源は獲れるが、危なすぎてね、商人よりは冒険者達が好んで住み着くような場所さ」

「ふむふむ」

「ここらは安全だから、建物は魔物にぶっ壊されないし、それでいてフロンティアの産物の通り道になる。特にここ商都キュリンは東にドワーフ達もいるからね。連中の作り出した武具なんかも、このあたりを通っていくんだよ。賑わってるだろう？」

私は東に聳《そび》える雄大な山々に目をやる。あれこそドワーフ連山。六つの頂がジグザグに並んでいるが、あの一つ一つに、それぞれ別のドワーフの部族が住んでいるらしい。

「今日はもう日も暮れる。アイスクリームショップも閉まる時間になるから、ざっと中だけ見てもらったら、あとはウチの商会の宿泊施設で休んでおくれ」

こうして、日はすぐに落ちていった。

用意していただいた宿泊施設は質素だが清潔で、手入れが行き届き、大きな机のある部屋だった。磨き込まれた机は重厚で、私が座ると違和感があるようなサイズ。机の端には秤《はかり》や筆記具、その他の事務用品や羊皮紙が並ぶ。おそらく商人さんが仕事をしやすいように造られた宿泊場所なのだろう。私達はすぐに寝る支度をして就寝。

ラナグや三精霊はいつも通り、変わらず一緒についてきてくれていた。旅先の夜でも、こうして皆でベッドに潜り込むと、いつもと変わらない気分でいられるなと思いつつ、ヌクヌクと眠りについた。

翌朝。昨日のアイス店に続いて、ピザショップの候補地へ行くことに。

こちらも今や、すっかり準備は進んでいた。

厨房に入ってみると、ＢＤトマトを加工してピザソースを作っては保存容器に詰めていた。ピザ店は試運転中といったところ。

午後からは商会に繋がりのあるお客様をお呼びして、ピザの試食会があった。

恐ろしいことに、私もシェフとしてお客様の前に立つことに。

今日の試食会は、一つの飲食ブランドとしての宣伝も兼ねているそうな。企画の中心にいる私の顔も売っておくようにとピンキーお婆様に命じられてしまう。私の性格的には、本来ならのんびりと美味しいものだけを食べていたいのだが……今回は私達の都合でピンキーお婆さんにご協力いただいているわけで、しっかり言いなりになる私であった。

お客様の反応を見つつ、その後はまた試作会。私も参加させていただく。

ピザ店で使う主要な材料であるトマトとチーズは、すぐ南にあるタタンラフタのムームー牧場から運び込まれている。

トマトはホームの家庭菜園や、私の手持ちからも出したが、近いうちにムームー牧場産のものがほとんどになるだろう。牧場のBDトマト達はすでににょきにょきと成長を続けている。

しかし実のところこの計画、かつてない壮大さがあった。なんといっても実験農場での小麦の生産は始まったばかりで、あたりまえだが収穫されるまでに数ヶ月の時を要する。

この世界、小麦は普通に小麦なのだ。栽培期間が普通に長い。だから今のところ小麦だけは神聖帝国産のものを使っていて、かなり高額である。そのせいもあって、まだピザ店はオープンしていないのだ。

やがて新農法の小麦の収穫が始まり、その頃になるとようやく本格的にピザ店の開始となるはずだ。そしてゆくゆくは他の産地でも小麦の収穫量が増えてくるだろうと見込んでいる。その時には、小麦を使った各種料理のお店を全国展開できるだろうというのが我々の算段であった。

「まったく、幼女が立てる計画のくせに気が長いし壮大すぎるってもんだね。今から何歳になるまでの未来を見通して動いてるのやら」

「いやいや一人でやるわけでもありませんし、皆様の力ありきですから」

そう答えると、コックさんにそっと頭を撫でられてしまう。

実際、もしも私一人なら、こっそり家庭菜園で楽しむのみであったろう。

ピンキーさん達があまりに積極的に協力してくれているせいもあって、私は家庭菜園で野菜を楽しむその先まで考えているのかもしれない。

我がことながら、やり始めるとなんにしろノッてきてしまう癖がある。おそらく今も発動中だ。

他にもいくつかの企画が同時進行で始まっていることもあり、私は次第に幼女にあるまじき立場に追い込まれていく。

さて、そんな商都に来てほんの数日後のある日。

「リゼお嬢様、それではまたお昼寝の後に失礼いたします」

そういって私の宿の部屋から出ていったのは、私の秘書っぽい役割でお手伝いしてくれることになった青年だ。他にも男女数名の若人が、スイートハニー商会から私のところに来てくれている。

一介の幼女に対して、秘書っぽい方が常時五名以上の体制で稼働し始めていた。

スイートハニー商会おそるべし。皆さん嫌な顔一つせず、幼女の相手をしてくれている。

この方々の手によって、さっそくアイスの支店一号の話も進みはじめる。この地で生産された食品は、いずれ様々な経路で大陸各地に運ばれていくそうである。

俄かに忙しくなってきたが、それでも幼女だけあって睡眠時間は大量にもらっているし、おやつの時間とお昼寝の時間までもが必須のものとしてスケジュールに組み込まれている。

というわけでお昼寝の時間なのだが、それほど眠くもないため外へ。ラナグや子精霊達とひとときの戯れタイムを堪能していると……

「お～～うぃリゼさ～ん。やあやあリゼさん、こんにちはお久しぶりですねリゼさん」

聞き覚えのある声がした。大通りの先に目をやると、ちょこんと尖ったモグラ鼻が揺れている。

これまた見覚えのあるお鼻であった。

「アグナ獣人村のなんでも技師モーデン、恥ずかしながら、こんな華やいだ人間の町までやってきてしまいましたよ。いやもちろん、お世話になってるリゼさんのためならどこだって行きますけどね。しかしまったくもう穴があったら入りたい。穴をほじって入りたい。あ、ここの地面って掘ったらまずいですよね？」

バルゥ君の獣人村で、私のほうもお世話になったモーデンさんであった。

彼は沢山の荷物を馬車に積み、モグラの技師さん数名を連れている。一団の中には一名だけ人間の方もいるが、それはスイートハニー商会の方のようだ。

この彼が慌てた様子でモーデンさんに声をかける。

「モーデンさんっ、ここは公道ですから掘られては困りますっ」

「やはりそうですか、残念ですね。良さそうな地面なんですが」

ここまでの道中も一緒に来たらしいこの二人。なんとなく商会のお兄さんには疲労の色が見えた。モグラの中に人間一人というのも、大変な面があるのだろう。

「それでリゼさん、ご要望のこれですがね。ようやく量産体制が整いましたのでお持ちした次第ですよ。いやはやいやはや」

そう言ってモーデンさんが馬車から降ろした積み荷。重く分厚い灰色の箱がパカリと開けられると、中で青白い雷光がバチバチと煌《きら》めいていた。小さな小さな稲光のようにも見えるそれが、箱の中一杯に詰まっている。モーデンさんが箱に手を入れて稲光の一つを手に取ると、稲光は小さな透明の石の中で輝いているのだと分かった。

「希少な雷属性の魔力結晶体《クリスタル》。それも、この純度、この濃度、この容量、この頑強さ。大陸広しといえども、なかなかのものですよこれは」

モーデンさん達についているスイートハニー商会の方がそう言うと。

「ひっひっひ、なかなか、どころじゃないさねぇ、こいつは」

ピンキーお婆さんが唐突に、クリスタルの前に顔を出してそう言った。

ちなみにクリスタルに似たものに魔石があるが、あちらは魔物のコアである。

クリスタルは魔力を結晶化したもので、魔導具などのエネルギー源として使われる。

火のクリスタルだと魔導コンロの動力に、風のクリスタルの場合は扇風機などにも使われるし、水ならば洗浄用。どれも攻撃用の魔導具にも使われる。

そして雷の場合だが、主に攻撃目的で使われる。雷属性の魔力そのものが希少ということもあり、生活用にはあまり使われていない代物なのだ。

「ひっひっひ、雷のクリスタルにはこれまで安定した生産地なんてなかったんだ、そいつが……」

「リゼさんのおかげで、今は我が獣人村にて独占状態で作らせていただいてますよ」

「できたもんは、うちの商会の専売商品として扱わせてもらってるってわけだよ。ひっひ」

モーデンさんとピンキーさん、視線を合わせてニッコリなお二人であった。

私はというと、モグラ獣人さん達に胴上げされていた。感謝と喜びの表現らしい。モグラ獣人さんは体が小さいので、かなり低空な持ち上げではあったものの、そこそこビックリした私であった。常日頃のことだが、どうも気軽にぽんぽこ持ち上げられる私である。

さてこのクリスタル。元々は私が初めて獣人村を訪れた時に、モーデンさん達と作った装置が始まりだ。あのとき実験的に作ったのは簡易発電機のような魔導具であった。

あれからやや時間が経って、今ではその魔導具で雷クリスタルが盛んに生産されるようになっている。そんな雷クリスタルだが、これも今回の商売計画において、重要な位置を占めている。

張り切っていこう。ドワーフの偉い人を取引のテーブルまで誘い出すためのメイン商品にしていく予定だ。

「リゼさんのご要望通り、通常のクリスタルよりも頑強に、持ち運びしやすく作ってきましたよ。そしてこの妙なアタッチメントも一体化させてあります。ほらこの通り」

モーデンさんは、ポーンと空高くクリスタルを放り投げた。そのまま地面に落ちてきてガッツンと音が響く。拾い上げてみると、傷一つない。頑丈な仕上がりだ。

「しかしリゼさん、ピンキーさん、この特注クリスタルは何に使うんです？」

「そうさね、もういいだろうかね。まだ黙っておこうと思ったんだけど、どれ見せてやるさ。そいつはこう使うのさ、こいつに嵌《は》めてね」

彼女は大型の剣を一つ取り出し、新型クリスタルをその柄に嵌《は》め込む。

それまで普通の刀身だった部分が、ブゥン、バチィと輝き、稲妻を帯びた。言わば魔法剣、サンダーソード的なものなのだが。

「こっこれは、つまり？」

モーデンさんは目を丸くして、目玉が飛び出さんばかりに見開いて凝視していた。

魔法のあるこの世界、魔法剣も普通に存在する。色々な属性の魔導具だって売っているくらいだから当然だ。地球人的な味方をすると、どの部分に驚くべきなのかはぴんと来ないかもしれない。

ではモーデンさんが何に驚いているのかというと。

「これはもしや、クリスタルを直接！　魔法武器に取り付けて使おうというわけですか⁉」

「まあそうですが」

ようするにバッテリー交換式のスタンガンのようなもの。その剣バージョンが今回の新作だった。

ピンキーさんが今日持ってきたのは雷剣三三型――S《スペシャル》という武器である。

そもそも雷剣シリーズというのは、武器マニアの間では名品として名高い武器だそうな。今回、これの大幅改良の新バージョンとして登場するのがSタイプである。

何がスペシャルかというと、ただただ、魔力の源であるクリスタルが、カートリッジ式になっていて、簡単に交換して使えるというだけであった。

地球では浄水器や万年筆などでお馴染みのカートリッジ構造だが、この世界の、こと魔導具に関しては使われていなかったシステムらしい。

現状の魔導具は魔法が使える術者が魔力を魔導具に直接供給する方式がとられている。

がしかし、こと雷属性に限って言えば問題があった。雷は術者が極端に少ない、つまり魔力が供給できない。そのせいで雷属性の武器はこれまで不人気だった。少し前にはイカズチの短槍というアイテムも過剰在庫でピンキーさんを困らせていたほどであった。

クリスタルと魔導炉を使った供給法もあるが、これまた雷はマニアックで普及していない。

ピンキーさんは言う。

「本来ならね、雷撃系のアイテムの性能は素晴らしく有用だよ。特に武器としてはね。けど、使うための環境が整っちゃいないんだ。希少価値があるのは良いが、希少過ぎて普及してない。それが変わる。このカートリッジ式クリスタルが広まれば、アグナ獣人村の成長はまた桁が変わるだろうね。村レベルから、都市を超えて国家レベルの産業にだってなりうるよ、上手くやればね」

「なんともはや大きな話です。そこまでですか。しかし初耳だ、初耳ですよピンキーさん……」

モーデンさんがビリビリ光るサンダーソードを見て、唸っている。

ピンキーさんはまったく悪びれない調子で言った。

「すまないけど秘密事だったんでね。獣王陛下に一部は伝えておいたが、聞いてないかい？」

「なるほどそうですか。バルゥ村長は私に……村が今以上に騒々しくなるかもしれないとは言ってましたね。それで、モグラ族は状況が変わっても対応できるかと尋ねられましたよ。それが可能であれば、外部から他の獣人職人も雇い入れる計画があるともね。それだけ大きな仕事になると」

「そうかい、陛下には私から村の状況を相談しておいたんだ。それでモーデンさんは……」

「モグラ族からは賛同する声が大半でしたから、そう答えましたよ」

お腹の前で組み合わせた小さなモグラハンド。指先の爪がカタカタ当たっている。

動揺が見えた。基本的にモグラ族は警戒心が強く、引っ込み思案で静かな方々である。大丈夫だろうか、ご迷惑だったら申し訳ないなと思っていると、不意にピクンと鼻先が揺れて上を向いた。

「はっはっは。はっはっは、震えるなぁ、なあお前達」

モーデンさんは一緒に来ているモグラ獣人の方々に語りかけていた。

「なにせ我らの村の、そもそもの成り立ちは、獣王復活を信じて集まっていた者らの村。我らはその末裔。それが今こんな形で動き出した。今この歴史の一点に立ち会えたことを、私は震えをもって迎えている。私は小心者だ、今この指先の震えを止められない。だが今こそ我らアグナ獣人村の力を見せる時が来たのだ、そうだな」

「もちろんですよモーデンさん」

「ちがいない！　ならば乾杯をしましょうよ、リゼ様の耳たぶにささげるミミズの盃を！」

「「「おお、盃を！」」」

やいのやいのとモグラ獣人さん達が盛り上がる。彼らは多少の不安と大きな期待を持って、かなりの高揚状態だった。

いっぽう私はというと、秘《ひそ》かに恐れていた。

少し待ってほしいのだ、今誰かが私の耳に「ミミズを捧げる」と言わなかっただろうか？　いや間違いなくそう言っていた。なにかの比喩だろうか。そうだとは思うが、本当にそういう習慣があったらどうしよう。断れる雰囲気は微塵もない。

私はモーデンさんの近くに立つ商会のお兄さんと目を合わせた。彼はゆっくりとうなずく。どうやら気持ちを共有してくれたらしい。やはり彼も道中色々あったに違いない。

そうしている間にちょっぴり落ち着いてきたモーデンさんがこちらを向く。

「ともかくこの新型なら、たとえ雷の術者がまったくいなくとも、スイートハニー商会の店舗がない僻地であっても、雷の魔力を再装填しながら使えると……ねえリゼさん。このアイデアの元も、またきっと貴女なんでしょう」

「アイデアというか、言い出しっぺは私ではあるかもしれませんが」

私とコックさんとピンキーさんで商売計画について話し合い始めたときに、なにか面白い新商品はないかと聞かれて私が答えたのがこれだった。

「間違いなくリゼちゃんだよ、これもね。どれもこれもね。もっとも製品として細部を詰めたのはウチの商会の連中と獣人村の面々だが」

「そんなとこです」

私がそう答えると、モーデンさんは続けた。

「なるほどリゼさん、貴女はきっとこう考えてくれたのですね。今まだ始まったばかりの、獣人村での雷クリスタル生産。これを今のうちにもっと大きな産業として発展させて、雷撃系のアイテム市場での基盤をより強固なものにしておこうとね」

モーデンさんは賢いモグラである。なにやら深読みめいたことを言い出していた。

「私には分かります。リゼさんはこう考えてくださったのです……」

その後彼が言い出したことを纏めると、こんな内容だ。

まず雷クリスタルは私とモーデンさん達で作った雷撃発生装置で生産している。

いずれこの生産技術は他所《よそ》に知られる可能性がある。真似できなくはない。

その時のために対策が必要だ。競合が増えすぎる前に、規模をいち早く拡大させ、業界での地位を確立する。

「まあ一応、そんな感じもあるかもしれません」

私はいくらか苦みの混じってしまったような笑顔で、えへらへらとうなずいて聞いていた。

なにやら立派っぽいことを並べ立てられてしまい、「違いますが」とも言えず、へらへらしてやった。まあそれに近いことも考えていなくはなかったのだが、実際私の頭の中にあったのは……もう少しずるいことだったのだ。

今のうちに他に先駆けて普及させつつ、産業そのものも発展するならそれはそれで良いだろう。

ここまではモーデンさんの言う通り。

ただそれだけでなく、実は今回の新クリスタルは、スイートハニー商会の武器でしか使えません！　という仕様にしてあるのだった。

つまりもしも武器が壊れて買い替える場合は、またウチの武器を買っていただかないと、残っているカートリッジクリスタルのほうが使えない。そういう仕様なのである。

どうだろう、ズルくないだろうか？

ましてやカートリッジクリスタルは基本的に複数個を常備しておいて交換しながら使う商品。クリスタルも雷武器本体も、そこそこの高級品なのだが、この武器セットを買った方は、将来的にもずっと私達のカートリッジクリスタルを使い続ける可能性が高いというわけだ。

ズルい、これはズルいのではなかろうか。

地球では昔から繰り広げられてきた戦法だ。初めに業界で覇権をとればその後はやりたい放題で長く利益が出る。アプリやネットサービスを提供するプラットフォームの覇権争いも似たようなものだろう。

よもや私自身がそんな仕事に携わるとは思ってもいなかったが、今私は異世界にてこんな状況になっている。私はモーデンさんにその話もしてみたが、思いのほか感心されてしまう。罵られたりはしなかったのだ。なんだか今はなにを言っても余計に祭り上げられそうで怖いほどであった。

そんな中ピンキーさんは私を見て言う。

「ヒッヒ、今なんてまだ雷クリスタルの安定生産が始まったばかりで、他所《よそ》じゃ買えない代物だ。ただでさえ相当な利益も出るってのに、今の時点でこの先の商売のことまで考えるなんざぁ、たとえ幼女じゃなくたってとんでもない娘だよ。はあぁウチの商会、継げばいいのにねぇ。やっぱり養子におなりよ」

「荷が重すぎます、あんな大商会」

「重いだってぇ？　リゼちゃんからしたら、軽すぎるもんだと思うけどねぇ、ヒッヒ」

私は目をそらして、モーデンさんに視線を向けた。幸いにも彼が話を変えてくれた。

「それで、この武器のほうの準備はどうなんです？」

「ウチで作ってあるよ。剣以外にも色々とね。まあようやく準備が整ったってとこだけどねぇ」

「そうですか、伺っていた日程にちょうど間に合ったということですね。我々同様に」

「できてなきゃ困るさ。ウチの商会の店を一つ、獣王村産の雷撃系グッズ専門店としてリニューアルしてる。その新装開店の目玉商品になるんだから」

ピンキーさんの言葉に、モーデンさんは髭《ひげ》をひくつかせて応じた。どんな感情なのかは分からないが、とにかくモーデンさんも今回の企画に積極的に参加してくれているようだ。

こうして始まった雷系アイテム専門のお店の準備。

瞬く間に数日が過ぎる。

滞在期間も長くなり、コックさんは定期的にホームに戻って通常のお仕事もしている。行ったり来たりであった。私も時折ホームに戻っている。

他の隊員さんも遠征の途中などに立ち寄って、様子を見に来てくれている。

そんな中、この雷グッズ専門店も、いよいよプレオープンの日となった。

この日はモグラ技師さん達も店に集まり、期待の眼差しでその瞬間を見守っていた。

お客様を入れての展示販売会。今日は予約だけで、後日あらためてお渡しさせていただく形でのプレオープン。だったのだがしかし。

「らっしゃい、らっしゃ〜い、雷グッズ専門店です〜」

皆で一生懸命呼び込みをする。されど、呼べども待てども客足は鈍かった。

モーデンさんが俯いて言った。

「やはり高級品ですからねぇ」

ピンキーさんが静かに口を開く。

「まだがっかりするには早いよ。初めはこんなもんさ。なんたって雷撃武器は買ってもムダ、そんなイメージが根強くて、見に来てもらえてないんだろう」

昔から雷撃グッズを愛好している一部のマニアはいて、そういう方々は来てくれているし、すでに現状でも重要な顧客である。がしかし、今回はもう少し裾野を広げるために店舗まるまるを使っているのだから、もう一息頑張りたい。

「ふうむ……」

私も思案顔で、比較的小型な一本を手に取ってみる。

これはスタンガンを参考にして作っていただいたスタンダガーだ。

比較的低価格の商品で、雷で攻撃するというよりはショックによって相手の動きを止める効果を狙ったもの。安価に仕上げてもらった入門クラスのアイテムである。

こういった商品も用意しているものの、そもそもお客が少ないのでは効果がないらしい。ピンキーさんが言う。

「ものは試しで、入門クラスの商品だけでも、オープン価格と割り切ってもう一声安くしてみるかねぇ」

彼女は私に価格を示した。それを見た私は、さらに下回る価格を提示した。本当にギリギリの採算ラインであった。

ピンキーさんがちょっぴり微笑ましそうに私の頭を撫でる。

「リゼちゃんや、流石のあんたもちょっとは子供らしいところがあるってもんだね。その価格なら確かにインパクトはある。でもそれじゃあ利益ゼロだね、売る意味がないよ。飲食店ならオープンセールでそんな値段にすることもあるが、この手の高級アイテムの新商品だよ？　ありえないってもんさ」

確かに高級家電や自動車などの新商品がいきなり低価格で売り出されることは少ない。それと同様だろう。が、絶対にそうだとも限らない。

たとえばそう、ちょっと昔の地球のプリンターである。アレもカートリッジ式の商品だが、本体だけでなく消耗品たるインクカートリッジの価格も含めて考えられていて、その分本体が安くしてある商品だ。そんな例もある。

これを言ってみようと、ピンキーさんを見つめ返すと、彼女も何かに思い当たったようだ。

「……いや待てよ？　つまり今回のシリーズなら」

「はい、それですね」

私も彼女も、カートリッジクリスタルの収められている箱に目を向けていた。

「この商品の場合、本体だけ安く売っても、後からカートリッジの買い替えや魔力の再装填費用で利益は回収できます。そこまで考慮した価格で大丈夫ですよ。それもあくまでオープンセール限定で、イベント的にやるだけならばなおさらです」

そもそもこのカートリッジ、クリスタルとしては大層高額である。これまで誰もやろうとしなかったのは、あまりに高額になりすぎるからという理由もあったのだと思う。だから初めからこのアイテムは、単体で利益を生み出すつもりで計画していない。再装填費用での回収が重要なのだ。

「……のちのち使う人が増えて認識が変われば、以後は普通にお店に来てもらえる。本当の勝負はそこからかい」

「ですね」

プリンタでは、本体が安くてインクカートリッジが割高という商法が広く実施されていた。あれはあれで賛否あるし、カートリッジだけ売る業者まで現れるという問題もあったが、今回私たちが計画するのはカートリッジを無駄に高くするような話ではない。

あくまで試しに使ってもらうためであり、知られていない技術の製品を普及させるのが目的だ。

ピンキーさんはたちまち張り切った表情に変わった。

「ともかく、やってみよう」

彼女の言葉に商会の方が反応する。

「お婆様、本当によろしいので？　値引き路線は我々の商会ではあまり……」

「どうせ何もかも私の責任でやるんだ、上手くいかなきゃそれで引退するよ」

「いやいや引退はなさらないでくださいよ。お婆様がいなくなると、すっごく困るのですから！」

「まったくウチの子らは足の指がちいちゃくてしょうがないね。見なよ、リゼちゃんの肝っ玉幼女っぷりを。いつも全然変わらないだろ？　笑ってるか、飄々としてるかのどっちかさ」

ピンキーさんはそれから近くに控えていた商会の方々に指示を出していった。ちなみに神聖帝国では、肝っ玉が小さいことを足の指が小さいと表現するらしい。どうでもいいことだが、足の指と何の関係があるのやら。

ともあれ、急遽ではあるがオープンセール特価での提供を発表し、宣伝が開始された。

そしてプレオープン三日目。

「日を重ねるにつれてお客さんは右肩上がり。このまま使う人が増えて、もっと広く利便性が知られるようになってくれれば……」

ピンキーお婆さんがそんな話をした、この日の夕暮れ。

茜色に変わってくるかなという空。

私たちの頭上には、思いもかけぬお客様が迫っていた。

見上げれば、はるか遠い空に黒い雲に似た何かがあった。しかしそれは雲にしてはあまりに流れが速く、こちらに近づいてくる様子。魔力探知を使ってみれば一目瞭然で、それは空を覆いつくすほどの魚介類の群れだった。

内陸の町だというのに商都キュリンは、ほんのりと海の生臭さに包まれる。

悠々と空を飛ぶそれらをピンキーさんも確認し、声をあげた。

「なんだってんだいこんな時に面倒なのが！　フライングクラーケンの群れじゃあないか！　くそったれ！　警鐘鳴らしな！　冒険者ギルドと自警団にも連絡繋ぎな！」

私達も戦いの準備を済ませて外に飛びだす。にしてもフライングクラーケンと呼ばれたあの魔物はいったいなんだろうか。私は考えこんでしまった。

たしかクラーケンて、巨大なイカかタコのはずだが。今現れたソレはどう見ても、空飛ぶカツオの群れにしか見えなかった。ただよく見るとそのカツオには、ゲソが十本ほど生えていた。となるとやはりイカなのか。

あれはイカなのかカツオなのか、難問だった。

私は空のゲソカツオを見上げながら、隣にいたコックさんに尋ねた。

「アレってクラーケンなんですかね？」

私がこの世界の魔物図鑑で見たクラーケンもあんな姿ではなかった気がする。やはりイカだったはず。コックさんは答える。

「ああああれか？　そうだな、一応クラーケンだ。ただしフライングクラーケンって呼ばれる状態なんだよ。そういや図鑑に載ってる姿は海のクラーケンだよな」

そういうものらしい。コックさんは平然とした様子で話を続ける。

「巨大に成長した海クラーケンは、繁殖期を迎えると分裂して空に飛び出すらしい。俺も実際に見たのは初めてだ。小さな魚の群れに変化して遠くへ飛んでくんだそうだ。人間や動物を襲いながら、やがて河川を見つけて川クラーケンになり、川を下って再び海に帰るんだ。ちなみに身は赤身の魚っぽくて美味《うま》いらしいぞ」

鮭の遡上に似ていなくもない。しかしいくら魔物とはいえ、なかなかめちゃくちゃな生態のやつだ。そうこう言っていると、無数のカツオが地上に降ってきて、町の中を闊歩し始めた。十本のゲソで歩き回る巨大カツオは、滑稽さと恐ろしさを兼ね備えた風貌である。

一体一体の強さはそれほどでもなさそうだし、美味しそうだが、それでも魔物。私達は自分達の店を守るためにも応戦する。警鐘が町中に響き、空にはますますモンスターの群れが集まり、黒い雲のように覆っていた。

「フライングクラーケンだぁ、フライングクラーケンの群体が現れたぞぉ」

雨のように無数に降り始めるゲソカツオ。なかなかの数である。

『リゼ、我は海のクラーケンが好みだが、アレはアレで美味《うま》いぞ！　滅多に口にできぬしな！』

ラナグもそんな話をしながら即座に戦い出していた。

ただし町を守るというよりは、ただの食事っぽくはあるが。

しかしあの神獣ラナグ様が調理をねだる前にいきなり魔物肉を食べ始めるのも珍しい。それだけ生でも美味しい食材ということなのだろうか。

考えてみれば以前にもクラーケンが食べたいと話をしていたような。

コックさんも美味だと言うし、ものはついでだ。綺麗におろそう。

海クラーケンは特大で激強な災害クラスの魔物らしいが、お魚型で群れとなっている今はそうではない。戦ってみれば、とくに苦戦することなく倒せてしまう。しかし、やはり次々に降ってくる。商都キュリンは混乱に陥り始めていた。

町の中では、傭兵団&冒険者カードで見たような有名冒険者の姿も見かけたが、全体的に魔物と戦える人材の数は少なめだった。町の規模に比べると数が少ない。

周囲に強大なモンスターのいない商都だけあって、防備は手薄らしい。

ふうむ仕方あるまい。

私は結構な頑張りを見せた。なるべくならバトルで目立たないほうが良いとは言われているが、最善を尽くす。

姿を隠しつつも高い建物の屋根へ移る。目標はあの雲。雲のように群れをなしている空のゲソカツオだ。圧力鍋の杖を空に向けて構え、そのまま無属性魔力を込めた大きめビーム魔法を放つ。

「よし」

まずはこれである程度の数をまとめて討滅できた。この方法では切り身の一つも残らないが、放っておくと際限なく湧いてくるので仕方なしだ。

「「「っ！」」」

静かな驚嘆がほんの一瞬町を包んだようにも感じられたが、皆さん今自分の前のいるゲソカツオに対しててんやわんや。私は無事に、たいして注目されることもなく地上に降りてくる。

さて、ともかくこれで町に今以上の数のゲソカツオが降ってくることはないだろうが……問題はここからだ。ビーム砲のような大魔法は町の中では撃てない。危なくて仕方がない。すでに町中で闊歩しているゲソカツオについては、慌てず騒がず地道に対処していこう。

『ピュイピュウイ（リゼちゃん、忙しいの？　お手伝いする？）』

風衛門さんが心配げに私を見上げる。

やや迷ったがお願いすることに。三精霊達は幼児姿でそれぞれお気に入りの巨大な武器を手にし、お手伝いしてくれた。三名とも今や成長してかなりの強さになっている。

さらに本気を出せば、それぞれ巨竜や巨鳥の姿になれるし、なおさら強いのだが、やはり目立ちすぎる。それに大魔法同様に、巨大すぎて三精霊が町を破壊する懸念もある。

そんなわけで結局三名は幼児モードで暴れていた。

水クマのタロさんについては、その固有能力も遺憾なく発揮してもらう。私の魔力と共鳴させた精霊魔法、クマさん大分裂からの大行進、そして町中に散らばっていっては、これまた得意の水属性回復魔法でケガ人の救助に当たってくれた。

偉いぞタロさん、数は多いがこの調子なら被害は最小限で済むだろう。人命にかかわるような事態は避けられそう……

胸を撫でおろしかけた私の目に飛び込んできたのは、逃げまどう人々の混乱の有様であった。

想定していた以上に、町は混乱していた。

このとき私は、魔物そのものよりも、その状況に危機を感じ初めていた。

魔物の強さや脅威度以上に、町の人達があまりに恐れおののき恐慌状態に陥りつつある。

なぜ、いつのまに。当初はここまでの混乱など見受けられなかったのだが。私は注意深く、今一度町中の気配を探った。これは……火事場泥棒？　家に火をつけてる人間までいるぞ？

大急ぎでその対処に向かってみると、現場にはコックさんがいて。

「流石リゼちゃん師匠、気がついたか」

むろんコックさんは、火事場泥棒を退治していた側である。みるからに盗賊っぽい方々が縛り上げられ横たわっていた。

「盗賊ギルドの常套手段。混乱は稼ぎ時。あちこち窃盗して回った上に、やたらに危機を煽って混乱をエスカレートさせている。まあこいつらにとっちゃ、正規の仕事ってとこだが」

迷惑極まりないお仕事である。当然のようにここにいる数名の盗賊だけでなく、無数の連中が跳梁跋扈していた。まずはこの対処からやらねば、事態は収拾できないように思えた。

「ああ師匠、こういうのは俺が専門だから、任せてくれな。すぐに手じまいさせるさ。だからリゼちゃんは、表通りの普通の人達を、なんとか助けてやってくれないか？」

「……分かりました」

彼の言葉通り、事実コックさんは私よりも早くこの件の対応を始めていたし、専門家なのだろう。そう判断して私はコックさんと離れた。

「ふうむ」

急遽思い立ち、私は戦いながらピンキーお婆さんの元へと跳んだ。

混乱が混乱を呼ぶ恐慌状態。落ち着いて対処しさえすれば、ゲソカツオはそこまで強くはないのだが、戦えそうな人材までもが混乱して逃げまどっている現状だった。

「リゼちゃん！　そっちはどうだい？　戦力的には十分いけるね⁉」

合流したピンキーさんの声。私がうなずくと、彼女は言葉を続ける。

「ならクラーケンのほうは任せて大丈夫かい⁉　ウチの商会の連中は避難誘導と混乱の鎮静化にまわってもらおうとしてるんだが、こいつがなかなか……」

ピンキーお婆さんも現状を把握している様子。しかしそれでも、ことを進めるのに苦戦中のようだった。ゲソカツオの対処と混乱の鎮静化、二つが悪い具合に絡み合っていると彼女は嘆く。私はこんな時こそ便利アイテムの出番ではと思い、彼女に言ってみた。

「ピンキーさん、貸し出しませんか。アレです、ウチの新商品たち」

ピンキーさんは一瞬とまどったが。

「そうさね、使えるもんは惜しまず使うか。ヒッヒ」

すぐにプレオープン中の店の中へ入り、まだ予約でしか受け付けていない雷撃グッズの数々を運び出してきてくれた。

商会の若い衆もピンキーさんについていって、商品を手に戻ってくる。

「私も一つお借りしても？」

「もしや、リゼちゃん自身でこれ持って前に立つ気かい？」

攻撃力だけで考えれば、私にとっては無用の長物。素手でも魔物は倒せる。しかし私ではなく本来使うべき人々が使ってくれるなら、かなりの成果をあげてくれると私は考えていた。

「少しだけですが。まず私がデモンストレーション的にやってみます。幼女でも使える強力アイテムですよと見せられれば良いかなと」

私はそう言って、商会の皆と共に人の多い通りへ向かい、ひょいと新型の雷剣を使った。

剣からバチバチと迸《ほとばし》る雷光が魔物を撃つ。倒れるゲソカツオのモンスター。

三幼児も私に続いて同じ剣を手にして振るう。

華奢な幼児四名は群衆の先頭に向かい、さらに雷撃を放ちながら人の多いほうへと駆けた。

それを追って走る商会の方々は、戦う意思のある町の方々に目星をつけて雷撃グッズを渡して回る。とにかく狙いは……幼児でも使えるのだから、自分でもなんとかなりそうだ！　と思ってもらうことだが、さて。

「おいあんたら、これは……？」

「雷を帯びた高級剣です。威力は抜群。水属性モンスターであるクラーケンには効果絶大！　無料で貸し出しますから使ってください。もしも貴方が使うなら、きっと余裕で倒せるでしょう」

「お、俺が……!?」

商会の方にそう言われて、まんざらでもなさそうな顔をする厳《いか》つめのお兄さんが、立ち止まって剣を見つめる。

この人物が実にノリやすい人だったようで、武器を渡された他の誰よりも先に前に出て、ゲソカツオに向かって剣を振るってくれた。ピシャゴロリ、ありがたいことにちゃんと命中。

「い、いけるぞ！　よし皆ここは俺に任せて逃げるんだ！」

お兄さんは、本当に凄くノリやすい人で、ノリにノッてくれた。今はとにかくありがたい人材であった。

そもそも、どれも高級な魔法武器の数々で威力は申し分なし。遠距離からの雷撃だって放てる。少々できる人でやる気さえあればイカでもカツオでも恐れるべき敵ではなかった。ただ圧倒的に数は多いので、気おされないようにだけはしないといけないけれど。

再び私と三精霊も参戦する。一生懸命戦う。

「おいなんだよ、あの剣。それにあんなちっちゃい子達まで戦ってるぜ」

「こいつは驚いた……おい、俺達も逃げ回ってる場合じゃねぇよ」

「あんた、そこの商人さんよぉ、まだその武器はあんのかい⁉」

「ええ、まだなんとかご用意できますよ。至急持ってまいります、どうぞお使いください」

人の流れが、場の空気が、目に見えて変わっていく。動き出した皆で協力して周囲の魔物を一掃しつつ、商会の方々は避難誘導も進め始めていた。

しばらくしてみると、そこにまだ残っていたのは新たに雷の戦士としてやる気をみなぎらせてくれた、ありがたい人達ばかりだった。

「よおぉうし、やれるぞ俺達！　俺たちの町を、町の皆を、守るぞ！」

「ああ、それに、こんなちびっちゃい子らまでやってるってんだからな！　やるしかねぇぞ」

私もその輪に参加して盛り上げる。

「エイ、エイ、オー」

「「うぉぉぉ」」

「ひっひ、すっかり雰囲気が反転したね。本気で立ち向かいさえすりゃ、十分どうにかなるよ」

ピンキーさんが、私の隣でそう呟いた。あとはいつもの魔女笑い。

しばらくして町の戦士達の声は次第に大きくなっていき、それから町中に広がっていく。

こんなシーンが商都のあちらこちらで繰り広げられていった。

瞬く間に噂は広まり、直接店にまで来て武器を貸してくれと言う人も現れる。

さてこうなると、もはや私には雷撃グッズは不要なので商会の方にお返ししておく。クリスタルによってすぐさま魔力充填された雷撃の剣は、また別の方の手へと渡る。

どうせ私の場合、魔物を倒すだけなら素手でもなんでも構わないのだ。これまではあくまで使い方を見せるためにデモンストレーションしていただけである。

この先はもう一つ別のアイテムを使わせていただこうではないか。

「ふっふっふ」

私の手元では特殊包丁が、その刀身を長く伸ばして光っていた。コックさんからの贈り物であるこれ、普段はお料理用に使わせていただいているのだが、その切れ味の良さは格別。

私の手に馴染むように作られた品だけあって、長さのわりに取り回しもしやすい。

ここから先のゲソカツオは、この包丁で、できるだけ綺麗におろして食料用に保存しておこうではないか！

なにせ雷も効果抜群ではあったのだが、アレはちょっと焦げすぎる。

この魔物が見た目通りカツオ味なのだとしたら、タタキにして食べてみたい。

ともあれ我々はこうして戦い、次第に町には落ち着きと平穏が戻っていった。

むろん大魔導士ピンキーお婆さんも、コックさんも大活躍であった。

「ヒッヒ、リゼちゃんや、あんたはまったく信じられない幼女だよ。町中が大騒ぎな中で、瞬時に混乱を鎮める策を考えて……それだけじゃない、やりやがったね、あんたって子は！　あろうことか新店の、雷撃グッズ専門店の大宣伝まで同時にやってのけたねぇ。とんだ商魂の逞しさだよ！見上げた商売人魂だよヒャアッヒャッヒャヒャァ」

いつもの魔女笑いが高らかに響く。商魂逞しいというのは誉め言葉なのか微妙だが、やったのは確かで、否定もできまい。とはいえ彼女は喜んでくれているようだ、良しとしよう。私は答える。

「実際、私よりピンキーさんですよ。いくら宣伝になるからと言っても、躊躇もなく高価な雷撃グッズを町の方々に貸し出して回った。その判断はピンキーさんにしかできなかったんですから」

もし貸したものが全然返ってこなかったとしたら、打撃を受けるのは彼女なのだ。

私も自分で言い出したものの、思ったよりも派手に大量にピンキーさん達がばらまき始めたので実はビクビクしていたくらいである。

「ははん、そんな心配は無用さね。ウチの連中は戦いにゃ強くないが、商人としちゃ一流だよ。その目と手腕を私は信じてるってだけさ。町の連中は皆顧客、どこにどんな人物が暮らしてるのか、ちゃあんと把握してるのさ。だからね、やたらめったら誰にでも貸し出したわけじゃない」

そう言う彼女。その言葉を証明するように、町が落ちついてくるにつれて、貸し出した雷武器の数々は、さっそく商会の方々の元へと戻り始めていた。

どうやら本当に恐るべき商人スキルがあったようだ。ピンキーさんが一流のメンバーだと豪語するだけはある。

あの混乱の中で、信用できて身元がハッキリした人物を選んで渡していたらしい。

そうこうして徐々に戦いと混乱が終わりに近づいてくると、手の空き始めたコックさんも戻ってきて言った。

「包丁、ばっちり使えてるな。良かったよ」

「はい、おかげさまで」

包丁を鞘に納めて私はそっと撫でる。

「コックさんもお疲れさまでした。こっそり様子だけは見てましたけど、流石の手際でしたね」

「ん？　まあちょっとだけしか働いてないが、俺はこんなもんだな」

彼はそういうが、火事場泥棒に精を出す盗賊ギルドの方々を、ことごとく潰してまわっていたのは、陰ながら見ていた。おそらくほとんど誰も気がついていないけれど。まったくもう、コックさんの謙虚な物言いである。

それにしても今日は、過去一番に目立つ行為であった。これまでにもけったいなパーティで妙な目立ち方をしてしまった経験はあるが、単純に見られた人の数では明らかに過去一番である。

仕方あるまい、ともあれカツオの襲撃は終わりを告げたのだ。

翌日以降、町はその後もしばらくは片付けに追われた。私達の店のプレオープンも中途で止まったまま数日が瞬く間に過ぎる――

ようやく平穏を取り戻したかに思えた頃。

「おいあんたら、あの魔物襲撃の日に幼女がぶん回してた武器はあるのか。ちょいと前のこの広告に載ってた武器がそれだって聞いたんだが」

急激にそんな問い合わせが増え、多くの注文が店を襲う。

ちなみにまだ本格オープン前で、店は開けていない状態であった。

「すみませんお客様、現在ご用意できるのは、あの日に使用された中古品のみになるのですが……」

応対した店の人がそう答えると。

「な、なんだって？　おいそれ最高じゃないか！　ぜひそれをくれ。商都を救った記念アイテムじゃないか！」

中古品だというのに、問い合わせのお客様方は余計に喜んでいた。

こうして店は開けていないというのにまた人が来る。

「幼女が使ってあの威力、なあ、本当にこの値段で売ってんのか？　あれじゃないのか？　店に入った途端、実は品切れでもっと高い商品しかありませんとか言い出して、なんだかんだですげぇ高くなったりするんじゃないのか？　どうなんだい」

そんな様子で店には沢山の人が来る。

そのほとんどは好意と関心を伴ったものだった。商品の問い合わせでなく純粋なお礼の言葉も交ざっていたが、やはり商品の注文は積み上がっていく。

「ひゃ～っひゃっひゃっひゃ、流石はリゼちゃん様だよ。とんでもないね、集客力バツグンじゃ

あないか。色々と策を講じたが、こんなに早く！　雷撃グッズの一大ムーブメントが商都を席巻
さぁっ。こいつは！　今が儲け時だね！　野郎ども！　力を尽くしなぁ！」

「はい！　お婆様！」

ピンキーさんの声にスイートハニー商会の精鋭商人達が答える。またまた大騒ぎの日々である。

「ああもう今日からオープンにするよ！　人員かき集めてきな！」

あまりに人が来るので、そのままの勢いでオープンが決まる。

私は店の外からその様子をのんきに見守っていた。というよりも、慌ただしすぎて店の中で幼女
がうろついていると迷惑そうだから出てきたのだ。

『ピュウゥイ』

それともう一つ、三精霊が私に何かを訴えていたのだ。落ち着いた場所で話を聞いてみる。

と、どうも進化しそうになっていると言う。

今回の一件で三精霊も頑張ってくれたおかげで、また進化するタイミングがやってきた様子。

ここは町中なのでまだ少しだけ我慢できるかと聞くと、三名そろってお尻を押さえてうなずいた。

おトイレを我慢している幼児にしか見えないが、進化を我慢しているポーズらしい。今すぐにとい
うわけではないものの、徐々に衝動が高まってきてるという。

ふうむ、どこか場所を探さねば。

周囲を見渡していると、今度はピンキーさんも店から出てきて私のところへ。

「はぁぁ、なんてこったい」

彼女はちょっとしたため息と共に首を左右に振った。ここにきてなにか良くないことでもあるのかと思いながら言葉の続きを待ってみると。

「ああもう、この分じゃあ注文さばくのにどんだけかかるやら。在庫する余裕もなく、予約だけで生産予定分が完売さねぇぇ。どうしたもんかい、まだまだ客が来てるのにもったいない！　くそぉ、プレオープン初日の反応が薄すぎて、日和《ひよ》っちまったぁ。あの時点からフル回転で生産しとくべきだったよぉ、ひゃあっひゃっひゃ」

いつもの笑い声。楽しんでるのか本気で頭を抱えているのかは不明である。ちなみに特価販売はプレオープンの時だけで、その後に始まった大量注文は全て正規価格。それでも追加注文は留まることを知らない。まあ確かに在庫不足というのは店側としては頭が痛いのだろうが。少なくとも想定以上の売れ行きではあるらしい。それはそれで喜ぼうではないか。

ピンキーさんにもそう言って、腰のあたりを軽くポンポンと叩く。

彼女は体を起こして私の頭を撫でた。

「困ったもんだよ、幼女に励まされてちゃかなわない。さ、あんた達、工場に戻って少しでもなんとかするよ！　アグナ獣人村にも、いよいよ増員かけてもらわなきゃだね。稼げるときに稼がないで、なにが商人かぁ！　いくぞぉ」

まったくもう完全に元気であった。商会の方々は彼女の言葉に反応して、それぞれの担当業務のため各地へと歩みを進める。その中の一人にすれ違いざま私は声をかけられる。

「うちのお婆様も並大抵じゃないし、一筋縄じゃいかないんだけどさ、リゼちゃんにかかったらかないませんね」

「いやいや、ピンキーさんのパワーにはいつも押されてる気がしますが」

「はっはっは、そうは見えないけどねぇ。では私共は失礼しますね。また忙しくなりそうです」

ヒマな幼女と違い、皆さんお忙しそうであった。

私は駆けて去っていく彼らの背中を見送った。

などと余裕ぶっている私だったが、そうではないのだ。なにせお尻を押さえた三精霊達がそこにいるのだ。彼らは私に言った。

『ピョクエー（リゼちゃん！）』

『キュイキューン（もう進化が！）』

『クマァル（でちゃうよ！）』

進化って出ちゃうものなのか、それともタロさんだけ文脈が違うのか分からないが、ともかくことは急を要するらしかった。

そこらの物陰でこっそり進化してもらおうと思ったのだが、三名とも巨大になっちゃいそうだという話で、急遽人目のない場所まで大移動を試みる。町を飛び出し山陰を目指す。

移動しながら聞いてみると、どうも進化の原因は、ゲソカツオ討伐だけでなく、前回の旅で手に入れた新しい精霊服にもあるのだとか。神獣ラナグは言う。

『あのアイテムはいわば最上級の供物だった。精霊や神獣は人々からの信仰によっても神格が上がるわけだが、あの精霊服は希少な精霊専用アイテムで、リゼ達ほどの人間がかなりの労力をかけて生み出したものを贈ったのだ。神格が上がるのも無理はない』

それに加えて大量のゲソカツオ討伐があったわけだ。にしても成長が早い。散々探し回って子供服を新調したばかりだというのに。

もちろん人間の赤ん坊だって成長は早く感じるもので、子供服なんてせっかく可愛らしいやつを選んで購入しても、ワンシーズン使ったらもう翌年はサイズが違ってしまって着られないとはいうが、しかしそれ以上ではないか精霊さん達よ。

ワンシーズン経過してもいないうちに小動物から人に変わり、さらにまた進化するなんて。

嬉しいような寂しいような不思議な感覚である。

山陰の谷間に到着。私はグッと気を強く持ち、まずはこの子らの健やかな成長が第一だろうと切り替えた。元気に強く健やかに育てよと強く強く念じる。ちっちゃいのも可愛いが、大きくなるならなるがいい。

そんな私の哀愁と喜びが入り混じった視線の中で、三精霊はそろって進化をし始めていた。

パーッと広がる光。

『ピュイ』

『クエエ』

『クマァ』

光の中で、シュインシュインと音が鳴る。

風衛門さんは風を、ジョセフィーヌさんは炎を、タロさんは水を纏っている。

おやしかし……しばし待っても姿に変化はない？　元のまま変わっていかない？　ふうむ。もしや今回は幼児姿のままで、オーラを纏っただけの進化なのかしらん。それはそれで嬉しいですよ私としては……と思った瞬間、爆発が起こった。

風と火と水がそれぞれ瞬間的に膨れ上がり混ざり合い、互いに反応をしてさらに膨れ上がり、空高くへと昇った。水蒸気の嵐がモウモウと立ち込め、その奥には巨大な三つの姿。

白毛の竜と、フェニックス、それから水の巨グマ。

まるで怪獣映画の如き様相で、六つの瞳が水蒸気の嵐の向こう側からこちらを眺めていた。

その巨体はどう見ても精霊魔法を発動させたときの姿なのだが、私は今、一切魔力を三名に流し込んではいない。どうやら……自力であの姿になれるようになったらしい。

思いの他巨大で派手な変化だったため、どうしたものかと思案する。人目のないところに来たつもりだが、流石に大きすぎていけない。

ところがだ、水蒸気の嵐が吹き飛んでいくと、三名の怪獣姿は消えていた……そして。空から降ちてくるのは小動物姿に戻った三精霊。ヒュウゥゥと落ちて来る彼らは、出合った頃の姿とほとんど変わらぬ小動物の姿であった。今や懐かしさすら感じる久しぶりのこの姿。私は彼らをポフンと受け止める。

『ピュイピュウウイピュイ（リゼちゃん、僕達、小動物と人型と、大きくなるのと、どれも自由に変えられるようになったみたい………凄い？）』

こう教えてくれたのは風衛門さんだった。

ほおう、それはまた凄い。凄いというか、便利というか嬉しいというか。私はこれに歓喜していた。

なにせ巨大怪獣モードはあまりに巨大。ベッドで一緒に眠るのも当然難しかろう。なんなら幼児モード三名と寝るのだって狭苦しいので、小動物姿は一緒に寝るのにもってこいなのである。なんて、なんて暮らしやすい進化だろうかと私はひどく喜んだ。

それになによりもだ！　可愛らしいあの姿をまだまだ当面は堪能できるのだ。幼児姿も小動物モードもである。おお、なんたる幸せであろう。

三精霊達も久しぶりに小さくなったことに興奮ぎみで、そのまま私の身体や頭の上を駆け回り飛び回り、なんとも楽しげに遊び始めた。人類の歴史上、これほど喜ばしいことが他にあっただろうか。あるかもしれないが、ともかく私は喜んだ。

ちなみに幼児モードで着ていた子供服は、巨大怪獣化したあとも、幼児姿に戻ると自動でスパパンッと彼らの体を包んでいた。

遠い空の向こうから、製作者である子供服職人ロアイアさんの声が聞こえてくるようであった。

『はーっはっはっはっはっはー！　言ったでしょうリゼちゃん、子供の成長に合わせてオートフィットする機能をつけてあるって』

オートフィットという言葉を遥かに超えたフィット性能。流石に人知を超えた精霊服である。にしても子供の成長は早い。

出会った頃は生まれたてすぐの状態だったのに、今や私の補助なしでも巨大怪獣になってしまうなんて。私のほうはどうだろう、一ミリくらいは身長が伸びているだろうか。

さてそれでと――、ゲソカツオは解決、進化はめでたいとして、そろそろここらで本来の目的を思い出さねばなるまい。

ついつい楽しくなってあれこれ手を広げる私であったが、本題は『ドワーフの至宝』なのだ。

偉いドワーフさんの訪問は、まだないのだろうか。わざわざ目立つようにあの包丁、ドワーフの包丁を使ってクラーケンを捌《さば》いたりもしたのだ。

言っておくが私とて、ただただカツオのたたきが食べたくて包丁で戦っていたわけではないのである。商売も大きく動き出しているし、この騒ぎで頑張って目立ちもした。

ドワーフ連山サイドもそろそろ声の一つでもかけてくれたらいいのだが……

ドワーフの六峰

商都キュリンでのゲソカツオ騒動から数日後。

町の片隅の原っぱにて。私はコックさんと共にカツオの竜田揚げを作っていた。

ちなみにまだカツオはたたきにしていない。なぜって、お醤油がないからである。

いったいお醤油なしでどうやってたたきを食べればいいというのだろうか。到底答えは出ないので、悩んだ末に揚げ物にした。これなら塩だけで美味しい。ゲソだってやはり、揚げれば美味しいに決まっている。あまりにたくさん獲れたゲソカツオ。それを切り分けて、下味をつけていく。片栗粉っぽい粉——デンプンを多く含んだお野菜系モンスターの粉だという事実もあるが、あくまで片栗粉と呼ぼう——をまぶしたら準備ＯＫ。

火にかけた揚げ油の中に菜箸を入れると、シュワリと気泡。良い頃合いだ。

「なぁ、リゼちゃん師匠。揚げ物ってのはさ、この音聞いた時点でもう美味《うま》そうな感じがしてくるよな」

「そうですねぇ、シュワシュワシュワのパチパチですからねぇ」

「ああ、パッチパチだよなぁ」

そう言いながら、コックさんはゲソを揚げる。

ちなみに今日私達が町の原っぱで調理しているのは、炊き出しをするためである。

なにせゲソカツオの襲来で、人的被害はほとんどなかったが、まだ片付けに追われている方々が多い。食品の流通も一部不安定になっている。

残念ながら、もう一つ別な理由もある。またしても火事場泥棒的な盗賊ギルドの活動があったのだ。混乱に乗じた高利貸しや、流通不全を逆手に取った生活必需品の高額転売。食品もその一つで、大変ガッテムであった。スイートハニー商会も対応にかけまわっている。

いっぽうで私達には消費しきれないほど大量の食材がある。地球のカツオより遥かに大きいので、一尾でも切り分ければ大量で、もはや炊き出しする以外に道はなかった。

とはいえ私達自身も食べるし、なんなら試食と称してすでにちょっぴり食べている。

当然である、試食せずに人様に出せるわけがないではないか。

結果、味は……ゲソはゲソであり、カツオは見事にカツオであった。

このカツオのあまりのカツオっぷりに私は思わず、切り分けたカツオをそっと煮て、崩れないように慎重に骨やごみ、脂を取り除き、燻煙器にかけていた。これすなわち、鰹節である。

「リゼちゃん師匠。それは魚の燻製だよな？　にしちゃあ随分と長く燻《いぶ》してるが……」

「ええ、作りたいものがあるのですが、難しくて……」

ちなみに燻製器はコックさんのものをお借りしている。

二日前に始めたこの燻《いぶ》し工程だが、カツオはまだまだ鰹節には程遠い柔らかさである。恐るべし鰹節、どこまで燻《いぶ》せばいいのか定かではない。いくら元日本人で毎日鰹節を使っていても、自分で一から作ったことなどないのだから手探りである。

うろ覚えの雑学知識を頼りに進める。確か燻《いぶ》した後にさらにカビをつけて熟成させると本枯れ節という高級品になるのだったと思う。が、そこまでやらずとも燻《いぶ》してカチカチにさえなれば、庶民用の荒節として食べられるものにはなるはず。今の私の目標は、不格好でも良いから荒節状態までもっていくことだ。

燻製肉は盛んに作られている世界だが、鰹節はない。今こそチャレンジの時であると私は固く信じ、燻煙器の火加減を見る。たまに焦って熱くしすぎてちょっと焦げちゃったりする日々であった。

しかし今日の主役はこれではないのだと気持ちを切り替え、揚げ物に。

早速第一弾が揚がっていく。油切りバットに並べる。が……これがすぐさまなくなってしまう。

流石炊き出しだけあって、見知らぬ皆さんがどんどん持っていく。

いやもちろん、どうぞ持って行ってくださいと看板を立ててやっているのだから、持っていかれてこその炊き出しなのだが、思ったよりも食いつきがよい。私も食べたいのだが。

『リゼ、我らの分は……いや今は何も言うまい。リゼの分もまだ確保できていないのは明らかだな』

まさか自分で食べる分がちゃんと確保できないほど次々と持っていかれるとは思っていなかった。

どうせゲソカツオは大量にあるので、私とコックさんは頑張る。

途中からは普通にお金を置いていく人まで出てくる始末。店ではないのだと看板に付け足す。希望者には冷凍状態の食材としてもお渡しする。

三精霊もできることを手伝ってくれる。

ラナグの前足は料理に全然向かないのだが、ゲソカツオを切り分けるのは風や水魔法の刃を使ってやってくれている。

「いいの、魔法使って？　無駄に魔力使うとお腹空いちゃうんじゃない？」

『基本はそうなのだが、これくらいならな。最近はリゼが我にたくさんのものをくれているし、その割にリゼは何も望まぬからな。かなり余裕ができているのだ。それと今回は我が自分で食す料理ではないし。我が食べる揚げクラーケンについては、当然リゼが作ってくれたものが良いぞ』

「そっか、なら手が空いたらラナグ達用に私が作るね」

『ならば人間どもの分はとっとと片付けてしまおう』

ラナグは私のほうを見て、口角を上げてニッコリと笑った。

慌ただしく時間が過ぎる。

「いやぁ助かるよ君たち、久々にちゃんとしたメシ食えたよ。店も閉まってるとこが多いし、町の外からの食品も滞《とどこお》ってるし、片付けやら復旧作業やらで手がいっぱいでなぁ。ごちそうさま。それで、ウチのかみさんが皿洗いくらいは手伝って帰ろうって言ってんだが、邪魔じゃなけりゃやっていいかい？」

「そんな、お気遣いなく。ただ邪魔ではありませんが」

「ははっ、ならやってくさ」

人がますます増えていくが、次第に食べる人が減ってお手伝いが増える。楽ちんになってくる。

「リゼちゃん師匠はそろそろ休んでくれよ。あとはこっちでやっとくさ」

コックさんはテキパキと手を動かしたまま言った。

お言葉に甘えて、私は木陰に移動。ラナグや三精霊とともに小休止させていただく。

そんなほっと一息のリラックスタイムのことであった。とってもズングリムックリした方々が数名、私の前を通り過ぎていったのは。

商都の広場の片隅。ちょっとした原っぱ。岩のような肉体の人物を先頭に、異様な雰囲気を纏った方々が歩く。豊かな髭《ひげ》には装飾が、頭には豪壮な兜が鈍く輝いていた。

一団はガツガツと石畳を踏み鳴らし、ゲソカツオを捌《さば》くコックさんの前で止まった。

これはもしや私達待望の、ドワーフ連山の親玉さんたちなのでは。

木陰で休憩していた私はコックさんのところへ駆け戻る。

その間に、先頭にいた一際豪壮な男がコックさんに声をかけた。

「よう兄さん。あんたらんとこは随分と景気が良さそうだ。この食い物も大量だね、人助けかい？　目障りだねぇ」

なんだか柄が悪い印象。この一団の中には人間の姿もあったが、総じて柄は悪い。その雰囲気に、周囲からは町の人々の姿がなくなっていく。残ったのはコックさんと私達。

「おんやぁ？　お嬢ちゃんはアレかい？　スイートハニー商会に出入りしてる幼女だ。ご活躍だって噂を聞くよ、凄いもんだな」

そう言って彼は私を舐めるように観察した。

「ところでそっちの料理人さん。あんたどっかで見た顔だね。むか～し、どっかで会ったっけか？」

「そうだな。いっとき、職場で一緒だったんじゃないかな、ゲレさん」

コックさんはこの方を知っているらしい。

「あぁそうだったな、当時の名でいや、確かオメガだったたか。そんなコードネームだった。しかし対等ぶった口を聞くじゃねぇか。お前は組織の駒で、俺は牛耳る側だった。今でも変わらんはずだぜ。組織を抜けたって話は聞いてない」

「ん？　そうだったかい？　俺の記憶じゃ組織はもうないし、あんたの当時の役割は仕切り役じゃなく、裏切り者だ」

「ダッァハッハ、しばらく潜ってた割に粋がった口をきく。なあ、昔を思い出すよ。あんときも、おめぇは生意気だった。荒らしすぎてもいた、盗賊連中の内部をな。連中が言うこと聞くように、ほどよく適当に叩いてくれりゃあいいのに、真面目に仕事しすぎだったぜテメェは」

どうもこのドワーフは、かつてコックさんが所属していた諜報機関の関係者ではなかろうか。

それも悪縁の相手……恐らくはコックさんを『本物の盗賊ギルドの王』に仕立て上げようとした勢力の誰かなのだろう。つまりコックさんにとっては、自分を嵌《は》めようとした相手。

どうしたって推測が含まれるが、これまでの話から察するに遠くはなかろう。

私は注意深く彼らの様子を観察。一部のドワーフさんが私に視線を向けるが、先頭の彼はコックさんから視線を外さないでいた。

「おめぇ、今はアルラギアんトコだってな。面倒な場所だ、流石に手は出しづれぇ。しかし目障りなことはするなよ。言っとくが世間様は、いまだにコードネームオメガを覚えてるぜ？　姿を消した大犯罪者で、盗賊ギルドの王だ。そいつが今ここにいるこいつですよぉってよぉ、言い回ったってかまわんわけだ。実証する記録はいくらでも俺の手の中にあるぜ、なぁオメガ」

「構やしないさ。俺は俺のやれることをやるだけさ。ヤれるだけな」

普段は見ることのないコックさんの鋭利な視線が男を刺していた。

先頭のドワーフ、ゲレと呼ばれるその男はニタァと笑い、すぐに真顔になって周囲を眺める。

「なあオメガよ、今日は挨拶に寄らせてもらっただけだ。そう怖い顔をするな、また会おうじゃないか」

男は四股でも踏むかのような大股で歩き出し、柄の悪い一団を引き連れて去っていった。

するとコックさんはすぐにいつもの雰囲気に戻って、私に向かってしょんぼり頭を下げる。

「ごめんなリゼちゃん師匠。妙な場面に立ち会わせちまって」

「いえいえ問題ありませんよ。それに謝ることでしょうか、むしろ喜ぶべきことでは？　だって今の方、待望のドワーフさんですよね。それも、それなりの身分がありそうな」

なにせ私達が欲している聖杯起動のための至宝は、ドワーフの親玉さんが管理しているのだ。

私達は彼らが声をかけてくれるように、ここまでやってきたのだ。それがこうして来てくれたのだから、めでたいではないか。その上私としては、目下のところ最大の問題だと思っていた方々にお会いできたのだから、喜んでしかるべきだ。

そう言うと、コックさんはようやく笑顔を見せてくれた。

「いやまあそうだなぁ。身分あるドワーフだってのは、確かにその通りだぜリゼちゃん師匠。あの男は間違いなく……ドワーフ六峰の一人だからな。つまり、ドワーフ連山を統《す》べる六名のうちの一人だ」

「ほっほう六峰、それはつまり、王のような立場のドワーフの一人だと？」

「その通りだね、ついでに、見た通り俺とは犬猿の仲ってやつだ。なにせあいつこそが盗賊派ドワーフの親玉だ。あいつが盗賊ギルドとの関係をやめてこっちと取引してくれるとはとても……」

「なるほど、まあそうですよね」

「すまんな師匠、てわけで今回俺達が求めてる人物とは違うってことさ。至宝の取引はもっと別な奴としなけりゃ」

「……まあ、悪いドワーフさんが来たということは、他の六峰の方々の耳にも私達のやってることが届いてる可能性は高いでしょう。ならそろそろ他の方も使者くらいよこしてきてもおかしくないわけです」

私とコックさんがそんな話をしていると、また別なドワーフさんが姿を現した。

おお噂をすれば早速次の方が！　と思ったのだが、それは知り合いのドワーフさんであった。

「ゴルダンさんじゃないですか、それにデルダン爺も。お二人もこちらにいらしたのですね」

「よおリゼ。バッハッハ元気そうだな。一つ聞くが、今悪そうなドワーフがお前さんらのところに来てたみたいだがね？　ゲレ峰ってお方だろうと思うが」

峰というのはドワーフ世界での「王」にあたる言葉のようだ。あの人物はゲレ峰と呼ばれているらしい。私は答える。

「まあ、確かにいらしてましたね」

「そうかい、なんだって？」

ゴルダンさんが私にそう尋ねたが、どう答えるべきか。

「申し訳ありませんが、少々入り組んでるお話でして……」

「おおそうかいそうかい、ならいい。だがワシもな、ちょいと入り組んだ話があってきたんだよ。ドワーフ連山のさるお方からの言伝でね。使者ってやつだな。で、ちと話いいかい？」

「連山の偉い方からの、使者？」

「その通り使者だ使者、六峰のお一人から頼まれてな。バッハッハ、これでもワシは界隈じゃ名の知られた男だぜ。無欲のデルダン、黄金のゴルダンていやぁ、六峰を股にかける論客兄弟だ」

「論客なんてやってんのはお前だけだろゴルダン。こっちは倉庫番爺だ」

「馬鹿言うなよ兄貴。あんたほど六峰全体から信頼の厚いドワーフが他にいるのか？」

「いるだろうよいくらでも」

「言ってな。とにかくだ、盗賊派ドワーフも動き出したみたいだしなぁ、邪魔が入らんうちに話をしよう。ワシは六峰のお一人、エイクス峰から使者の役目を頼まれてここに来た」

ほうほうなるほど。ならこれぞ、本当に私達が待ち望んでいた訪問者である。私達は場所を移すことに。すぐにピンキーお婆さんにも来ていただき、商会の支部へ。私達の宿舎もある場所だ。

「よぉピンキー、元気そうだな」

ご兄弟とピンキーさんは顔見知りらしい。軽い挨拶が済んだ後、私は尋ねる。

「では具体的にエイクス峰からは、どのようなお話が？」

「エイクス峰はお前達に興味を持ってる。その上で、お前達がドワーフとなにがしかの取引をしたいのだろうことも把握しておられる。で、お前さん達が何を求めていて、何を提供する気があるのかってことを知りたいと考えていらっしゃる。正直なところどうなんだ？」

私達はそう問われた。しかしドワーフさん達との大きな取引では、自分から欲しいものを言うのは得策ではないと教わっている。

欲しいものをストレートに言ってはいけない、そういう種族なのだと。

ゴルダンさんもエイクス峰も、すでにおおよその話は分かっているのかもしれない。

それでもドワーフ連山の方に、自分からは欲しいものは言ってはいけないというのがピンキーさんの考えだ。郷に入っては郷に従え、彼らには彼らの商習慣がある。他にも彼らは博打的な取引を好むなどといったお話も聞いている。

私はピンキーさんとコックさんと目を合わせ、少々相談。それからゴルダンさんに尋ねた。

「ゴルダンさん、少々よろしいですか？」

「なんだ？」

「ゴルダンさんは名の知れた論客だと？」

「ああ、その通りだ」

「ではですね、先ほどの質問に答える前に、失礼ながら一つお願いが」

「そうかい、なんだね？」

「はい、では私達の交渉人としても動いていただけませんか？　エイクス峰と同時に、私達の使者としても」

私から言い出したことだが、ピンキーさんらも賛同してくれている。なにせ私達には他に使者のあてなどない。誰かしら連山と話ができる方が必要で、ゴルダンさんだけならともかく、デルダン爺もご一緒ならこれ以上の相手は思い当たらない。

「…………バッハッハ、そうかい、そう来るかい。そいつは愉快だが、答えはこうだ。受けるかどうかは報酬と内容しだい。どんな使者役を求める？　総合的に見てワシにもエイクス峰にも利がありゃやってやる」

そこにデルダン爺が割り込んで、私の耳にひそひそ囁く。

「嬢ちゃんや、ここだけの話だが、ゴルダンのやつは実のところ協力するつもりで来てるよ。はなっから、幼女サイドにつくのに得があると踏んでここにきてるんだ」

「かぁっ、おいデルダン兄貴、邪魔すんなら帰ってくれよ」

「手助けしてやってんだ、話がさっさと進むようにな。むしろ感謝してほしいもんだよ。ドワーフ流はまどろっこしくていかん」

老ドワーフの兄弟はわちゃわちゃしていた。

「デルダン兄貴よぉ、そもそもワシにそう言ってきたのはあんただ。あんたほどのドワーフが、絶対にこのチビッ子についといたほうが得だぞって断言したんだ。ならワシだって協力してやるつもりはあるさ、感謝しなお前ら。ただし報酬はしっかりたんまりいただく。話に見合った十分な報酬がなきゃあ、ワシはなにもやらん。ワシはそういうドワーフだ」

「デルダン、ゴルダン、あんたらも変わんないねぇ。ヒッヒ、ともかくあんたら程の奴が噛んでくれるなら話が早い。我々の使者として黄金のゴルダンに依頼の話をしよう」

ピンキーお婆さんがゴルダンさんにそう言った。

その後ゴルダンさんが守秘義務に関する誓約を済ませると、ピンキーさんからの話が進んだ。

「まずは使者ゴルダンに尋ねさせてもらおう、連山には、至宝と呼ばれるクラスのアイテムがいくつかあるね。そういうものを譲り受ける取引を、あんたは成立させられるかい？」

「至宝ね……至宝にもいくつかあるが、そうだな、ならこれは俺の口から言おう。たとえば俺達ドワーフが『聖杯鍵』と呼んでるもんだとしようか。こういうものの取引について問題はあれこれあるが、ここで要《かなめ》になるのは……至宝を使い、起動したあとの聖杯の使用権についてだ。六峰側の数名はそれを求めてくる。むろん他にも土産は必要になるが、まずそこは必須だ」

ゴルダンさんは、私達から言わずとも、聖杯の件を持ち出してくれていた。ピンキーさんによれば、これはかなり良い兆候、ということになるらしい。ドワーフさんサイドなのかゴルダンさんの独断なのかは分からないけれど、向こうから取引の話を進めるつもりがあるという証だそうだ。

下手をすると百年単位で焦らされると聞いていただけに、私もやや安心する。大仰かつまどろっこしいことを頑張ってやってきた甲斐もある。ゴルダンさんは続ける。

「だからこの場合、もしも聖杯の使用権について了承いただけて、ワシが使者をやるならば、話は纏まる可能性が高い。ああ言っとくが、そのクラスの宝の扱いは、六峰の合議制だ。六峰全体から一定以上の賛同を得なけりゃならん。つまりはドワーフ全体にとって有益な取引が必要になる」

今の状況、私達は聖杯の本体を持っていて、あちらは起動させるためのキーアイテムを持っているわけだ。その鍵を譲ってもらう代わりに、使用権は相手にも認める。普通ならまっとうな取引のように思える。他の有益な取引というのも、私達には準備があるからそれを聞いてもらえば良いだろう。それはいい。がしかし問題はある。なにせあちらには盗賊ギルドの一派もいる、使わせても大丈夫なものだろうか。

私は思案し、ラナグに確認をとった。

『あの聖杯には、少なくとも闇の神々と人を繋ぐ力があるのだろう。盗賊連中と闇の神々が近づく機会を与えるのは良くないかもしれん。闇属性の魔法や加護を盗賊どもが得やすくなるぞ』

ラナグ曰く、闇属性魔法には、暗闇に紛れる術やら光を奪う術やら、暗い気持ちにさせる術やら、生命力を奪う術などなどがあるらしい。

あんまり良くなさそうではある。私は次にコックさんに尋ねた。

「コックさんは、ゲレ峰以外のドワーフ連山の勢力についてご存じですか？　盗賊達は他のドワーフさんとも繋がりがあるのでしょうか」

「盗賊との直接繋がってるのはゲレ峰一派だけだな。ちなみに他には……」

一言で言えるものでもないようで、コックさんは少々時間を使って詳細に教えてくださった。

ふむふむ、ふむふむ。ピンキーさんにもゴルダンさんにも相談。

曰く、六峰の合議制は単純な多数決でなく、六峰それぞれの利益に適うように全体の同意を目指すというものらしい。まとまらないと一生まとまらなさそうなシステムだ。寿命が長い種族で、時間がかかるのは気にしないようだ。

その上で、ではゲレ峰はどう考えるのか。聖杯以外の面で融通すれば、それなりの納得をしてもらえるだろうか。

そう言うと、ゴルダンさんが意味ありげに髭《ひげ》を撫でさする。

「まあそのあたりこそ、ワシの出番ってわけだな。いいかよく聞け？　この商都じゃ盗賊ギルドがろくでもない闇商売で勢力を増してる。お前さん達は、この連中を商売で打ち負かせるかね？　もしそれが上手く出来りゃ、盗賊ギルドとべったりのゲレ峰の発言力は……低下するってわけだ。思い切りやるほど、連中には黙ってもらえるだろう。あとは状況を見て、ワシの交渉力だな」

ゴルダンさんがなかなか恐ろしいことを言い放った。今この町で、確かに私達は盗賊ギルドのご商売をすでにいくつか邪魔してるが、小競り合い程度だろう。

「お前さん達なら、単にこの町で思い切り商売してりゃ、自然と盗賊ギルドとは対決することになるとは思うがね。すでに兆しは感じてるだろ？　どうだい？　しかし流石に幼女に言うには、不穏当な提案だったか？」

「……いえむしろ、願ったり叶ったりですよ。やりましょう」

彼の言う通り、どのみちそうなる。コックさんの偽《にせ》盗賊王の件もあるのだし、なおさらだ。

「かぁっかっかっか、幼女殿はやる気みたいだな。ますます面白くなってきたなこいつは。こりゃ良い。なら交渉のほうは任せてもらうか。いや、ワシの報酬については話がまだだが」

あからさまに高揚して見える彼だったが、このあたりは流石に抜かりない。私は考えて、皆とも相談してから指を一本立てて提案した。

「たとえば、聖杯の使用権はどうです？　盗賊ギルドや犯罪組織に関わる者には聖杯を使わせないという条件で話がまとまるのなら、他の五峰にプラスして、ゴルダンさんにも聖杯の使用権を提供します。どうです？」

「ワシにも？　ブワァッハッハァ、なるほどワシが聖杯に興味を持っていたのもご存じだな。それならでかい報酬だ。かわりに使者としての仕事も歯ごたえがある内容だがな。ただ至宝を入手するだけだって大事だが、お前さん達が危険視してる連中には聖杯が渡らないようにするんだからな」

「どうです？　試案ですので、ご無理でしたらまた別の……」

「待て待て、ワシ好みだよ。楽しめそうだ。六峰の同意は、さてどうかね……。まあ分かったやってやるぜ。黄金のゴルダン、この使者役、請け負ったぜ」

この場に集まった者が皆、握手を交わす。ドワーフさんはその身長に比較して腕も手もゴツゴツとして大きい。握手の感触が人間のものとはまるで違っていた。

「あとの細かい話はピンキー、あんたと話したほうが良いか？　お前さん達の商売で、ドワーフにどんな利益が提供できると考えてんだ？　まずエイクス峰との交渉だが、根本として、おめぇらとつるみゃあ利益になるって確証がなけりゃあいけないぜ」

「それについちゃね、あんたらドワーフご自慢の武器を持ってきてみな。今以上の付加価値をいくつもつけてやる」

ドワーフの方々は鍛冶が得意である。人間の作るものよりも質の良い刃物を作る。

彼女の話は続く。

「ゴルダン、あんた、ウチで新しく始めた雷撃グッズ専門店の様子は知ってるね？　花の商都で今まさに一番の話題をかっさらってる新事業だ。このラインナップに、ドワーフご自慢の武器も参加させてやる。ウチのカートリッジクリスタルが使えるようにこっちで手を加え、最高ランクのシリーズとしてスイートハニー商会が大陸中で売り出してやるよ。どうだいね」

「なるほど、そっちはすでに準備万端ってわけか」

万端というよりは、かなりバタバタの中ちょうど最近整ったところだ。ともあれこの話はゴルダンさんに好意的に受け入れられたようだった。ピンキーさんはさらに続ける。

「他にもキッチングッズの新ブランドも予定してる。リゼちゃん印のキッチンブランドさ」

「キッチンブランド？　そりゃあ包丁だとかの話だよな。ドワーフの鍛冶師にそれを作らせると？」

「いいかい、今やリゼちゃん自体が一つのシンボルになりつつある。つまり……雷撃グッズの店の件だって核にいるのはリゼちゃんで、あのシリーズの生みの親だよ。その上この前のクラーケン事件での様子も広く知られてる。分かってんのかい？　この子はドワーフの包丁で、クラーケンを料理してみせたんだよ？」

そう言ってピンキーさんがこちらを向く。

「さらに今話題のアイスクリーム屋もこれから始めるピザ店だってある。果ては農業に食材開発。食い物がらみの事件なら、常にリゼの名がそこにあるってわけさ。この町だけじゃあないよ。エルハラやタタンラフタ周辺の国々では、すでにとっくに名は知られてる。はては神々にまで特別な食品を献上してて、蜜月のねんごろだ」

大げさだが、一つ一つの内容はまあ概ね間違ってはいないかもしれない。私は沈黙しておく。

「そのブランド力を使ってドワーフの鍛冶師にキッチングッズの仕事をさせると？」

ゴルダンさんがこっちを向くので、とりあえず神妙にうなずいた。

ちなみに、圧力鍋や魔法瓶、取っ手が取り外し式だったり、焦げ付かないフライパン、さびない包丁など、この分野についてはその他もろもろ使えそうなネタが無数にある。地球にあってこちらではまだないグッズは多い。鍛冶に定評のあるドワーフさんと組めるのは、私としてもありがたかった。

「リゼちゃん印ってのはね、特に食に関しちゃ今や新時代のアイコンだよ。次々に新しい味を提供して、店舗の展開も今進んでるところだ。このアイコンとドワーフ製のブランドを合わせりゃ、それだけでも相当なもんだ。こういうもんは、武器と違って平穏な時代でも需要が続く。それからあとは……」

話はまだしばらく続いていたが、私は気になることが別にあって、こっそりとコックさんに伺った。

「ところでコックさん、ゲレ峰が話していたことですが」

「ん？　なんか言ってたっけか？」

「言ってましたよ、大事なことを。コックさんが盗賊ギルドの王だと言いふらしてやろうかぁぁぁん⁉　とね」

「言ってた気もするね。けど別にいいんだよそんなもん。俺の過去を掘り返されたならそれはそれ、またどっか別のとこにでも姿を隠しゃなんでもない。だからリゼちゃん師匠はあんまりそのこと気にしないでくれよ？」

「ん？　ちょっと待ってくださいよ⁉　聞き捨てなりませんね。いいですか？　ホームから突然いなくなったりしたら駄目ですからね。見つけますよ。ちゃんとラナグにも匂いを覚えておいてもらってますし」

「いや、匂いって。そ、そうなのか？」

『不本意だが、リゼの望む通りにしてある』

ラナグはそう言って吠えた。

「コックさん、私は師匠なんですよね。なら師匠に黙って勝手にいなくなったら駄目です。ちゃんと盗賊ギルドとの関係を清算して、その後は私達と、もっと色々なところへ食べ歩きに行かねばなりません。いいですね？」

「ああ分かった、分かったよ師匠。師匠は師匠だもんな」

そんなことを話していると、なんだか地球のことを思い出す。

残してきた家族なんかはいないけれど、それでも私とていくらかは知り合いもいる。淑女たるものクヨクヨめそめそはしないものだが、ふと人との別れについて考えてしまった。ただそれでも目の前の道を進む、それが淑女道である。

いっぽうここで私の様子を察したらしいラナグと三精霊達。私にピタッとくっついて、そのやわらかで暖かな毛皮などをスリスリさせてきた。

『リゼ、元の世界への道も、探そうな』

実のところラナグはこの話を度々私にしてくれている。彼は自分にできることなら協力したいとも考えてくれている様子。これまで何度か、余った神の力で新しい加護でも付与しようかと言われてきたが、いずれ大きな力が必要になった時を考えて、今は溜めておいてもらうことにした。

「師匠、リゼちゃん師匠、大丈夫かい？　ラナグと話してたのか？」

「ああいえいえ大丈夫ですよ。そうですねラナグとお話と考え事を。にしても……」

「今度はどうしたんだい師匠」

「ゲレ峰ですが、あのお茶会にも参加されてると聞きましたが、今でもですか？　昔はコックさんと共に、『茶会』がらみの諜報組織に所属してたってお話でしたよね」

「残念ながらそうだな、今でもあそこに席はある」

「なんなのですかね、あのお茶会って。かなり色々な方が参加なさってる様子ですが」

「実際あそこには色んな連中がいるよ。けっして正義の組織って訳じゃなくて、ごった煮さ」

「なるほど、そうですか……」

「ただウチのロザハルト副長あたりは……本気であの組織を大陸の平和と安定のために動かそうとしてるバカ真面目お人よし代表だけどね。ほとんどの偉いさん達は、皆それぞれの思惑で動いてるだけさ」

「そうですか。ふうむ、おおよその様子は分かりました。コックさん、私思うのですが」

「ん……？」

「当初の目的を完遂してしまいましょうか」

「また唐突だな師匠は」

「失礼しました、唐突ですが話を戻します。つまり、コックさんの過去を悪いように言いふらすぞ！　というあれですよ」

「ああそれか。それを完遂するってことは、こっちが自分から先に言いふらすってことかい？」

「当然違いますけど、近いです。完遂するのはもうちょっと前の、コックさんの当初の目的です。

つまり……盗賊ギルドを壊滅させるのが諜報組織にいたコックさんの当時の目的で、大義名分ですよね。実際には人によって色々と思惑もあったのかもしれませんが」

「そこまで戻るのか。ずいぶんとまた当初だなぁ。大昔だぜ」

のんびり他人事っぽい反応を示すコックさん。きっと意図的に、私に気を使わせないようにしている。かえって私の想いが加速する。

「ともかくです、当時のそのやりかけを進めて、晴れて公《おおやけ》にしてしまいましょう。コードネームオメガは、盗賊ギルドの王ではなく、ギルドを滅ぼすための公的な存在だったと。そして現にそれを成したのだと」

「い、今さらそんなことをするってのかい師匠」

コックさんは盗賊ギルドを弱体化させるのが任務だったわけだし、それをまっとうに成し遂げることこそ、コックさんの汚名を晴らす最大の突破口になるはずだ。

コックさんは大義名分を掲げて、正々堂々盗賊ギルドをつぶしにかかる。それを成したなら、コードネームオメガは正しい人物だったのだと世間に知らしめることができるではないか。

「できませんかね。できなければまた考えます」

「できなかぁ、ないかもしれんが……」

「なら決まりですね」

余計なおせっかい覚悟で言い出した話だったが、幸いにもコックさんはこの計画を受け入れてくれた。

私とコックさんの内密のお話に蹴りが着いたあたりで、ちょうどゴルダンさんとピンキーさんのほうのお話も済んだ様子。ゴルダンさんはすぐに旅立っていった。

しばらくして。

私たちの元へ、アイスクリーム店の悪評が巷に流れているという報告があった。

恐らくは盗賊ギルドとゲレ峰の仕業であろう。

私達は思った。望むところであると。

盗賊ギルドの妨害と反撃のフレーバー

「どうしたんだい、盗賊どものアジトに直接乗り込んでぶっつぶしちまいそうな顔して」

ピンキーさんが私にそう言った。

「まだしませんよ、それは」

「ってことはつまり、いつかはやる気じゃないか」

つい先日から、盗賊ギルドからと思《おぼ》しき嫌がらせが発生し始めていた。まずは悪評の流布。昨日もアイス店ではプチ嫌がらせがあった。

ガラの悪い方々が店の前にたむろし始めたのだ。私は彼らに相撲対決を挑み、みごとに転がした。

流石に幼女に相撲でやられるのはバツが悪かったのか、幸いにもお引き取りいただけた。

そしてまた新たな一報が私達の元へ。今度は、もっと力の入った嫌がらせが発生したらしい。驚くべきことに盗賊ギルドは、アイスクリームショップ・リゼによく似たアイス店を一本隣の通りにオープンさせたらしいのだ。

どうやら、アイスクリームの人気を見て、味や技術、ブランドイメージまで、まるごと盗んでしまおうという魂胆らしい。

そんな報告を商会の方から受けて、アイスクリームショップに到着したところである。

「それで今度はどうするつもりだい？　この町の盗賊ギルド本部くらい潰しに行きそうな顔に見えるけどね」

「考えるぐらいはしましたけど、今のところやりませんよ。ピンキーさんはどうです？」

「私もねぇ商会の連中からは手に負えない婆さんだと思われてるが、あんたんとこの傭兵団と付き合ってると、なぜかいっつも止める側に回るはめになるね。だから今もね、リゼちゃんやあいつらが有無を言わさず盗賊どもに突撃しちまわないか心配してるだけで精一杯さ」

「なるほどそうですか。暴れん坊ですからね、彼らは」

「やんちゃ坊主どもだね。あいつらも」

そんな話をしていると、ちょうど副長さんから通信術で連絡が入った。

『やっほー、元気にしてるかな？　実はね、そろそろリゼちゃんが商都の盗賊ギルドに直接乗り込みたがってないかなと思って連絡したんだけど』

よってたかって皆さん私をなんだと思っているのだろうか。隊長さんじゃあるまいし。

「もしやですが、わざわざそんなお話をするからには、副長さんこそ乗り込もうとしてるのでは？」

『おお、流石だね。予定はしてるよ。まあこっちで準備中ってとこかな。だからリゼちゃん、まだ一人では乗り込まないようにね。諸悪の根源を叩き潰すべしっ！　って意見は確かに分かるけど』

「そんな意見、私は口にしてませんよロザハルト副長」

「そう？　でも思ったでしょ」

「否定はしませんし、そのあたりについて色々とご相談したいところはありますが」

実際私はそれに近いことは考えていたし、コックさんとも話をしている。副長さん達も計画をしているなら、私も一緒に行くとは言うだろう。

「ロザハルト副長、お話は概ね分かりました」

『概ねって言われるとちょっと怖いんだけどさ、全部分かったでしょリゼちゃん！　まだ突撃しないんですよ！』

「はい、分かっています」

ここはふざけ気味に返答していると叱られそうなので、まじめに返答しておく。ともかく単身での物理攻撃はまだしないようにというお話だったので了承する。どのみち今の私にその気はない。もっと先にやっておくべきことがある。

『それじゃ切るよー。盗賊達への物理攻撃はまた今度ね！』

そう言って副長さんは通信術を切った。

「まったく、幼女がされる忠告じゃあないね。それで、突撃しないとなるとリゼちゃんはどうするつもりだい？　どうせなにかしら考えはあるんだろう？」

「ええまあ……ライバル店を近くに出してくれたのはかえって助かりましたね。なにせ、商売でなら正々堂々正面突破して構わないわけでしょう？　誰からも止められてませんし、そこから攻めましょう」

「ひゃっひゃっひゃっ、ごもっともだね、なら連中をぶっ潰すよ！　この私のフィールドでね」

やはりお婆様はお婆様で今日も元気である。

「さて！　それでは皆さん仕事に戻りましょうか。新作リキュールの開発、どうなってます？」

「はいリゼちゃんさん、ちょうど本日お持ちしました」

何をするかと言えば、まずは通常営業である。ただし、当初の予定をやや早めて順次新フレーバーのアイスを売り出すことにした。相手をぶっ潰すとは言っても、そこはやはり商売。なによりも、自分達の店を盛り立てるのが最大の攻撃になりうる。

開店当初は控えていたやや特殊なフレーバーをこのタイミングで展開していく。

策はあれこれ考えているが、手始めに新作で話題をこちらの店に集めておく。そのためのリキュールなどの準備について、ちょうど今日、成果が上がってきたところだ。

「リゼちゃんさん、これがラズベリー、洋梨、栗になります」

「すばらしい」

私はまずラズベリーリキュールのビンのコルク栓をキュポンと開け、鼻を近づけて香りを味わい、試作用のアイスクリームに数滴垂らしてそれを頬張った。

ラズベリーは生だと非常に傷みやすいし種もあって、そのまま食べるには食感が微妙だが、とにかくすこぶる薫り高い果物だ。ジャムにしたりリキュールにしたりで強烈な魅力を発揮する果物だと私は思う。もちろん生も見た目はバツグンだが、あれはどちらかというと飾りとしての使い方だ。今回は香りをしっかり強調。具材としてはブルーベリーを使う。こちらは冷凍しても果肉感が魅力だ。ベリー&ベリーという外れなしの鉄板フレーバーである。

この世界の方々にもベリー類はなじみ深い食べ物なので間違いなし。早いうちに店に出すつもりで用意を進めていたフレーバーになる。

「予定通りこいつは決まりだね。来週から出そう。チーフ、準備は頼むよ」

ピンキーお婆さんの声に、チーフがお任せくださいと答える。

「では次は、小豆練乳いってみましょうか」

こっちはチャレンジ枠だ。日本ではド定番で、もはや伝統食といえるほどだが、こちらでは甘いお豆が受け入れられるか分からない。少なくともこのあたりではそういった文化はない様子。話題性はあるだろうというのがコックさんの見立て。あるいは上手くいけば、より幅広いお客様の好みに応えられるかもしれないと言ってくれた。

「にしてもリゼちゃんよ。あんたはなんだって次々に案をだすもんだね」

「出身地の問題ですかね。わりと食のバリエーションは豊富な土地柄でしたので」

「にしたってねぇ。まあいいさ。あんたはなんにしろできる子だ。全力でやっとくれ」

食に関しては、大体皆さんどんどんやれと言ってくる。これまで止められたことはないように思う。というわけで今日も今日とて好き勝手に進めさせていただいてしまう。

「では、次はこれですね。はい、どん」

「こいつはアレだったね、チーズ。チーズを甘くしちまったって代物だ。う〜〜ん流石にチャレンジだね」

本日の三品目はチーズケーキ味である。ピンキーさんは懸念の表情。なにしろこの世界では、そもそもチーズケーキそのものが知られていないのだ。

乳製品の使い方がとにかく弱い。ミルク初心者なのだ。今回は癖のないクリームチーズを使って香りは控えめに、いっぽうで味はしっかり濃厚にした。あとは小さくカットしたチーズケーキそのものも入っている。味だけなら、それほど抵抗なく受け入れられると思うがどうだろうか。

もっと色々手を加えても良いのかもしれないが、一歩一歩いこうじゃないかと自分自身を落ち着かせる。そのうち、また別の新作としてベリー&チーズなどにしても良いかもしれない。

さて試作品が店の関係者の手元に回ると、結局はどれもあっさり採用される運びとなった。

「よし、それじゃ今日はこの三つで決まりだね。来週頭から三つまとめて出してくよ」

試作用キッチンの中が、また慌ただしく動き出す。新作を提供するための準備が始まった。

スイートハニー商会で働く人々は有能ぞろいで、心地いいほど仕事が進む。なかなか素晴らしい仕事環境であった。私もなんとなく高揚感があり、またはりきってしまう。

「ヴェネさん。今日は食材探索班からも報告が来る日でしたね」

ヴェネさんは私の秘書的な仕事をしてくれている方々の中の中心人物である。

「はい、ちょうど確認の通信が。今よろしいですか？」

「お願いします」

新たな食材をゲットするために動いている商会の探索班の方々と少々お話をするが、今日はめぼしいものはなさそうだった。

私は咳払いをして、ついでの思いつきを話す。

「では次はピザ店について。まだ開店準備中ですし、少し先の話にはなるんですが、お子様セットにつける販促グッズを考えてましてて、こんな感じのものなのですが……」

まずはピンキーさんが覗き込む。

「リゼちゃん、あんた……どんだけ仕事する気さね。こっちがついていくのも大変だよ。ヴェネ、すまないけど魔導具製作の新人を数名呼んできてくれるかい？　研修に良い題材になりそうだ。よし、それじゃあ他になければ今日は解散。あとは個別に進めておくれ」

そうこうして一息つくかという頃に、今度は荷物が届く。タタンラフタからで、到着したのは小麦だ。思っていたよりも早い到着であった。

「来ましたね！」

「お～～うぃ、幼女リゼよ久しいな。貴殿の始めた新農場、あれはとんでもないぞ」

小麦を持ってやってきたのは、タタンラフタのモサモサ紳士、ベグさんであった。これでいよいよピザ店もオープンできることに。ピザ店もアイス店と同じ通りにあり、目と鼻の先だ。相乗効果、ダブルアタックで集客したいところ。

他にもうどん、ラーメンなどの麺類の店の話もあり、商会はこの通りをグルメストリートとして整備していくつもりらしい。

このあたりまでくると、もはや私にとっては趣味の世界である。ドワーフさんがどうとかいう話はすっかり頭から飛んでいき、ただただ好き勝手に思うがままに遊んでしまいそうな私もいた。

「ベグさんが持ってきてくださったんですね、女王陛下の側近がするお仕事じゃないと思いますが」

輸送物が大事な大事な小麦とはいえ、普通に配達である。盗賊ギルドがまた嫌がらせをしてくる可能性もあるから護衛くらいは必要だろうが、護衛の身分が高すぎる。

しかしベグさんは首を振ってあっさり答えてくれた。

「ああ幼女よ、ピザ農法および小麦についてはすでに我が国の政《まつりごと》の上でも重要な案件となっている。ただの食糧輸送じゃあないぞ、十分に外交案件だ。その上女王陛下からも仰せつかっている。リゼ殿に関わるものは常に最優先事項とせよとな」

「また大げさな。色々やってはいますが、結局はいつものように美味しいものを食べてるだけですよ」

「それがなにより大事件だ。幼女リゼがそこにいるのならな。そうそう、ムームー牛もその数を徐々に増やし始めているぞ。トマトと違って急激に増えるものではないから徐々にではあるが。ついでにアイス店の影響もあって、ミルクもムームー牛の価値そのものも高騰気味だ」

その話は私も商人ギルドの会報で読んだ。ミルクも乳製品も牛さんそのものも、すでに値上がり気味である。

私はタタンラフタでのレシピ登録大会に参加した時に牛さんをいくらか購入させていただいていたが、あれからさらに買い増し中。おかげでアイス店もやれているというわけだ。

「ともかくこっちも大忙しだ。このまま農場は拡大していく予定だが、今度は人手が足りなく困ってるよ。ああしかしなにか手伝えることがあればいつでも言ってくれ。王家も、牧場の者らも幼女リゼからの話ならばなんでも歓迎、丸呑みだ」

ありがたいことである。おかげでこうして小麦も収穫が始まった。BDトマトで作るピザソースも十分に溜まっている。

あとはピザ店のデザート用にも少しだけ特別アイスをご用意してと。これは相乗効果での宣伝を狙ったものだ。幼女も細々とした仕事を進める。

それからあまり時を置かずに、『リゼちゃんのドラゴンピザ』はオープンした。

アイス、電撃グッズに続く三店舗目であった。相変わらずの派手なオープニングセレモニーをなんとか乗り越えた後、ついでにすぐ近くにあるアイス店の様子も見ていくことに。

相変わらず盗賊らしき方々が時折姿を見せるので、その警戒のためでもある。今日はコックさんもついてきてくれた。彼は言う。

「はっはー、流石リゼちゃんだな。見事なもんだよ。俺の出る幕なんざないねぇ」

始まったばかりのピザ店を眺めながら、コックさんが言った。私は答える。

「なにをおっしゃいますやら、コックさんこそ、この地方の食文化に関するアドバイスをくれて、なにかとお手伝いもしてくれてるじゃないですか。あんまり目立たないようにしてるってだけで」

きっと彼は、もしも自分がかつて盗賊王と呼ばれた男だと世間に知られたら、私達に迷惑がかかるとでも思っているのだろう。基本的にはひっそりこっそりとしか顔を出さないのだ。

しかし私は知っている。裏でコックさんが情報戦で戦ってくれている事実を。だからこその現状なのだと。なにせもともと彼の食通ネットワークは広く深い。

この世界において通信術士の皆さんは待機時間の長さを紛らわせるため、食事にこだわる人が多い。それに加えて、彼らは情報を扱う職業柄、情報屋ネットワークのようなものがあるのだ。その権化がコックさん。食に関する情報戦なら、この人に並ぶ者などいないと評したのは、ピンキーお婆さんであった。

今発生している嫌がらせの一つ。この問題は大げさにいえば、情報工作とか情報戦争と呼べるだろうか。なにせ盗賊ギルドサイドは流石にやらしい。

妨害工作は相変わらずちょこちょこあって、悪評を流すのなんかは、特にお手の物なのだ。

これに対し、今のアイス店の正しい情報などを、通信術士ネットワークで広めてくれていたのがコックさんである。

ただしコックさんにその戦いについて尋ねれば、「ただただ事実を広めてるだけだよ」くらいの軽いお返事が返ってくるのみ。いや実際その通りなのだろう。それでも、もともとがマニアぞろいの食通ネットワークの参加者たち。静かに、けれど確実にアイス店の情報を広め、偽情報を上回る勢いで、マニアによる口コミ的な宣伝力を発揮してくれていた。

盗賊サイドも色々やってはいるのだが、食べ物に関するバックグラウンドがあるわけでもなく、アイス店だって浅く表面的に真似ただけ。情報戦に関しても同様というか、このあたりはとくに地力が違ったようであった。私はコックさんを見る。

「伊達にあれこれ食べてませんね」

「ん、なにがだい？」

「コックさんは凄いですって話です。感謝してます」

「いやいや、俺のほうだよ、感謝してるのは。もうリゼちゃん師匠の存在そのものに感謝するね俺は」

「それこそいったい、なんなんですそれは」

「あっちこっち動き回るリゼちゃん師匠見てるとなぁ、なんかな、良いんだよ。平和で。平和の象徴みたいでね」

まるで鳩のような言われようであった。

私達は雑談をしながら、電撃グッズ店のほうにも回って様子を確認。とくに異常はなさそうだ。

ふう、細々とした問題は起こりつつも、今のところは順調に思える。ぱっと見では、盗賊アイスの影響もなんとか抑えられているようには思えるのだが。

こうして私達が宿の自室に戻って一息ついていると、廊下の方からドタバタと足音。誰かが急いでこの部屋に向かってきているのが分かった。なにごとだろうか。

「リゼちゃんさん！　大変です」

そう言って部屋に入ってきたのは秘書のヴェネさんであった。またゲレ峰か盗賊ギルドからの嫌がらせだろうか。

「やれやれまたかな、ラナグちょっと行って見てくるね」

『むろん我も行くぞ』

『ピュウィ（僕行ってこようか？）』

風の精霊、風衛門さんは自慢の速度を活かして、窓からさっと飛んでいってしまう。そして即座に帰ってきた。

私の宿舎兼仕事部屋は、ちょっと行けばすぐにピザ店もアイス店も見える位置にある。

『ピュルリラル（店にはなにも起きてなかったよ〜）』

やや退屈気味なのか、ちぇっつまらないの的な顔をする風衛門さんだった。

「ああ、リゼちゃんさん、妨害チンピラの件ではないのです。今日のご報告はですね、なんと、なんと、店が予想を大きく上回るペースで売り上げを伸ばしてるんです」

「それはまたけっこうなことですね」

「大変けっこうです。とてもではありませんが、幼女店長の店とは思えない流行ぶりですよ！　こんなにちっちゃいリゼちゃんさんなのに」

そう言って彼は私の頭に手を近づけて、身長を測るようなしぐさをした。この人はアレである。異常に年下の上司（幼女）に対しても反発心などまるきりない穏やかな人物なのだが、ときたま微妙に失敬な感じもする変な男子である。

ちなみにこの人物が言い始めたリゼちゃんさんという呼び方は、今や秘書チーム全体に波及している。いいけども。

「ただですねリゼちゃんさん、結構なのですけれど、喜んでばかりもいられません！　ピザ店は百日先まで予約で埋まってしまうような状況で、もはや苦情が来るほどです。人手が足りませんよリゼちゃんさん！　製造販売の人員確保が急務です」

「ふむ、そうなりますか。では対策しましょうかね」

「まったくもう、落ち着いてますねリゼちゃんさんは」

いやいや実際私も大慌てである。ここまで、盗賊から妨害されても負けないくらいの勢いで随時新しい展開を繰り広げて行こうという気持ちでやってきたのだ。しかしいかんせん、私が思っていたよりも妨害工作が生温く、そのせいで計画の変更が必要になってしまったのだ。妨害弱いぞしっかりやれと、クレームを入れたくなってくるほどだ。

「ちなみに盗賊のアイス店はどうなってます？　一気に五店舗くらいにまで増やしてましたよね」

「ああはい盗賊アイスですけどね、しぶとくやってるみたいですが、客入りは悪いです。我々の調査によれば、開店以来順調に来客数を減らし、すでに収支はマイナスかと。いえね、店自体はそれほど悪いものではありませんでしたよ、ただ私が思うに、なにが悪いって相手が悪いとしか言いようがありませんね。アイスクリームショップ・リゼは、いたって順調なままなのです」

そうか。なんとなく予想はしていたものの、なんということだろう。

「一応、彼らはテコ入れとして、お色気要員をたくさん配置しているようですが、効果はいまいちのようです。お酒を出す夜の店じゃないんですから、当然と言えば当然の結果かなと思いますが」

甘いものなら、やはり女子受けを狙ったほうが良いというのは、この世界でも変わらないらしい。

その点ピンキーお婆さんのセンスは、ブリブリに可愛い路線だ。私から見ても、甘すぎるくらいに可愛い。ネーミングセンスはともかく、ビジュアルセンスは実に甘味寄りなお婆さんであった。

今のところ、あちらさんは自滅気味か。

「ははあなるほどそうですか。なら私のほうからは……もう、ええ、とくにないです」

とはいえだ、あの盗賊アイスのことはいったん端に寄せておくとしても、どうせ自分たちの商売は油断せず進めねばならない。なにせこちらはこちらで課題がでてきている。

どうも次なる課題は、業務拡大に伴う人材の確保であるようだ。

いっぽうで当面の間は、集客イベントは延期だ。せっかく作った販促グッズはお蔵入りらしい。

私はデスクの上に置いたスパイグッズの玩具をそっと引き出しにしまった。以前ホームのアイテム班の方々と盛り上がったときに遊びで作ったスパイグッズ。これを玩具化してピザ店のお子様セットに付けようかと思っていたのだが。

「集客は、いったん、いったん」

物凄く止められてしまう私であった。

そんな話をしていると、今度はピンキーお婆さんがこの部屋にやってきた。商会の方とお話ししている声が扉の外から小さく聞こえる。

「ひゃっひゃっひゃ、結局のところ妨害工作なんざなんの効果もなかったね。むしろ客足が増えた」

スッとドアが開く。ピンキーさんは入ってきながら言葉を続けていた。

「なあリゼちゃん、こっちはなんたってあんたらみたいな天下無双の食いしん坊を抱きこんでんだ。ちょいと表面を真似したってなにしたって、地力が違ぁぁうってもんだぁよ。ヒィッヒッヒ」

今日は格別に物腰が魔女で、恐ろしげな彼女だった。

「さぁて当面は人員補充だね」

「そのようです。ただピンキーさん、まだ本題はここからですよね」

人員の件もそうなのだが、今度はこちらから仕掛ける段階にきたと私は考え始めていた。

これまではおおむね、盗賊ギルドがこちらに攻めてきたのを撃退しただけだった。が、今度は相手の領分にこちらが入る番だ。

そもそも私達はただ商売だけをしているのではない。ドワーフ連山の方々に示さねばならないのだ。盗賊ギルドと商売をするより、私たちのほうが有益ですよという印象を。この町での盗賊ギルドの勢力を削る必要がある。

これは同時に、コックさんの、汚名、冤罪を払拭するための作戦でもある。

もちろん盗賊ギルドは大陸全土に広がる組織だから、その全てを弱体化させるのは流石に難しいだろう。それでも、まずはこの町くらいの規模でだけでも成果を上げておけたなら、潜入捜査官コードネームオメガの実績としては、世間様に認めていただけると思うのだ。

「攻めます」

「ほう、で、どこをだい？」

彼女はそう言って不敵に微笑んだ。

盗賊ギルドの彼らが本来得意としているご商売は……火事場泥棒に詐欺、違法アイテムの販売や奴隷商まがいの人材斡旋商などである。

ということで今度は、あちら側の商売が私達に邪魔される番である。今この中で狙うべきは当然これ、人材だ。

「盗賊ギルドのブラックな人材斡旋商から人を奪って、優良な仕事先に斡旋してしまおうかなと」

攻めるはここ、人材斡旋店。盗賊ギルドはケガで冒険者を引退せざるを得なくなった方などを引き入れ、劣悪な労働契約を結んで奴隷化するような商売をこの町で大々的になさっている。

引退冒険者の方は、フロンティアを引き上げると新たな仕事を求めてこの商都にまでやってくることも多いそうだ。ただ結局は最適なものが見つかりにくい。そのせいでブラック人材斡旋商がのさばっているのが現状のようだ。

ちょうどタイミングもよかろう。なにせ、こちらは人手不足が思いきり発生中なのだし。

「またこの子は。けったいなこと考えてたね。それにしてもどうやって？　というか相手に打撃を与えるほど大規模な仕事先なんてそう簡単には見つかりゃしないだろう？　そりゃもちろんウチの商会だってまさに人手は必要だけどね、飲食にしたって魔導具作りにしたって、適した人材じゃなきゃ役に立たないよ。そりゃあ大勢集めれば中にはいるだろうが」

そのあたりのことは私もこれまでの間に考えていた。大募集だと言って他所《よそ》から人を引っ張ってきて、やっぱり貴方はいりませんなんてことは、今回は特に避けたいことだった。

しかしちょうど今、人手が必要なのは飲食店だけではないのだ。時は来たれり、ピンキーさんが言うように魔導具職人もそうだし、他にももっと南の職場。新しい農場。

「農場ですよ。新しくピザ農法が始まってる」

「……農場、かい。それなら確かに人手もたくさん必要だし、元冒険者には確かに良さそうだが。けどねリゼちゃん、ムームー牛の牧場なんて危険なんだよ、引退冒険者じゃ荷が重い、あの牧場一家みたいに、かなり実力のある者でなきゃ……っと、いや待ちなよ、違うか！　そうだ今はもう」

「ですね、普通のムームー牛牧場は牛さんの暴走があるので危険なんですが……」

「新農法なら、トマトの柵より中にはムームー牛は入ってこないんだったね！　それどころか小型の魔物すら入ってこない安全エリア。その中での農作業、トマトと小麦の収穫なら！　危険は少なくなってるってことかい。ちょうど引退冒険者の仕事におあつらえ向きじゃないか！」

「実際、かなり安全です。牧場のほうではかねてより調査していただいてたのですが、その結果も出ましてね。エリア内では、ムームー牛の暴走も魔物によるケガ人の発生もゼロでした」

「お、恐ろしい幼女だね。あんたいったいどこまで考えて仕事してんだい？　それで募集した人員の多くはそっちの農場へ、他の適性がありそうなら商会に回ってもらえばいいんだね。にしたって上手くいきすぎさ。牧場の安全確認まで済んで、このタイミングとは」

「たまたまですけどね。ちょうど良い具合に盗賊ギルドさんが仕掛けてきてくれただけだと思います」

「リゼちゃんや、言っとくけどその謙虚な言いぶりは……かえって怖いからねっ」

常日頃私という人間は、怖がらせようと思っても怖がられないが、怖がられようと思ってないところで怖がられる。世の中なかなか難しいものである。

人材と対決とドワーフと

話がまとまった後、私達は諸々の準備を進めた。そして数日後。

私達は盗賊ギルドが経営する人材斡旋店の近くへ向かった。この町のダウンタウン、どこか薄暗く、汚れも目立つ狭い裏道。

準備してきたのはチラシである。今日はすでに夕方が近いが、ビラ配りをする。

チラシにはこう書かれている。

『急募、安全安心な自然の中でのお仕事です。

野菜の収穫が主な仕事内容ですが、モンスターとは戦いません。

新規事業の拡大にともない大募集。未経験者歓迎、経歴不問、屋外活動が得意だと尚可。

その他飲食や製造、事務などなど、多くの職種で募集中。

育児中、介護中、闘病中で短時間勤務をご希望の方も是非ご相談ください』

最後の一文は、この世界では大層珍しいものらしく、商会からは少しばかり反対意見もいただいた。秘書のヴェネさんもその一人。ちゃんと反対意見も言ってくれる偉い彼だった。
が、しかしだ。今回は大変な状況の人ほどこちらに引き込みたいという狙いがあるし、地球では
この手の働き方で、苦戦しながらもなんとかやっている職場も存在していた。
職場併設の託児施設を造って、またそれを新たな事業として展開することなども提案し、どうに
か賛同をいただいた。
そうそうもう一つ、この文章で地球との違いを感じた部分がある。
どうも「野菜の収穫」とだけ書くと、この世界では危険な冒険者仕事と思われてしまうらしいの
だ。なにやら安全性が強調されているのはそのためである。
「この給料、この条件なら奴隷斡旋店にいくよりははるかにマシだ。十分こっち側に人が流れてく
るとは思うよ。なんてったって向こうより安全性も働きやすさも収益性だって上だからねぇ」
ピンキーお婆さんはそう言う。
「まだまだ始まったばかりですから、これからですけどね。ただですね、現状で一つ懸念も。なに
ごとも完璧とはいきませんから」
「懸念？　そんなものあるかい？　私にゃ見当たらんけどね」
「これから小麦価格が下がりますから、数少ない従来からの農業従事者の方々には迷惑かと。場合
によっては、そちらのほうとも協力関係を」
「いや気にしすぎだよ！」
そんなふうにビラ配りに勤《いそ》しんでいると、なんだかボロボロの格好をした青年が声をかけてきた。

「おい、嬢ちゃんに婆さんよ、おちょくってんのかい？　俺にこんなもんを渡してくれるなよ」

「ええとすみません、なにかお気に障ることでもしてしまいましたか？」

彼は酷く怒ってらっしゃる様子。理由がなんだか分からないので、とりあえず話を聞いてみることにした。すると彼は言う。

「ああそうだな、気に障る。実際に雇う気もない相手にこんなものを渡すってのは、ようするに馬鹿にしてんだ。気に入らんね」

ふうむ。この人物にはピンキーさんが詳しく説明をしてくれた。私達は実際に人を募集しているし、仕事の条件に文句がなければ応募してくれと語った。しかし彼は強く首を横に振る。

もう少し時間をかけて話を聞いてみると、どうも彼は、このビラに書かれてるような仕事は、自分とは無縁だろうと固く信じているのだと分かってきた。

「今さら冒険者稼業が俺にできるか？　無理だね。売り子？　浮浪者が売る食いもんを、あんたたは食べたいと思うのかね？」

さらに説明してみるが、なかなか信用してもらえない。

「クソが、俺なんてな、他にもうあてがねぇんだよ。盗賊どものところに行くっきゃねぇ。その先どうなろうがな」

どうやらこの人物だけでなく、多くの人がかなりの悲愴感をもって盗賊ギルドの斡旋店に流れていくらしかった。どうりで条件はいいはずなのにビラ配りの反応がないわけである。ビラが本気に受け取られていないのだ。

私は少々考えてピンキーさんと相談し、まだ信用がないなら前金ではどうかと考え、彼にも言う。

「全ての方にご納得いただけるとは限りませんが、少なくとも盗賊ギルド関連の仕事をするよりは、ずっと良い仕事をご案内します。だから体験だけでもやってみませんか。なんなら日当を前金で即払いしましょう」

「前金？　だと？　そりゃ今か？　今すぐか？　どれくらいだよ、まともなメシ、一食分くらいにはなるのか、子供らに、食わせてやりたいんだよ、なああんた」

ここで、ようやく私は手ごたえを感じた。少々特別扱いだが、言い切ってしまおう。

「ええ、よろしければ今すぐにでも。この金額でどうです？」

「あ？　あ゛～？　あ゛ぁぁぁ。それなら、むっむずめにぃ、新しいシャツだって、か、買ってやれる。そういうことだな？　黄ばんでない、擦り切れたボロじゃない、新しいシャツだ」

男性は急に嗚咽《おえつ》を漏らした。子供がいるらしい。私の頭の中を色々なことが駆け巡ったが、とにかくまずは日当にあたる金額をお渡しし、明日は農場に行ってみましょうと約束を取り付けた。

そんな様子で私達は少し方針を変え、一人ずつ声をかけて事情を探りながら人を集めていった。

「そりゃもちろん、良い仕事があるならそっちのほうが良いに決まってるが」

「ちょうど今、人材を大量に必要としているお仕事があるんです」

意外とすんなりと決まることもあれば、初めの方以上に事情のありそうな方もいた。豊かな町だというのに、裏は存在するらしい。なんなら他の町よりも格差が酷い。

話を聞く限り、よその町から豊かなこの町を目指して来る人が多い様子。そんな人達を狙っているのが盗賊ギルド、そんな構造になっているのが見えてくる。

「とりあえず今日はこんなとこにしとくかい。まずはこれでやってみようじゃないか」

そうして一日が終わった。かなり苦戦気味だったものの、成果はたしかにあった。

翌日は、少数ながら来ていただけた方々とともに農場へと向かった。実際に働いてみてもらい、また翌日。三日目、その中の一部の方に人材集めのお手伝いもしていただいた。

私がやるよりも、むしろずっと説得力のある勧誘になると思ったからだ。

これが的中、適材適所。その後、人材集めは十分すぎるほど十分に進んだ。

沢山の人の中には没落商人の方などもいたし、アイスクリームの似合いそうな愛らしい笑顔をする方だっていた。

基本的にはやはり元冒険者が多く、そちらは主に農場での仕事を希望する方が多かった。農業のいいところは、人の手がたくさん必要なところである。もちろん、だからこそ大変な仕事ではあるが、雇用創出という面からみれば、とっても優秀な産業だ。もっとも、この世界においては、安全な農場が用意できればの話だが。

しばらくしたある日。私はコックさんと共に新農場へ赴いた。

皆さんおおむね順調に、そこそこ普通に働いてくださる。もちろんというか、残念ながら明らかに様子がおかしな方はピンキーさんに弾かれていることもあって、大きな問題は起こらなかった。お給料などの待遇面も満足してくださる方がほとんどで、継続して働いてくださる方が八割を超えた。もちろんそうでない方もいるので、無理に引き留めはしなかった。こういうものは百パーセントを求めてもかえって上手くいくまい。少しでも成果があるなら成功だ。

その後も私達はあの人材斡旋店のある薄暗い通りに赴いては、人を集めた。職人や商売向きの方は、雷グッズの工房や新しい店のほうも紹介していく。

さて、盗賊ギルドの方々は、また何か仕掛けてくるだろうか？　あちらからしてみれば明らかな営業妨害であろうし、なにかしらあるだろうとは思うのだが。

そう思案していると、ちょうどこんな一報が届いた。

「リゼちゃん師匠、ちょっといいか？」

そう言って私の部屋に入ってきたのはコックさんであった。

「妙な輩《やから》が新農場のほうに紛れ込もうとしてるんだが、捕まえていいよな？　盗賊がらみの連中だろうとは思う」

「妙な輩《やから》ですか……なにをする気でしょうか？　捕まえれば分かりますかね」

「連中の動きから察するに、場合によっちゃ、いきなり大規模な攻撃を仕掛けてくるかもだなぁ」

「ふうむ、そうですか……というかコックさん、よく見つけましたね、その変な人達」

「俺が盗賊ギルドで見た顔もあったからな」

コックさんはアングラな方々の情報に詳しい。

ロザハルト副長は貴族界隈の情報に精通しておられるが、言うなればその真逆の世界だ。お二人とも普段は近所のお兄さん的な雰囲気だが、それぞれ全然違う世界に詳しい。

にしてもいよいよ盗賊ギルドサイドも頑張るらしい。盗賊という職業柄、頑張られても迷惑なだけだけれど。

私は農場に急行した。到着するとすぐに、コックさん出動。私は牧場主のおじさんと共に、建物の中で待つ。すぐに盗賊の一人がコックさんに連行されてやってきた。

目隠し&拘束状態で私達の前に来るのだが、口はそのままで、おしゃべりはできる。

「ちくしょう放せやぁ！　はんっなっせってんだろがオラ゛ア゛ァ」

オラオラした男だった。コックさんの話では、他にも潜り込んでいる方がいるらしいが、まずはこの一人だけ連れてきて様子を探ることに。

「だ、誰だてめぇは。なんのつもりだ？　こ、こここではまっとうな仕事を誰にでもやらせてくれるって聞いたから来たんだぜおい！　それがなんだこりゃぁあ、あん？　ぶちくらわすぞっ」

暴れようとする男に、コックさんが優しく静かに言う。

「まあまあ落ち着いてくれよ旦那。しかしごめんなぁ、俺、お前のこと知ってるんだよ。盗賊のベガリだよな？　顔は手配書と変えてるみたいだが、指紋も魔紋もそのまんまじゃないか。んで？　ピーシと、ナンガの強盗コンビも一緒か？　悪いんだがお前らお尋ねもんの場合は、いったん罪を償ってきてもらわねぇと雇えねぇんだよな」

「なぁっ!?　なぁぁ……なんで……」

なんで分かったんだと言いかけたのだろうが、言葉は途中で止まった。

「言ったろ、お前らのことくらい知ってるんだよ」

コックさんのその声は穏やか。なのに、表現しがたい恐ろしさが充満していた。僅かな言葉の裏に、なにもかも見透かしていると感じさせる迫力があった。いつもの穏やかで、美味しいものが大好きな姿とは全然違う。

コックさんは男が硬直した隙に、彼をひん剥いて持ち物検査を始める。それもすぐに終わってしまい、コックさんは手を止めて眉間に皺を寄せた。

「魔獣の種、こいつを使おうとしたらしいな」

私も見せていただく。図鑑で勉強していたが、実物を見るのは初めてだ。

「ほほう。これが魔獣の種ですか。確か魔物を生むアイテムでしたか」

「そう、人間の手で意図的に魔物を生み出し、使役するためのアイテムだ。邪悪かつ危険。そして高級品だ」

「興味深い。一応は使役もできるんですよね？　魔物を」

「そういうことになってるが、実際にはほとんどコントロール不能で、無理やりモンスターをその場に生み出すだけだけどな。この様子じゃ、やっぱり大規模襲撃の可能性が高まってきちゃったな」

襲撃とは、実に迷惑な方々である。詳細を知っておこうと私は尋ねる。

「ちなみに今回のこの種だと、どのような魔物が？」

「う～ん、農場で使うのに合わせて、植物系の魔物みたいだな。詳細はちょっとまってくれよ……」

「私が調べよう」

詳しい鑑定はピンキーさんが請け負ってくれた。

結果はすぐに出た。今回のアイテムではマジュリーという魔物を生み出すらしい。

マジュリー、マジュリーと……。私は最近、お仕事で魔物図鑑をよく使う。食材になる魔物も多いから、アイスやピザの新フレーバーになるものを探すためだ。

ピンキーさんからお借りしている図鑑を亜空間収納から取り出してページをめくる。

マジュリーのページには、南国感あふれるモンスターの姿が描かれていた。卵形でオレンジ色、言うなればマンゴーから手足が生えたような姿だ。大きな個体だと民家くらいの大きさにもなると記載されていた。魔物だが、瑞々しく鮮やかで、美味しそうに見えてしまう容貌をしている。

注意点はと……ある程度のダメージを与えると、内部に蓄えた魔力を使って爆発するので危険らしい。それからふむふむ、爆発を封じるのに氷結魔法は有効、ただし動きを封じるだけで倒せはしない。なるほど。

他の植物モンスター同様、水分がないと弱体化するし火には弱い。火で倒せるが、大爆発するので注意と。先を読み進めると、爆発に関する注意が多い。どうやら倒したとしても、周囲に大きな被害を生むタイプの魔物のようだ。なるほどこれは迷惑行為には最適だろう。

ちなみに爆発の後には甘い香りが漂うとは書いてあるが、食用としてどうかは書いていない。爆発のせいで可食部があまり残らないのかもしれない。

「ちなみにラナグ、食べたことある？」

『我はあまり草は食べぬからなぁ』

見た目はマンゴーか。やや不謹慎ながら、気にならないと言えば嘘になる。

もしも、もしも美味しければ、また新しいフレーバーを作れるかもなどという考えが頭をよぎる。

流石に新しい作物にはならなそうな気がするが……

「この種って蒔《ま》いたら、魔物が出てくるんですよね」

「リゼちゃん師匠。言っとくが、この種を蒔《ま》くのは違法だぜ。食ってみたいだろうけどさ」

コックさんはそう言った。私は返事を濁したが、コックさんもちょっと興味はあるらしい。彼など私よりも食いしん坊なのだから自然なことである。

図鑑を見る限り、このあたりには出現しない魔物のようだ。私はあることを思いついた。

「ちみちみ、ちょっといいかね？　この種は君の仲間も持っているのかね」

返事はなかったが、コックさんの見立てによると、この手の作戦は同時多発的に数か所で行われる可能性が高いらしい。種の生成も一つだけよりは、三つ程度まとめてやるのが普通だとか……

「これって、蒔《ま》かれるのを待つというのは……違法ですか？」

私は考えていた。自分で魔獣の種を蒔《ま》くのは駄目でも、誰かが蒔《ま》くのを放っておくのは咎められまい、そんな話である。もちろん安全な場所に誘導して、ということになるが、それでもちょっと問題あるだろうか。流石に怒られるだろうかと気を揉んだが。

「そいつは……いいねぇ」

コックさんは熟考の末、絞り出すようにそう答えた。

結果として、私達は待つことにした。

ここで一つ問題なのは、実際に被害が出てしまっては困るということ。花火を楽しむときには相応の場所で、バケツの水を用意してからやるように、物事には準備が必要である。

魔獣の種が使われるのも適切な場所で、発生したら速やかに撃滅回収せねばならない。

農場主の許可が必要だろう、そう思って農場主のおじさんとの話し合いを試みたのだが。

「リゼちゃんがやるってならさ、俺達はそれに付き合うまでさ、なあ我が息子よ」

「ああおやじ、結局それで、いつも上手くいっちまってるからなぁ」

即決だった。信頼が妙に厚すぎて気おくれしないでもないが、頑張ろうと心に決める。信用して、好きにやっていいよと言ってくれているのだから、念には念を入れて迎え撃とう。

『リゼ、たまには我にも手伝わせてもらおうか。なに、取るに足らぬ仕事よ』

ラナグがそう言ってくれるので、今回は安全のためにも全面的に力を借りることに。

「ひっひっひ、もちろん私も参加しよう。もっとも、必要になるかは怪しいもんだがね。リゼちゃん一人でどうとでもなりそうだが」

ピンキーさんもノリノリで、というよりもこの場の誰もがノリノリであった。あまり幼女のたわごとに、大人が二つ返事で乗ってこないでほしいものだったが。

さてあの種一つでまず木が一本生えて、その木からマンゴーの魔物――マジュリーが複数出現するらしいが。

しばし思案し計画を立てる。ピンキーさんにとある魔法をお願いすると、嬉々として使ってくれた。まずはこれでよし。

盗賊の方々には、まだ今しばらく襲撃は待っていただけると助かるが、ダメならダメで、即倒せるようにも構えておく。しかしあまり待たされても困る。程よいタイミングで来ていただけるとありがたい。

万全の態勢で迎え撃てるように準備をして待機していると、幸いにも盗賊の方々が動きを見せてくれた。新農場内に侵入している盗賊は残り二名。それぞれ持ち場を離れて、移動を始めているとコックさんが教えてくれた。

さらに重要なことがもう一つある。農場の外にも誰かがいらしていたのだ。

あの気配は、ドワーフさん？　探知阻害術をかなり厚めに発動させてるようで、分かるのはそれくらいか。っと、もう一つ別の反応。これは明らかにドワーフの方、それも知り合いの方……ゴルダンさんだ。倉庫番のデルダン爺の弟にして、ドワーフ連山では名のある論客。

私達も彼に仕事を頼んでいる訳だが、このタイミングでなんだろうか。どうやらこちらに来る様子なので、しばし待ってみた。

待っている間にコックさんは言う。

「リゼちゃん師匠、こりゃ盗賊連中はもう仕掛けてくるかもしれないな。仲間が一人消えて戻ってこないから、ここでもうやる気だ」

「ベストタイミング、ありがたいことですね」

戦いの準備は万端。すみやかに、かつ実の部分を傷《いた》めずに採りたいものだが、さて。

そうして待っていると、近くまで来ていたゴルダンさんがいよいよ農場に到着した。

私達がいるのは農場内のメインの建物。彼もそこに入ってくる。

「よう、やってるな。どうやら間に合ったみたいだ」

「すみませんがゴルダンさん、今少々とりこんでまして。今日の御用向きを伺っても？」

「ああもちろん。なにせこっちも急ぎだ。手短に済ませる。ゲレ峰が来てるぞ。あの崖の上の、洞穴のあたりにいる連中」

やはりあのドワーフらしき一段はゲレ峰一派らしい。それもご本人も参加しての見学会だ。

そしてゴルダンさんのほうは、この襲撃計画を知っていて、それに合わせてここまで来たらしい。

「ゲレ峰連中は、とりあえず様子見。だが戦況を見て、必要となればあそこに集めてる戦力で突っ込んでくるだろうな」

「それって、ゲレ峰、ご本人もですか？」

「あそこの最大戦力がゲレ峰本人だからな。顔は晒《さら》さんだろうが、状況次第では来るな」

「なるほど分かりました。その情報を知らせに来てくださったのですか。これはこれはご丁寧にありがとうございます。ぜひアイスクリームでも食べていってください」

そう言って沢山の試作アイスの一つを手渡すと、ゴルダンさんはバクバク食べながら話を続けた。

「ただのお知らせだけじゃない。忠告、いや、これはワシからのお願いだな。バッハッハ。そのゲレ峰をだな……引き寄せて、できれば派手に、撃退してほしいんだが」

「ほう。それって例のあれですか？　ゲレ峰一派を弱体化させてしまい、発言力を低下させる作戦の一環で？」

「もちろんその通りだ」

「でも良いんですか？　流石に直接やりあうまでして大丈夫なのかと。これからドワーフさんたちとの取引を進めようというところで」

ゴルダンさんは、明らかに悪だくみしてますよと言わんばかりの顔であった。

「いいのさ、それで上手くいく。全てな」

ゴルダンさんの頼みというのは、端的に言って、ゲレ峰の直接的な打倒だ。それもできるだけ思いっきり大げさなくらいにやってほしいという。どこまでやるべきなのやら、流石にやりすぎれば取引なんてできないだろうと思った時に、ゴルダンさんの悪い顔の理由に思い至った。

「……もしや、完全にゲレ峰を失脚させるおつもりで？　弱体化程度で済ますのではなく」

「相変わらず、幼女離れした幼女だぜ。白状すりゃあ、まあそんなとこさ」

詳しく話を聞いてみると、まったく恐るべき陰謀をゴルダンさんは考えていた。

「ゲレ峰、あの男はドワーフの誇りに相応《ふさわ》しかないのさ。それがワシの見立てだ」

「ですか。まあ構いませんよ。それならあの町の治安も改善されそうですし、ただし、ゴルダンさんが善人であれば、ですが」

「ワシは善人じゃないがな、悪人でもない普通人さ。だが悪人がのさばってるよりは良くなる」

降って湧いたそんな話だが、これはコックさん、そして私達にとっても悪い話ではなかった。

ただ一つ、つい先ほど煮詰めたばかりの対マンゴー戦の計略を、もう一度考え直す必要が出てきたのだけは厄介であったが、まあ仕方あるまい。

あらためて配置を考えていたところ、コックさんが言った。

「リゼちゃん師匠、慌ただしいとこすまんが、アルラギア隊長から通信が来てるぜ」

慌てて私は隊長さん人形を取り出す。

「もしもし、隊長さんですか？」

『ようリゼ、元気か？　相変わらず騒動の中みたいだな。さあて、時間も差し迫ってるだろうから本題だ。そっちの動きに合わせて、こっちでも俺や副長で盗賊ギルドの施設に襲撃をかけることにしたから。一応言っとこうと思ってな』

「おや？　まだ盗賊ギルドへの攻撃はしないと聞いてましたが。準備段階だと、副長さんから聞きましたよ」

『ああだから、その準備が今できたってとこなんだが。で、そっちとこっち、同時に動いて叩きつぶす。どうだ？　ちょうどタイミングが良かったっつうか、流れが良いだろ？　まあこういうのは状況に合わせて動くのが上策だってな』

そもそも隊長さん達、私達の動きがよく分かったなと思いコックさんを見る。

「一応、状況報告が本業なんだ。怒ってないよなリゼちゃん師匠」

「もちろんです。流石は情報伝達が行き届いてますね」

本心ではほんの少しだけ、チッ良い子ちゃんめ、などと思わなくもなかったが、連絡は絶対に大切だ。だからこそのアルラギア隊の連携の良さがあるのだろう。

隊長さんはその場の勢いみたいな言い方だったが、副長さんもいるのだし実際にはこれまでの間に裏で色々動いていてくれたのだろう。

これまで私もコックさんの件を隊長さんに相談していたし、隊長さんも副長さんも真剣に考えてくれていた。つまり、コックさんの濡れ衣を晴らすために成すべきことを、ずっと考えていてくれたのだ。

『とにかくま、そっちはそっちで頑張れよ。くれぐれもケガだけはすんなよ』

「ええ、分かりました。お任せください」

これで話は決まった。

「では、いっちょう行きましょうか」

コックさんとピンキーお婆さんが目を合わせてしっかりとうなずく。

「種の発動を確認した」

コックさんの声が、戦いの始まりを告げる。

「では野郎どもの皆さん、行きましょうかね」

私達は急いで持ち場に移り、作戦は決行された。いやすでに作戦は決行されていた。

盗賊の二人が一生懸命歩き回り、魔獣の種を植えたあのあたりだが、実際にはすでに新農場ではなく、大魔導士ピンキーさんの得意とする幻影術で構築されたウソ農場である。

コックさんはすぐさま盗賊のうち片方を昏倒させ、もう一名を我らが神獣ラナグが取り押さえてくれた。

三精霊は念のため農場内の他の場所の安全確保に走ってくれている。ラナグはその後、周辺一帯の様子に気を配りつつ、マンゴーの爆発にも備えて、結界を張ってくれていた。

これだけ見るとどうも必要以上に総力戦な戦いにも見えるが、まだまだ序盤、初手の初手だった。

いっぽう私はというと、生え始めでまだ小さいけれど、十分に禍々しいマンゴーの木を時空魔法の結界で包んでいく。

やっている間にも、そのモンスターツリーはみるみる巨大化し、あっという間に複数の実をつけ、実からは手足が生える。実の中間あたりは横にパックリ割れ、大きな口となり咆哮をあげた。

現れるや否や、幼い子供――つまり私に狙いを定めているのが明らかだった。

手は太い枝で、棍棒のように暴れ、足は長い根に似て、周囲に絡み付く。

無数の魔物マンゴーの口と、手と、足が同時に迫ってくる。という状況なのだがさて、このあたりから実にややこしいことをしなくてはならなかった。私は鞭のようなツルを数本かわし、一応の反撃をする。

「くらって凍り付け、風雪冷凍大乱舞《ふうせつれいとうだいらんぶ》、ハアッ！」

というような感じで必殺魔法を放つ様子を見せる。ただポイントは、本気で戦ってる様子を見せた上でやられなければならないことだ。私の書いたシナリオがそうなっているのだ。

なにせアレだ。離れた崖の上に隠れているゲレ峰にも、ここまで来て戦いに参加してもらわなければならないのだ。

これが実際にやると結構難しい。誰だこんな計画を立てたのはと思ったが、完全に私であった。

さて、魔物マンゴーマジュリーは、とりあえず凍り付く。私としてもかなり強めにやったのだ、ちゃんと凍り付く。ほっと一息つく私。がしかし、そのときである。

パキパキパキッ！

「な、なんだって！」

私は全力で叫び、恐れおののいた。

なんとマジュリーは一度は完全に凍ったはずの体を、激しくゆすって動き出し、巨大な氷塊となって私のほうへ突進してきたのだ。うわぁぁぁと言って吹き飛ばされる。ここで私は大ダメージを受ける！

――という様子を頑張ってこなす。ピンキーさんも離れた場所から全力で、ダメージ演出を付け加えてくれる。なにせ彼女は幻影術の名手である。質量や手触りまで再現する幻影で、今や私はすっかり大ダメージを負った感じに見えている。自分で見てもビックリするくらいボロボロな私が、宙を舞い、地面に打ち付けられ、さらには追撃で枝棍棒の攻撃を受ける。

「リ、リゼー‼」

私の惨状に気をとられたコックさんがよそ見をして、別なマジュリーからの攻撃が直撃。さらに取り押さえていたはずの盗賊が逃げ出し、コックさんに一撃加えたかと思うと、新農場に爆発魔法を放った。なんということだろうか、大惨事と混乱が次々と広がっていく。乱戦の中ついにマジュリーの一つが爆発、そして隣も誘爆。新農場が爆炎に呑まれていく――

という幻影と、渾身のお芝居を見ていただき、さらに続く。

状況に対応すべく、ピンキーお婆さんやラナグ、三精霊、ムームー牧場の方々が奔走する。しかし、事態は一進一退で……というようなシナリオで、幻影術と実態を組み合わせて魅せていく私達だった。

はっきり言ってこれほど盛大なお芝居を打つというのは、並大抵ではない。ここにいる全員が芝居なんて素人なのだからなおさらだ。必死にやる、かつてないほど必死にやる。

ゴルダンさん曰く、本気の本気でやらねばドワーフの峰の目を欺《あざむ》くのは困難だとのことであった。

もはや私は本当にボロボロだった。

もうこれだけやったのだし、そろそろあちらも動きを見せてほしいものだが、なかなか本体は襲ってこない。

仕方ないので精一杯の情感を込めて芝居をしばらく継続していると、どうやら盗賊サイドの援軍が崖の陰から出てきたらしい。中にはドワーフの姿もあるではないか！

一瞬私は歓喜した。が、本命のゲレ峰はまだ静観していた。ゲレ峰以外のドワーフや新たな盗賊勢が来たに過ぎなかった。まだなのか、もう面倒くさいからやめようかなと思いつつも、一進一退の攻防っぽいものを繰り広げる。

盗賊サイドの人数が増えるごとに、こちらの幻影が果てしなく面倒くさいことになっていく。

被害を絶対にださない、それでいて敵も倒しきらない、それでいて劣勢感を出す。人数も増える。

ああもう、流石に難易度が高い！　もうこれはやめて別な方法でやってみよう！

そう決めかけた時、ついに最後の男が動いた。

左右に一名ずつ、岩のような側近ドワーフを引き連れ、頭部まで完全に全身鎧で包んだゲレ峰。

ドワーフの王が、ついに岩山を降りてこちらに突撃を仕掛けてくれたのだ。

「よっしゃあ!!」

私はそれを確認して、つつましやかに叫んだ。

「皆の者、敵はついにその悪辣な本性を露わにしたぞ。時は来たれり！　返り討てぇぃ!!」

私がやたらに気分を高揚させてその言葉を発したのは、ゲレ峰が私に向かって巨大な戦斧を振り下ろそうとするその瞬間であった。

これ以上の大義名分があるだろうか。

こちとらただただ盗賊と魔物の襲撃から農地を守っていただけなのだから。幼女を攻撃してくる輩《やから》に、なにをやり返しても問題はない。私の目は、こちらに振り下ろされつつある巨大な戦斧を見つめながら、歓喜の色をあふれさせてしまっていただろう。

瞬間、風がふいた。

『オイ貴様、いったい誰に向けて、そのクソみたいな金属片を振り上げているんだ？　万死千万。GROOOOO』

猛《たけ》った神獣ラナグが、丸かじりの勢いでゲレ峰の鎧をおもいきりズタボロに引き裂いた上で、本体ごとぼろきれのごとく宙に弾き飛ばした。どうやらラナグもフラストレーションが溜まっていたらしい。あまりの剣幕に私までちょっと怖かったくらいである。

とはいえ流石のラナグさんで、その牙はゲレ峰の体に深く刺さるほどではなく、ドワーフ製の自慢の装備をズタボロにするところでとどめていた。

おかげでゲレ峰はまだおしゃべりをする余裕があるらしい。地面に落ちて素顔丸出しの彼が眼光鋭くこちらを睨みつける。

「貴様ら、立場が分かっているのか？」

そこに、ラナグから一歩遅れてコックさんが来た。ゲレ峰は言葉を続ける。

「馬鹿どもめ。忠告したはずだぞ、その男、オメガの過去は俺の手の中にあると。大人しく盗賊どもに道を譲れ。その男が、大悪人、ギルドを束ねてきた盗賊王であること、そしてアルラギア隊が盗賊王を匿《かくま》っていたと、世に広められたくなければな。いや、もう遅い。我が意は決まったぞ、この事実を即座に世に知らしめてくれる」

「そうですか、分かりました」

「クソガキめ。今さら分かってももう遅いと言ったのだ。千年先まで後悔してろ、全ては遅い」

『愚鈍、遅いのはお前だ』

そう答えたのはラナグで、そしてコックさんは言う。

「隊長達からの連絡があったよ。あっちの盗賊ギルド攻撃作戦ももう終わったとさ。そしてもう一つ大事なことが。ゲレ峰もよく聞いてくれ。各国政府の連名で発表があったらしいんだ。コードネーム・オメガを中心とした潜入捜査官が協力者の助けによって、長年の宿敵だった国際的な無法組織、盗賊ギルドへの大規模な弱体化作戦を成功させたとな」

「ふむ。ということで、もう大丈夫ですよ、世間に対してコックさんのことをお話しいただいても。私達のほうからの発表は済みましたから」

私はゲレ峰にそう告げたけれど、この言葉が聞こえていたかは定かではない。なにせ私がその瞬間ゲレ峰を殴り倒していたからだ。

ゲレ峰は完全に地面に突っ伏してしまっていた。

「うし、それじゃあそいつはワシが預かってもいいかね？　六峰会議の場所まで引っ張っていきたいんだが」

そう言ったのはゴルダンさんだ。私は答える。

「ゲレ峰については、今後どうする予定か伺っても？」

「そうだな、まあ、少なくとも盗賊を裏で操っていたのは誰なのか、世間に知らせてやらにゃあな」

とまあそんな様子で、とりあえず主要なドワーフ達はゴルダンさんが身柄を拘束していく。

「ありがとな、リゼちゃん師匠、皆。にしてもゲレはどう考えても俺の獲物だったよな。ラナグが早すぎて先を越されたよ。リゼちゃん師匠にも」

『リゼに向かってくるあやつが悪い。ほれ、他にまだ残ってるのもいるからそっちをやればよかろう』

かわいそうに、コックさんの言葉は神獣様に一蹴される。まったく訳したくなかったが、しかなく私からコックさんに伝える。

「仕方ない、そっちを……」

コックさんは聞き分け良くそう決意してくれたのだが、これまた悲劇は起こる。

『『『ＰＩＧＹＡＰＵＲＯＢＵＲＯＬＯＬＯＯＯＮ』』』

三精霊の咆哮だった。事前の作戦として、「私の合図で、全力で一斉に反撃する」となっていたため、三精霊が確かに全力を示していた。

嵐と雲を纏った風の竜、業火と煌《きら》めく火の粉に包まれたフェニックス、天を貫く水柱の中に揺らめく巨熊。いつか見た怪獣映画さながらの巨体が、周囲の景色を一変させていた。

とはいえやるのは盗賊&盗賊派ドワーフの方々を返り討ちにするだけのことなので、爪の先でちょんちょんするとお仕事完了してしまうのだが、ともかく皆がその素晴らしいチームワークと個々の力を示してくれている。

つまり、全ての盗賊と盗賊派ドワーフが倒されたり、卒倒したり、もっとも軽傷な者でも腰を抜かして座り込んでいた。

「俺の、やることは⁉」

「コックさんて結構控えめな方ですよね」

「思慮深いと言ってくれよリゼちゃん師匠。何事もよく考えて行動するんだ」

頭を抱えてしゃがんでしまったコックさんの頭をそっと撫でる。

「なるほど、私と同じですね」

すると若干物言いたげな表情が返ってきたので、私は素知らぬ顔をして腕まくりをした。

「それでは私も、残しておいたお仕事を済ませましょうか」

狙いはもちろん巨大マンゴーモンスター。これは試してみたいことがあるからと言って、私が担当させてもらっている。美味しくいただくためだといったら、皆さん私の好きにしていいと言ってくださっていた。今日のお仕事はこれにて完了。さあ、仕上げよう。

「ではでは……右手に氷冷魔法、左手に真空の風魔法。二重がったぁい、ハァッ！　いっけぇ収穫の時間だぁ！」

私の魔法はすでに大分前から魔物本体を球形に取り囲んでいた。

これは時空魔法によるもので、爆発してしまった場合の安全対策である。

さてその閉ざされた空間の中から風魔法で空気を抜き、その状態で氷冷魔法の効果を発現させる。

瞬間、カチコチになったマジュリーから水蒸気がモウモウと立ち上った。

「こ、こいつはいったい!?」

「これぞ合体魔法、フリーズドライ！　です」

コックさんに尋ねられて私は答えた。結果のほうは……問題はなさそうだ。

ここでやったのはつまり、氷結状態で真空にすること。つまるところフリーズドライである。

ちなみに格好つけて右手と左手に分けて二種の魔法を一気に放った感じを演出してみたのだが、あらためて考えてみると、事前に時空魔法を使っていて後から氷冷魔法、真空魔法なので、正しくは三種合体の魔法であった。言い間違いだ。

まあこの点は次回に活かすとして、最も大切なのは、ちゃんと効果が出ているかである。マジュリーはすっかり乾いて倒れていた。成功だ。

ただ一つ勿体ないのは、生での収穫を断念したことかもしれない。

今回は急だったし、凍らせたまま水分を抜く以外に安全な討伐方法が思いつかなかったが、次があれば挑戦してみたい。

とはいえこのフリーズドライマンゴー、アイスクリームのトッピングには良そうな塩梅に仕上がっているではないか。便利な包丁でサクッと切って、小さなサイコロ状に。

香りはまさにマンゴーそのもの。では肝心の味はどうだろうか。

ゲソカツオといい、これまでの無数の食材といい、この世界の食材は見た目が地球のものと似ていれば、大抵は味も食感も似たものになっている。

今回もいけそうに思える。

「隊長もいないし、どれ、毒見は俺がやろうか」

念のためだと言い、コックさんがパクっと口に放り込んだ。

その瞬間、表情がくわっと変わる。

「お。おぉぉぉ、くぅ、香りが素晴らしいな、そしてなにより……新……食感だ。シュワッと、シュワっじんわりっと溶けだすと、口の中があまずっぱぁい!!　しゅわずっぱぁいよリゼちゃん師匠！」

感想を聞く限り、やはりフリーズドライマンゴーっぽい。

コックさんはアルラギア隊長ほど高性能な毒見能力は持ち合わせていないので、私はまだ口にしないほうが良いと言われてしまったが、とにかく味は美味しかったようだ。

そして新食感も好評だった。これまで乾物中心だったこの世界の果物に、一つ別な食感が誕生しているようだ。ドライフルーツとも氷結フルーツとも違った軽やかな食感だ。

『どれ我も』

ボロボロの盗賊達がそこら中に転がっている中、続いてラナグが手を出した。毒見スキルは持ち

合わせていないものの、何を食べようとお腹など壊さないと豪語して食いついた。

『おお、おおおぉぉ、もの凄く美味しかったのじゃあ』

なぜだか分からないが、皆さん美味しい時には口調が変わる傾向がある。

ラナグ的にも大満足の味のようで、単なる新食感としての目新しさにとどまらない風味の良さであったそうな。

こうなってくると私もすぐさま試してみたいものだが、子供だけに一応は警戒もしておく。ちゃんと我慢できる私はとっても偉いと思う。


後日談だが、隊長さんに毒見してもらった後でいざ口にしてみると……なんとお腹の中がトロピカルな幸福で満たされたことか。もちろん口の中も。ああなんてフリーズドライ向きな魔物だろうかと驚愕するほどの美味しさであった。苦労した甲斐ありの、大満足であった。


「――ところでコックさん、この魔獣の種って、悪人の方々はもっと持ってませんかね？　合法的に作れればそれでもいいんですが」

私達はその後、不思議な高揚感の中、周囲の後片付けに勤《いそ》しみ、そんな話に花を咲かせていた。

「魔獣の種から生まれたモンスターを狩るってのはコスト的には、とんでもなく悪いんだぜ。本来の用途は、ほとんど嫌がらせのためだけのアイテムだからな」

意気消沈。だったのだが、ピンキーお婆さんがこんな話をしてくれた。

「その魔物なら、発生場所は分かってるよ、かなり遠いがね。商会の支店から行けないこともないよ。そのフリーズドライ魔法ってのをうちの誰かに教えてもらえりゃ、なんとか素材として収穫できるかもしれない。しかもやたらに軽量な乾燥状態で運搬できるからね、商売的にも面白そうだが……しかし待てよ、リゼちゃん以外に今の魔法は使えるのかね……」

「……少々やり方を変えれば、いけるのではと」

まず絶対に必要なのは氷冷系と風系の魔法の使い手だ。それほど問題はなさそうだがどうだろう。

いっぽう、時空魔法は使い手が希少なので……代わりに氷か土で密閉空間を作れば、真空状態も作れるだろう。ただしマンゴーモンスターはそこそこ強いし大きいので、それを囲ったり氷結させるくらいはできねばならないのだが。

どれぐらいの魔法が必要かを話してみると、ピンキーさんがうんうんうなずく。

「ヒッピ、風は並程度の実力でよさそうだね、沢山いるよ。氷冷でそこまでの使い手はやや少ないが、なんとか手配はできると思うよ」

「ならこれでまた、新フレーバーができますね」

マンゴーアイスだ。

私はここで、縛られて身動き取れない状態の盗賊さん達に向き直った。

「皆さん、素敵な食材をご提供いただいて、どうもありがとうございます」

「ア……アァアヒィィ」

ただの御礼だし、愛想良く言ったつもりだが、ヒィヒィ言われてしまう。

私の戦っているところを見た後ということもあるのかもしれないが、あいかわらず怖い顔をするより愛想良くするほうが怖がられる。まったく最後までおかしな話である、

『なんだこやつらは、妙な反応をしおって。今のリゼの百二十パーセント可愛いご挨拶を、そのような無様な姿で聞くんじゃない。正座して傾聴しろ愚か者め』

ただ一名、神獣ラナグだけが私の愛嬌をストレートに受け取ってくれたらしい。

それはそれで変な犬さんではあるが、私は神獣様をモシャモシャモフリとした。

とまあそんな風に、とっても大変な一日だった。

しばらく後には、マジョリー狩りの使命を帯びた派遣団が馬車に乗り込み旅立っていった。

きっと帰りにはたくさんのフリーズドライマンゴーを荷台に乗せて帰ってきてくれるだろう。

現地では技術指導もしていただく予定を立てて、今後の安定供給をもくろむ私達だった。

商売

マンゴー収穫事件の直後。

商都キュリンのスイートハニー商会支部に戻ってきた私達。結構へとへとである。

私達の宿舎もあるこの場所に、彼らは実に唐突に、荒々しくやってきた。

騒がしくなったと思い、ピンキーさんやコックさん達とともに一階に下りると、盗賊と思われる

方々が押しよせていた。見るからに盗賊らしい雰囲気の盗賊達であった。

「てめぇら、誰を相手にしてるか分かってんだろうなぁ、あぁん？」

恐ろしげな風貌の男が叫んだ。

「おいこらクレームだよクレーム、ババァとクソガキ出せや。そいつらのおかげでウチの商売は上がったり。まったくひでぇ話もあったもんだぜぇ。町の貧民どものためにやってやってる人材斡旋店から人が消えた。その上、テメェらと同じようにアイス屋をすぐ近くで始めたってのに、客が来ねぇ！」

前半分の言い分もさることながら、アイス店に対するクレームは完全にお門違いであった。

コックさん曰く、大声をあげている人物は盗賊ギルド商都支部の中心人物の一人らしい。どちらかと言えば商売担当の盗賊。

「一生懸命妨害してるのに全然成果が上がらなぁぁぁい！　あの方とは連絡が取れなくなってやがるし、本部はハッキリしねぇ。どうなってやがる。まったくお前らに絡んで以来、こっちは大損ばっかりなんだよ。落とし前つけやがれ」

男は激怒していた。口ぶりからすると、ゲレ峰の身に起きたことについてはまだ分かっていないらしい。にしてもそんなクレームを言われてもどうしようもないではないか。自業自得ではとしかいいようがない。この際、盗賊家業から足を洗ってまっとうに働くのなら……それでもちょっと更生するのは難しいかもしれないなと思わされる人物であった。

その男が部下を従え、いよいよ本格的に暴れ出そうとしたそのとき。またしてもお客様がいらした。

　商会のお客様だったら迷惑をかけないようにと思ったが、入ってきたのはゴルダンさんであった。つい先ほど別れたばかりなのだが、なんだろうか。

　彼にはドワーフ連山との交渉役をお願いしていたわけだが、なにかそのあたりの話でもある様子。

「おお、先客か？　悪いが急ぎの話がある」

　なにか進展がありましたかねと話を聞こうとすると、彼の後ろからさらに六名の方々がドヤドヤとやってくる。身なりは様々だが、いずれも威風堂々としている。

　この様子から察するに、彼らは……

「リゼよ。紹介しよう、ドワーフ連山の六峰だ」

　案の定そうらしい。にしては見知った顔が一名足りないのだが。ないのはもちろんゲレ峰の姿だった。ラナグに噛まれて多少の怪我を負ったから、という理由ではなさそうだ。

　ともかくドワーフ王達が、決して広くはない部屋にギュウギュウになっている。皆さん背は小さいのだが、腕や足がゴツゴツと隆起していて、まるで岩山のようだ。山がぎゅうぎゅうであった。

　その中で一際岩山っぽい風貌のドワーフさんが、地響きのような声を出した。

「盗賊共か？　悪いがその幼女らに大事な用がある、退いてくれ」

　今度は盗賊達のリーダーらしき男が発言。

「雄大なる峰の旦那方よ、そりゃないぜ。話は通してあるはずだぜ。お山の高みにおわす高貴なお方のお一人には、後ろ盾になってもらってるはずだ。でしょう？」

「そんな奴がいたなら……由々しき事態だな。我らの論理規定違反に問われる事態だ。前々からとある峰の交代については話し合われていてなぁ。残念だがお前らの言う後ろ盾ってのが存在したとしてもな、過去の話だ。もう峰からは降りたよ」

「なっ、ナァッ⁉」

「ところでお前たちが送り込んだ魔獣は、全部まとめて幼女の胃袋の中だってな。あっさり幼女に圧倒されているじゃあないか。襲撃の日だけじゃない。肝心の、この町での商売でもおんなじ。これじゃあ、どうにもならんだろう」

目玉をひん剥き白黒させる盗賊のリーダーの動揺は、彼の後方に控える盗賊達全体に、すぐさま広がっていった。完全に、盗賊達はドワーフ達から見限られたようだ。

ゴルダンさんの要望で、できるだけ大げさにゲレ峰を撃退した結果の一つがこれのようだ。今この場に、六峰の中でゲレ峰の姿だけがないのはそういう訳だった。

そもそもゲレ峰はやり方がかなりダーティーなお人で、敵も多かったのだ。

お金と力があったからこそ支配力を保っていたのに、それが幼女にやられるようではお話にならないのだろう。かわいそうに。

新たな峰の一人が、ゲレ峰よりは良き方であればいいなと私は願う。私の思いを察したのか、ゴルダンさんが小声話しかけてきた。

「ゲレより、大分いいのは保証するわい。実のところワシは前々からあんなもんが上に立つのは気に入らなくてな。お前さんらを利用するような形になって済まなかったが、少なくともこの町が良くなるのは保証するさ。黄金のゴルダンの名に懸けてな」

私はうなずく。彼は言葉を続ける。

「それに、これでしっかり至宝はお前さん達のもんになるぜ？」

そんな話をしていると、六峰が半円を描くように並んだ。その姿はまさに六連の山々の如き威容で、私の前に並んでいる。

「幼女リゼよ、貴君らは力を山々の前に示し、交渉役は仕事を果たした。望み通り、我らはここに来た。協定の件、話を始めよう。無限の富が湧きいずる聖なる幼子の鉱脈があると聞き及ぶが、そなたで間違いはないな」

また大げさな話が。幼子というからには私のことを言っている可能性が濃厚だが、言いざまがなにやら凄まじく、とても手を挙げる気にはなれない。

「間違いないなっ」

何も言ってないし手も挙げてないのだが、断言されてしまった。

先ほどから中心になって話を進めている六峰一番の巨体紳士は、名をガガンというらしい。ガガン峰は懐からなにやら取り出し私に見せた。

羊皮紙の巻物だった。表題の部分に文字が記されていた。

読んでみると、『ドワーフ連山、スイートハニー商会・幼女リゼ、通商協定』となっている。

通商協定？

「なんだか大げさな題ですねピンキーさん」

「そうでもないさ、通常ドワーフ連山が人間と大きな契約を結ぶのは、国家レベルの相手だけだからね。こんなもんさ」

「ほうほう……、いや聞いてませんが？」

「リゼちゃん、あんたのやってるのは、常にそのレベルなの。ならいちいち言うほどのことじゃないね。ドラゴン一匹退治するんだって、そういうことだからね」

私はドラゴン退治などしていないのだが。やったのは主にラナグだ。幼女なせいで悪目立ちしているだけで、意外と私の周囲の関係各位が、それぞれ勝手に大暴れしている場合も多いのだ。今回だって、これほどの大事《おおごと》になっているのはやはり私の責任だとは思えない。だいたい、ピンキーさんとゴルダンさんあたりのせいである。

ともあれ、待望の至宝が手に入るかどうかという場面なのは間違いがなかった。私は普通に売買するくらいのイメージでいたから面食らってしまったが、これはまさに望んでいたことだった。ともかく巻物の内容を確認する。

読んでみると、記されていたのは以下の内容である。

『新型クリスタル交換型の雷属性武器開発及び生産への、ドワーフ連山の参画及び権益確保』

長々と詳細が書いてあるが要約すれば、すでに人気商品として動き始めているこのシリーズに、六峰側が参加できるようになり、権益の一部を得る、というような内容だ。

おおよその枠組みとして、カートリッジクリスタルの部分は商会や獣人側、武器本体はドワーフさん達の仕事となる。

次の項目は、『リゼ印のキッチングッズブランド、共同開発及び生産』についてだった。

まずは圧力鍋や魔法瓶、全自動食洗器などが例示されている。展開中の飲食ブランドの中での商品展開として、こういった私の故郷式の新しいキッチングッズの開発製造をドワーフ達が担当する契約となっている。

書面の内容を確認しながら、ピンキーさんと六峰達は語り合う。

「すでにこの幼女の名は天下に轟《とどろ》きつつある。キッチンブランド界の覇権を握る。そのつもりさ、私はね」

「人間の媼《おうな》よ、乗るぞ？　我らにとって、平和な世でも需要のある仕事は貴重だ。信頼に応えよ」

「当り前さ。ひっひっひ、まったくリゼちゃんといると楽しくてしょうがないね」

ピンキーさんとガガン峰が中心になって細部の確認と調整も行われていった。私としては特に口を出すような部分はなく、修正は細かなものだけに止まっていた。

最後に大切な部分がやってくる。

『聖杯の起動が成功した後には、その使用権をドワーフ六峰にも認めること。ただし、盗賊の類に関わる者は不可』

もともとはゲレ峰一派の使用を制限するためにも、この書き方が必要だった。しかし盗賊派ドワーフが失脚した今となっては、最後の但し書きは不要に。それでも、ここは念のため残しておくことでまとまる。次の一文には、ゴルダンさんにも使用権をという話が書かれていた。

「カッカッカ!!　儲けもんだったぜ」

大気を揺るがす豪快な大笑い。初めはこれを怖がっていた我が家の三精霊も今では慣れつつある。

初見ではなかなか恐ろしげなドワーフお爺さんなのだけれど、実のところ彼も、ただただドワーフ六峰の中に巣食う盗賊派をどうにかしたくて動いていただけの人だった。

名のある論客だなんて自分で言っていたけれど、確かに、六峰の皆さんの態度からは、彼を尊重する意思が見て取れた。

さてこうして一通り内容の確認も済んで、いよいよ締結かなと思っていたところで。

「もう一歩、あとほんの一息で、協定は成立。至宝はお前さんらのものになる。が、あと一歩だな」

そう言ってガガン峰が契約の巻物を小さな天秤の上に載せた。天秤の反対側には小箱が置かれていて、それが私達の求める至宝であるという。天秤はわずかに至宝側に傾いている。

ここまでは事前にゴルダンさんと打ち合わせしていた内容ばかりだが、協定の締結にはまだ少し足りないらしい。話には聞いていたが、なるほどここでさらなる条件を求めるのが連山のドワーフらしさかとも思ったりする。

この期に及んであまりたくさん要求されたら蹴ってやろうかと思いつつ、他になにかあったかなと考えを巡らす。

「金銭でも？」

「ん、構わんよ。それならこの額で決まりだ」

それほどの金額ではなかった。私の個人的なお小遣いで払える範囲である。しかしなんとなく六峰の皆さんはつまらなそうにしているようだ。

他にも何か出せるのかと値踏みでもされているのだろうか。

興味を持ってもらえそうなものなら他に、人工衛星っぽい技術やら、遊びのスパイグッズも少々ある。が、表に出すのは微妙だ。他になにか、もっとちょっとしたもので良いはずだ。食べ物がらみ？　お酒とか？

結局、いくつかの提案をした中で六峰が選んだのは、リゼ印のキッチンブランドの中で、酒類の開発も行う、という内容であった。ようするに、美味しいお酒が飲みたかったらしい。

それでいいのか、と思っているとまたゴルダンさんが私に囁く。

「幼女に頼むべき仕事じゃねぇってな、ガガン峰が自分からは要求できないなんぞとおっしゃってな、ばっはっは、こんな形《なり》したドワーフなのに奥ゆかしいんだかなんだか」

「ゴルダンよ、余計な話をするでない」

私としてはこの程度のご依頼で済むなら問題はない。ただ一つ、この世界でも幼児はアルコール禁止なため、作っても自分では楽しめないのが残念だが。

されこれで全ての話がまとまったらしく、契約の巻物に新たな一行が記されると、天秤はゆっくりと傾き完全な水平を示した。カチリと音が鳴ると、天秤はニュルニュルと姿を変えて輝くツルハシの形をとった。そして同時に、どこからともなくデルダン爺が現れる。なんだなんだと思っていると、ガガン峰がデルダン爺に正対して言葉を発する。

「今ここに集《つど》いし六峰の宣言により、ドワーフの至宝は、鍵のドワーフたるデルダン翁に開錠を委任する」

「『ドワーフの六峰はここに宣言する』」

六名のドワーフ達が声をそろえてそう言うと、デルダン爺が宙に浮いていたツルハシを手に取り地面を打った。

床が！　壊れるかと思ったがそうはならず、地面には円形の大きな扉が現れ、デルダン爺はその中に入っていった。しばしの沈黙。

コックさんに話を聞いてみると、どうもデルダン爺はそもそもドワーフの金庫を管理している人らしい。ドワーフには稀《まれ》な、欲が異常に少ない人物であり、六峰秘蔵の重要アイテムの鍵の管理はデルダン爺に任されているそうだ。

それがやがて、色々あってホームの大倉庫も任されるようになったとか。

ちびっちゃいおじいちゃんにしか見えないのだが、やはりこの人もアルラギア隊の一人である。現役の頃は戦いのほうもかなりのものだったらしいが、今は本当に人当たりも柔らかいおじいちゃんである。ゴルダンさんと見た目は似ているのに、オーラがまるで違う。

そんなデルダン爺が、地面の大扉から出てくる。古びた球形の金属容器を持って、ゆっくりと現れる。ガガン峰がそれを受け取り、さらに私の目の前へ。

「受け取るがいい。契約が守られる限り、その至宝はそなたの手元にあるだろう」

私は姿勢を正して恭《うやうや》しく受け取った。

受け渡しが済むと、ピンキーさん達は即座に会議用の大テーブルに向かった。さっそくお仕事が始まったらしい。

ちなみに受け取った球体は、ただただ球体で、これがどうすれば聖杯の鍵になるのかは不明であった。

「あのすみません、これの使用方法を教えていただいてもよろしいですか～？」

私はドワーフ六峰の方々に尋ねるが。

「我らもよく知らぬ。なにせ古い宝でな」

いい加減なものである。至宝なくせになんだかよく分からないとは。

いやしかし、そういうものかもしれない。意外と日本でもそんなことは普通にあったように思う。

凄く貴重な肖像画ではあるらしいが、では誰を描いた絵なのかというのはハッキリしない、とか。

そんなよく分からない歴史上のお宝なんていくらでもあったたか。

「幼女リゼよ、聖杯の起動はそなたの手に委《ゆだ》ねられた。信頼しておるぞ」

つまりは丸投げであったが、まあ構うまい。手に入ってしまえばこちらのものだ、どんとこい。

ピンキーさんコックさん、それからデルダン爺やゴルダンさんも、至宝自体はまず間違いなく確かな由来のある物だと判断したし、ともかく私はそれをホームに持ち帰ることにした。

なにせ我らがホームには、遺物の専門家がいるのだから。

起動と、例の石像と

聖杯の鍵となるアイテムを受け取り数日後、私達は意気揚々とホームへ向かった。

帰路では商会、農場、獣人村に立ち寄って聖杯や商売についての報告もしておく。それからお礼もだ。

街道をたどって最後はアグナ獣人村。モーデンさんは村に新しく作られた工房にいらした。

「おおリゼさん、お立ち寄りくださったのですか」

まだ新しいその工房の奥で、モーデンさんは私達一行を迎えてくれた。

「はい、向こうを引き払って、ようやくホームに戻ることになったので、ご報告とお礼を言おうと。この度も大変お世話になりまして」

「なるほど、そうですか。ではあちらでの目的を果たされましたか。しかしリゼさん、世話になってばかりなのはこちらのほう。お礼など言われては困ってしまいますよ」

「いえいえ。ところでいつもあるものばかりで申し訳ないのですが、これどうぞ」

試作で作った食品や新商品。子供が多い村なのでお菓子を中心にたくさん用意した。他にもピンキーさんから預かってきた雷撃武器や、新農場の小麦を渡す。

人口も増えているし、食材があまりとれない場所だから、沢山あっても困るまい。

「まったく、流石のリゼさんですよ。皆が喜ぶものばかりです」

「なら良かった。でもまた来ますね。美味しいものができたら持ってきます」

モーデンさんもお忙しそうで、私達はご挨拶だけしてすぐに村を出た。

「それでリゼ、遺跡にも行くんだよな」

私の隣で獣王村長バルゥ君が言った。少々用事があって地下遺跡の様子を見に行きたいのだと話をしたら、彼は今回もガイド役を買って出てくれたのだ。

「にしてもリゼ、またも大騒動だったみたいだな」

バルゥ君が言うのは、例の盗賊ギルド弱体化作戦のお話だろう。

あの事件があったあの日あの時、第一報が各国政府や冒険者ギルドなどから発表されたが、あの時はかなり簡略的で、ゲレ峰の処分もまだ発表されていなかった。その後、連日のように様々な憶測や情報が飛び交っていたが、一昨日になって、詳細がまとめられた正式な発表があったのだ。

ちなみにアルラギア隊の名前もニュースには載っていたが、あくまで作戦に協力したちょっとした傭兵部隊の一つという扱いであった。

またその大々的な発表の中には、大きくはないけれど、けれど明白に、長年の功労者として、コードネームオメガ、つまりはコックさんの名が挙げられていた。盗賊ギルド壊滅のための国際諜報組織の存在とともに。

また反対に、犯罪組織側に呑まれてしまった諜報員がいたことも明らかにされ、ゲレ峰の名と共に、その捜査はまだ継続していくだろうことだけが書かれていた。

壊滅とまではいかなかったものの、諸国が連携して犯罪組織、盗賊ギルドに対する大規模な摘発が行われた。このニュースは、世間を少しばかり賑わせているらしい。

ただしこの件に関して、私の名などはまったく出ていないはずだ、流石に幼女への配慮として伏せてもらっている。だからバルゥ君が、私に対して事件のことをアレコレいうのはまったくおかしなことであった。はて、と首を傾げると、バルゥ君は分かっているというようにうなずいた。

「どっちにしろ、同時期に商都キュリンで、とある幼女の名が爆発的に世間を賑わせていたのは事実だろう？」

「さて、どうでしょうかね」

そんな今日この頃。話をしながら私達は古代獣王遺跡にきた。ラナグ達と、それからコックさんと共に。

もちろん目的は、とても大切なあのことを確認するためだった。

またあの長い道のりを進み、あの神秘的な地下へと降りる。

その先の光景については、一言で表すのが良いだろう。

あの石像は砕けていた。盗賊ギルドの王と刻まれていた台座もろとも、ひび割れ、砕けて、遺跡の中で眠っていた。今あらためて見れば、その顔はやはりコックさんのものだった。

コックさんはそれをじっと見つめる。

「ははぁ、こいつかい。しかしこうしてみると確かに俺にそっくりだなぁ。ただ、本物のほうが少しばかり精悍で優しげで男前だけどな」

コックさんは言った後、少し笑って、黙って――それから小さな布袋を私にくれた。

「これは、なんでしょうか？」

「俺からの旅のお土産だよ、ほら、いつももらってばっかりだから、旅先の美味《うま》いものをさ。あ、っていっても、これが本当にリゼちゃん師匠の口に合うかは分かんないんだけどな。とりあえず確認してみてくれよ」

袋のひもを解いて中のものを見る。指でつまんで手のひらにパラパラと落とす。黒い粒状のもの。角張った三角形の殻に包まれた、なにかの植物の種子だった。ほのかに漂う香りは懐かしく……

「これ！　蕎麦《そば》の実ですか!?」

「いやいやまだ分からんのだが。リゼちゃん師匠にちょっと話だけ聞いてた食材だからなぁ。ほら、この数日でさ、俺もすっかり気兼ねなく自由に動けるようになったっていうか、だろ？　リゼちゃん達のおかげでさ。だから外をやたらに歩き回ってみたら、見つけたんで採ってみたんだ。獣人村から少し商都方面に行ったあたりの荒れた草むらでさ、なんならまだある……」

「コックさん！」

「お、おお、なんだいリゼちゃん師匠」

「ありがとうございます。とっても嬉しいです！」

「……何言ってんだよまったくもう、ありがとうは俺からの言葉だろうに」

「そうですか、でも私、今とっても嬉しいですよ」

「だからさ、俺のほうがもっと嬉しいのさ。ありがとうな、リゼちゃん。俺の偉大なちっちゃい師匠」

遺跡からの帰り道、私はクンクンとその種を嗅ぐ。まぎれもなく蕎麦《そば》の香りだと思うが、毒見の専門家もホームで待っていることだし、試してみるのはそれからにしよう。

そしていよいよホームに帰還。

蕎麦《そば》もあるが、まずは聖杯の件を進めておきたいので。

「ティンクさーん。ただいま帰りましたよ。少々見ていただきたいものがあるのですが～」

私はすぐにウサギ令嬢ティンクさんの自室兼研究室へと足を運んだ。

「ああ！　リゼお姉様！　外出が多すぎなのです。わたくしもう寂しくて！　夜はお姉様のベッドをお借りしてましたが、問題はありませんね？　それは仕方のないことなのですから」

部屋に入るや否や、二本の腕と、二本のウサ耳が私をギュウと抱きしめた。

ベッドを勝手に使った云々は、まあよしとしよう。にしても今回の旅では、ちょこちょこホームにも戻ってきていたので、実際にはそれほど久しぶりというわけでもないのだが。

むしろ私がホームに戻ってきていた主な理由が彼女だ。なにせ彼女も聖杯や古代遺物《アーティファクト》の研究を進めていたから、聖杯は私とティンクさんの間で行ったり来たりしていたのだ。

「……っと、それは？　見せていただいても？」

ティンクさんは今回私が持ち帰ったドワーフの至宝、正確には『聖杯鍵』と言う名のそれに気がついた様子。彼女に見てもらうために持ってきたのだ。すぐに手渡す。

「これは、まさしく古い石碑にも記されていたものです！　ほら、あと資料にも聖杯の隣に描かれていて……」

彼女は頬を紅潮させながら、いくつかの資料を私に見せてくれた。それから再び『聖杯鍵』に顔を寄せたり、今度は部屋の隅に走っていって、別な資料を持ち出してきたり。

数分後、彼女はいとも簡単に、この謎の金属の球を開いて見せた。

まったく分からなかったが蓋がついていたらしく、それを開けた中には七つの小ビン。さらにビンの蓋を開くと、そこには小さな穴が見えた。

彼女は穴の匂いを嗅いだり、耳を当てて中の音を聞いてみたり、謎の魔導具をいくつも持ち出してきてなにかをしている。さらには穴を聖杯に向けてフリフリしてみたり。試行錯誤は続く。

そんな彼女ではあったのだが、興奮気味だった様子が次第にしぼんでいく。

「使い方が、使い方が、分かりかねます。う、ううう、申し訳ありませんお姉様。せっかくこれほどのものをどこぞから強奪してきてくださったというのに……ふがいない」

「いやいやなにを。ティンクさんのおかげで、この球が開いたんですから。素晴らしい腕ですよ。流石ですよ。ただ私、強奪はしてないですけどね。ちゃんとドワーフさんと取引をして」

「え、ドワーフがこれほどのものを取引で？　俄かには信じられないお話ですが……そうしておきましょう。今はコレについてですね。中に入っているのは、なにやらごちゃっとしたチリや、まるでゴミのような塊。ここの穴から取り出して使うのだと、思いつく限りの方法は試してみましたが、反応はなし。まさか無理に叩き割って取り出せようはずもありませんし……」

そう言われて、私はあらためて七つの小ビンを見た。

ふうむ。七つのビンにはそれぞれ違った七つの小さな物体が収められている。

たとえば一つは薄緑色で、粉っぽい。どこかで見た気もするが、単にカビっぽくもある。相当古いものだけに、普通にカビてしまってもう使い物にならない状態であってもおかしくはない。

「う〜ん、見てくださいお姉様。聖杯と鍵がそろって描かれているこの石碑。鍵は聖杯の上にありますが、聖杯の中にも何か別なアイテムが見えなくもありません。もしや聖杯を使うには、まだ必要なものがそろっていないのかもしれません」

ええ、今さらまだあるの？　そう思いつつ、彼女が見せてくれた石碑の写しを眺める。

不鮮明で判然としないが、なにやら粒状のものが聖杯の中に確かにある。直径で一センチメートルくらいの粒々……つぶつぶ？

お醤油作りに必要、ということはもしや。

「豆を、持ってきてみますね」

「豆……ですか？」

考えてみれば、我々はこの聖杯をお醤油製造機だろうと推察しているわけだ。

なら必要なアイテムは自明ではないか！　とりあえず持ってきてみよう。

あらためて考えてみると、あのカビっぽい物体も……麹《こうじ》に見えてくるではないか？　いや、もう完全に麹《こうじ》に違いない！

なんとなーくだが、映像で見たことがあるぞ。ああいう感じの粉を大豆に振りかけているのを。

いやあれは酒造りだったろうか？　うろ覚えだ。流石におばあちゃんも醤油は自分で作っていなかったから、私も現物は見たことがない。ともかくものは試しで、私は急ぎキッチンへと向かい、コックさんから大豆っぽい豆を分けてもらった。

さらに自分の亜空間収納から小麦を取り出す。ムームー牧場で収穫したものの一部を、精白せずに殻を剥いただけの状態で譲っていただいたものである。お醤油作りをするなら必要になると思ってだ。ということで用意した材料を並べてみる。

大豆、小麦、水、塩、そしてドワーフの至宝の緑の粉。

私は乾物のままの大豆っぽい豆をジャラジャラと聖杯に入れてみた。見る人によっては、なんてことをしてるんだと思うことだろう。なにせ聖杯、国宝扱いの聖なる遺物である。が、勘弁してもらうほかない。

これで起動するに違いない、違いない……違いない……。しない。起動しないぞ……

「あの、お姉様……」

不安げなティンクさんをよそに、私は大豆をゆでることにした。っと、その前に水につけるべきだろうか。早めに試してみたいので水でなくお湯につけて一時間ほど待つ。

「あの、お姉様……」

十分に水分は含んだ。これをまた一時間ほどゆでれば柔らかくなる。

グツグツコトコト——

パクッ、うん、ゆでただけでも甘みが出てきて美味しいなぁ。と味わっている場合ではなくて、これを今一度聖杯に入れてみる。

どうか反応してほしい、お醤油製造機であれ、あってくれ。

ここまで時間をかけてきていることもあり、私は手に汗を握っていた。反応を、反応をしてくれ、お醤油製造機よ！　君はきっとお醤油製造機、お醤油製造機なんだぁ!!　もしそうでなかったなら、いったい何なのか分からなくなってしまう。もう口の中がお醤油味になっているというのに、また何処かへ大冒険するはめになるのではなかろうか。

祈るような気持ちで、ありがたい聖杯に注いだ、ゆでたてホクホクの大豆を見つめる、と。

「お、お姉様！　お豆が、お豆が聖杯の中に吸い込まれましたッ！　……となれば次は鍵、鍵を！」

「待って、小麦を炒ります！」

妙な緊迫感の中で、私は小麦を炒って、軽く砕いた。たぶんだが、こんな感じで作っていたような気がする。ものすごくうろ覚えだが、幸い私は食に関することは記憶に残るほうである。だいたい合ってるだろうという希望を胸に、炒った小麦を聖杯に注ぐ。

「お、お姉様！　小麦が！」

小麦が吸い込まれる。成功、ここまでは明らかに成功であった。

勢いに乗って『聖杯鍵』を今一度聖杯の上に掲げてみると。

「聖杯、が。鍵、が……」

緑の粉が宙に舞い、煌《きら》めきながら聖杯を包んだ。その輝きは消えることなく、ますます強くなり、やがてまばゆい閃光を放った。

もはや私が知っているお醤油作りとはまるで違っていたけれど、明らかに聖杯は起動し、動き始めていた。押し寄せる感動を胸に、しばし待ってみると、やがて光はおさまった。

「反応が、止まりました。お姉様が言ってらしたオショウユなる聖水が、これでできたのでしょうか」

「いいえ、きっとまだ、まだかなと」

聖杯の中を覗き込んでみると、小麦と大豆らしきもの数粒がコロンと載っていた。粒の周りは、薄緑色のカビのようなものでしっかりと覆われていた。これは！　映像で見たようなやつである。

「お姉様、お姉様大変です！　私達は失敗してしまったのでしょうか。すっかりカビだらけに！」

「いいえ、これでいいはずです」

ティンクさんがそう思うのも無理はないが、これは明らかに順調。

麹《こうじ》がバッチリ豆を覆っているのだ。

このあとは、また別の材料を投入する必要があるからいったん止まったのだろう。

しかしどうやら温度調整や時間の管理は全て聖杯のほうでやってくれるらしい。素人には難しい部分がまるごとお任せであった。凄い、これは凄いぞ聖杯よ！

私は興奮しながらティンクさんに状況説明をし、それから塩と水をゆっくりと投入した。聖杯は分量も管理してくれるようで、塩はある程度入れるとそれ以上は吸い込まなくなった。あまりにも便利。これを作った昔の人は、とっても気が利く人だったらしい。

ともあれ材料はこれで全てだ。全て入れた。あとは途中でかき混ぜつつ、地球なら一年くらいは待つはずだ。味噌も醤油も、寒い冬に仕込んで、次の秋から冬くらいに出来上がりとなるのが季節の行事、風物詩。

ただしこの聖杯、ここまでの様子から察するに、内部ではいくらか時間の流れを早めているのではなかろうか。ざっと十倍速くらい？

発酵中の合図なのか、聖杯は再び薄く発光し始める。

私は手で額の汗を拭うと、ティンクさんに向き直る。

「あとはしばらく待ちましょうか。目安としては、とりあえず三十日くらいでしょうか」

「そんなに待つのですか？」

「分かりませんが、すぐにはできないかと」

ここまでで分かったことを纏めると、つまり聖杯は材料がちゃんとそろっていないと起動しない設計らしかった。そして、やはりこの緑の粉は麹《こうじ》だったのだ。

となると『聖杯鍵』は、有用な菌を超長期保存しておくためのアイテムだったのでは？　そのうちの一つが麹《こうじ》だったのだろう。

ともかくしばらくは待たねばならない。この間に私は、お醤油パーティーの準備を進めることにした。封印しておいた冷凍ゲソカツオもついにたたきになるときがきた。大量の薬味と藁を用意せねば。

そしてもう一つ特別な穀物、お・そ・ば！　も用意し、鰹節も仕上げよう！

ああ、胸がときめくとはこのことだ。瞬く間に過ぎる日々、ドキドキし続けて、毎朝早めに目が覚めてしまう。恋焦がれる乙女の心情とはまさにこのことであろう。

あるいはまたある日には、獣人村近くの古代遺跡に潜り、あそこにあったけったいな石像群のチェックも度々行った。相変わらず神々の御業はハッキリしない部分も多い。ラナグと相談しつつ、定期的に調査は続けている。

私はそんなあれこれを進めながら、お豆が醸《かも》されるのを待った。

時は経った。とはいえ予想よりもずっとずっと早い十日ほどだったが——

ある日の朝、目覚めた私。

「聖杯さんお醤油さん、おはようございます。今日の調子はどうですか。変わりないみたいですね」

こう話しかけるのが今や日課となっていた私だったのだが……ふいに香りに包まれる。

「え、香ばしいのでは？」

急いでティンクさんを連れてくると。

「お姉様、これはいったい」

聖杯からは、ますます芳醇で香ばしい匂いが立ち上っていた。

私たちはそろって聖杯の中を覗き込んだ。

「グチャグチャ、でございますね」

「ああ、確かに、そうですね」

「このグチャグチャが、七色の聖水の一つ、オショウユ？　えもいわれぬ香ばしさは漂っておりますが、思ったよりも、なんというか、グチャグチャ。これで完成なのでしょうか、お姉様。それとも上手くいかなかった……」

「いやいや大丈夫、成功ですよ。成功だと思います。これが、私の故郷と似たようなものであるならば」

そう言って私は、清潔な布を探しにデルダン爺の大倉庫に向かった。

お醤油らしきものは確かにできていた。ただし、搾る前の状態でだ。大豆や麦の残りかすもそのまま一緒になったままの状態だった。

しかしどう見ても、どう嗅いでも、まぎれもなくお醤油であった。この素晴らしき喜びの瞬間、私は膝から崩れ落ちそうな感覚を覚えていた。どうやら私は安堵していたのだ。長かった、とてつもない大冒険の末に、ようやく私は、この一滴を。

始まりはエルハラ。そして商都での日々と、最後に醸《かも》しの工程まで。ドワーフの至宝と、エルハラの国宝までお借りして、盗賊ギルドとやりあってまでここまで来ているのである。

「おうリゼちゃんよ、聖杯になにかあったかい」

思い出を振り返っていると、私はいつの間にか大倉庫の前に到着していた。デルダン爺のほうから声をかけてきてくれて、私は答える。

「出てきました出てきちゃいました。上手くいっちゃったみたいです。それでですね」

濾《こ》すための清潔な布が必要だと伝えると、すぐに貸してくださった。急いで部屋に戻る。

「それでお姉様、これを？」

「はい、濾《こ》します。そしたら出来上がりですよ、お醤油。ここまでできてしまっていたら、あとは濾《こ》すだけです」

「このグチャグチャから、スープを搾るわけですか」

「そうですね。その後に加熱殺菌もしておいたほうが良いですが、生のままでも食べられるはずです。故郷では生醤油と呼ばれてました」

さて、何度で何分くらい加熱するかといった詳細は記憶にないので、試行錯誤も必要になりそうだ。

どうせなら搾って加熱まで聖杯でやってくれればいいのに……などと私は言いません。

考えてもみてほしい、お醤油作りなんて、かなり難易度は高いのではなかろうか。

途中で雑菌が繁殖すれば失敗してしまうし、うまくいったとしても、一年くらいはかかるものだ。ちゃんとできただけでもありがたいと思わねばならない。そして遠い異世界の地で、また味わえるのだ、この味を。

思うに、聖杯はすなわち古代の培養装置だ。もしかすると他にも機能があるのかもしれないが、少なくともこうしてお醤油を作る機能は備わっていたのだ。

伝承によると七色の液体が聖杯からは滴り落ちたとあるから、他の物も作れるのではなかろうか。

そう思ってみてみると、残り六つの丸いビンのうちの一つは、中に藁っぽいものが入っているように見える。藁？　ワラ、ワラ、もしや納豆だろうか？

液体とは限らないのだろうか。恐るべし聖杯。そう思いつつ試してみたが、今度は違ったらしい。

お醤油のときとは違って、聖杯も鍵も反応しなかったのだ。

こうなるとこうなるで、たまらなく納豆が食べたくなる。おのれ、もうすっかり食べる気になってしまっていたではないか。まあいいさ。今後じっくり検証をしていこうではないか。

「にしてもリゼちゃん師匠、あらためて盗賊どもはなんでこいつを狙ってたんだろうな？　醤油が食べたかった訳でもないだろうし。こいつと闇の神々？　の関係ってのは」

　様子を見に来たコックさんが言った。

「それはおそらくですが、闇の神々への供物を作りたかったのでは？　お醤油を作れるとまでは知らなかったとは思いますが、以前に闇夜エルフの方が、聖杯は闇の神々に捧げるものを生み出す云々とはおっしゃってましたから」

　私は思う、きっと、古代の暗黒神たちもハラペコだったに違いない。ラナグや他の神獣様達と同じように、腹ペコの食いしん坊だったに相違あるまい。その時である。

　ビビッビビビッバリバリグシャン。

　いつか一度経験した激しい音と振動が、ホームを襲っていた。

「こいつは、侵入者か？」

　コックさんがそう口にした瞬間には、周囲は急激に光を失い始めていた。

　夜にはまだ早い。お日様を見ても、日食の類ではなさそうだ。ただただ、周囲から光が失われていく。闇が何もかもを包み込んでいた。

『おおかた、闇の神々であろうな』

　ラナグがそう教えてくれた。

「聖杯を使ったからかな？」

『だろうと思うが、実際のところは本人に聞けばよかろう』

　ラナグがそう言い、私達はホームの外へと向かうことにした。隊長さんも現場に急行。

周囲は完全な暗闇。慎重に歩いて皆で表へ出てみると。
『にゃあ』
猫ちゃんの声が聞こえた。
『暗黒神だにゃぁ。発酵食品を、食べさせてくれニャア』
案の定それは暗黒神で、動物で、当たり前のように腹ペコであった。

愛され幼女の異世界冒険ファンタジー!

気が付けば見知らぬ草原にいた優乃《ゆうの》。目の前には“神獣”を名乗る大きな犬と屈強な傭兵たち。しかも自分の姿はなぜか幼女に!?「なるほどこれは…異世界転生だ!」即座に状況を理解し、リゼと名乗ることにした彼女が魔法を使ってみると、チートすぎる能力が発覚!傭兵団に保護されつつも、ドラゴン狩りに出かけたり、竜巻魔法で新しい料理を開発したりとさっそく大暴れで…? 最強幼女と伝説の神獣、無敵の傭兵団が織りなす空前絶後の異世界冒険ファンタジー!

アルファポリス 漫画 検索 Webにて好評連載中!

ISBN：978-4-434-31180-2 B6判／定価：748円（10%税込）

この作品に対する皆様のご意見・ご感想をお待ちしております。

おハガキ・お手紙は以下の宛先にお送りください。

【宛先】

〒150-6008 東京都渋谷区恵比寿4-20-3 恵比寿ガーデンプレイスタワー8F
（株）アルファポリス　書籍感想係

メールフォームでのご意見・ご感想は右のＱＲコードから、
あるいは以下のワードで検索をかけてください。

アルファポリス　書籍の感想　検索

ご感想はこちらから

本書は、「アルファポリス」（https://www.alphapolis.co.jp/）に掲載されていたものを、
改稿、加筆のうえ、書籍化したものです。

転生幼女《てんせいようじょ》。神獣《しんじゅう》と王子《おうじ》と、
最強《さいきょう》のおじさん傭兵団《ようへいだん》の中《なか》で生《い》きる。4

餡子・ロ・モティ（あんころもてぃ）

2023年 8月 5日初版発行

編集－古屋日菜子・森 順子
編集長－倉持真理
発行者－梶本雄介
発行所－株式会社アルファポリス
〒150-6008 東京都渋谷区恵比寿4-20-3 恵比寿ガーデンプレイスタワー8F
TEL 03-6277-1601（営業） 03-6277-1602（編集）
URL https://www.alphapolis.co.jp/
発売元－株式会社星雲社（共同出版社・流通責任出版社）
〒112-0005 東京都文京区水道1-3-30
TEL 03-3868-3275
装丁・本文イラスト－こよいみつき
装丁デザイン－AFTERGLOW
（レーベルフォーマットデザイン―ansyyqdesign）
印刷－図書印刷株式会社

価格はカバーに表示されてあります。

落丁乱丁の場合はアルファポリスまでご連絡ください。

送料は小社負担でお取り替えします。


ISBN978-4-434-32341-6 C0093